# 理智与情感

［英］简·奥斯汀 著
贾文浩 贾文渊 译

中国画报出版社·北京

图书在版编目（CIP）数据

理智与情感 /（英）奥斯汀著；贾文浩，贾文渊译.
--北京：中国画报出版社，2016.3（2016.5重印）
（插图典藏本）
ISBN 978-7-5146-1275-2

Ⅰ.①理… Ⅱ.①奥… ②贾… ③贾… Ⅲ.①长篇小说—英国—近代 Ⅳ.①I561.44

中国版本图书馆CIP数据核字（2016）第045923号

理智与情感　　　　［英］简·奥斯汀　著　　贾文浩　贾文渊　译

出 版 人：于九涛
责任编辑：史文良
助理编辑：吕　微
责任印制：焦　洋
出版发行：中国画报出版社
　　　　　（中国北京市海淀区车公庄西路33号　邮编：100048）
开　　本：32开（880mm×1230mm）
印　　张：11.75
字　　数：263千字
版　　次：2016年3月第1版　2016年5月第2次印刷
印　　刷：北京通州皇家印刷厂
定　　价：38.00元

总编室兼传真：010-88417359　版权部：010-88417359
发　行　部：010-68469781　010-68414683（传真）

# 目　录

1 / 译序

1 / 第一章
6 / 第二章
12 / 第三章
17 / 第四章
23 / 第五章
26 / 第六章
30 / 第七章
34 / 第八章
38 / 第九章
45 / 第十章

51 / 第十一章

55 / 第十二章

60 / 第十三章

68 / 第十四章

73 / 第十五章

81 / 第十六章

88 / 第十七章

94 / 第十八章

99 / 第十九章

109 / 第二十章

117 / 第二十一章

126 / 第二十二章

135 / 第二十三章

142 / 第二十四章

149 / 第二十五章

154 / 第二十六章

161 / 第二十七章

168 / 第二十八章

174 / 第二十九章

186 / 第三十章

195 / 第三十一章
206 / 第三十二章
214 / 第三十三章
223 / 第三十四章
232 / 第三十五章
239 / 第三十六章
247 / 第三十七章
259 / 第三十八章
267 / 第三十九章
273 / 第四十章
281 / 第四十一章
290 / 第四十二章
295 / 第四十三章
304 / 第四十四章
319 / 第四十五章
326 / 第四十六章
335 / 第四十七章
343 / 第四十八章
348 / 第四十九章
360 / 第五十章

# 译序

本书作者简·奥斯汀于1775年出生在英国汉普郡一个名叫斯蒂文森的村子里,父亲是一位乡村牧师。她没有受过多少正规教育,却在父亲的影响下大量涉猎各种书籍,获益良多。她十四五岁就开始写短剧、小品试笔,娱乐家人,二十一岁完成的小说已跻身英国文坛最佳作品行列。

奥斯汀的小说均为爱情故事,但她本人却终生未婚。她于1817年辞世,时年不足四十二岁。

简·奥斯汀在二十二岁前已完成两部小说,即《理智与情感》《傲慢与偏见》,后经修订,分别于1811年和1813年出版。第三部小说《诺桑觉寺》直到她去世后才发表。三十岁后她写了另外三部作品,1814年出版《曼斯菲尔德花园》,1816年出版《爱玛》,1818年出版《劝导》。

简·奥斯汀所写的都是英格兰乡村和邻近地区中产阶级的生活,完全限于自己所熟悉的那个很小的生活圈子,但她的观察细致入微，构思巧妙合理，人物刻画细腻生动，写作风格朴实无华，清新隽永，表面上琐碎的叙述读起来颇耐人寻味。

《理智与情感》虽是简·奥斯汀的第一部小说，但写作技巧已经相当熟练。故事中的每一个情节，经作者的巧妙构思，表面的因果关系与隐藏在幕后的本质缘故均自然合理。女主人公根据表面现象产生合情合理的推测和判断，细心的读者虽然不时产生种种疑惑，但思绪会自然而然随着她的观察而发展，等到最后结果出现时，与表面现象截然不同，造成了出乎意料的喜剧效果。如果反过来重读一遍，会发现导致必然结果的因素早见于字里行间。

小说的情节围绕着两位女主人公的择偶活动展开，着力揭示出当时英国社会潮流中，以婚配作为女子寻求经济保障、提高经济地位的恶习，重门第而不顾女子感情和做人权利的丑陋时尚。小说中的女主角均追求与男子思想感情的平等交流与沟通，要求社会地位上的平等权利，坚持独立观察、分析和选择男子的自由。在当时的英国，这几乎无异于反抗的呐喊。

如同书名里所体现的那样，故事集中表现了"理智"与"情感"的矛盾冲突。以玛丽安为代表的人物是理智不足而感情有余；以约翰·达什伍德夫妇为代表的人物是理智有余而感情不足；而以威洛比为代表的人物在感情上又是十分虚伪，表面上似乎很有情感，实际上却冷漠无情，自私透顶。作者在故事里对珍重感情的人报以赞扬，尽管对这些人在理智上的欠缺也不时加以讽刺，然而对缺少感情仅有理智或是在感情上虚伪的人，却表现出了鄙夷的态度。作者最终赞赏的是女主人公埃莉诺，因为她既重感情又有理智。这里表现了作者在这个问题上的理想，即人不能没有感情，但感情应受理智的制约。

在喜剧性效果方面，《理智与情感》开创了作者独特的幽默风格，即模仿加反讽的讽刺手法。故事中那些在感情上和理智上的过分行为均遭到作者辛辣而巧妙的讽刺。这种笔法往往带有夸张成分，但深刻地表现了作者的生活态度，从而深化了作品的思想内容。作者以她女性细致而敏感的睿智、毫不妥协的态度、自信的道德意识、无所顾忌的胆略，在作品中以浪漫的手法歌颂真、善、美，鞭挞假、丑、恶，这无疑触痛了同时代那些与作品中嘲笑的人物不无类似之处的人们。作者在这部小说里首先创造了这种写作风格，在她以后的小说作品里又始终保持下去，这种风格已经成为简·奥斯汀作品的醒目标记。

# 第一章

　　达什伍德家族世代居住在索赛克斯郡。家族广有地产,是那个地方的富户。府邸叫诺兰庄园,位于家族地产的中心位置。全家几代人都在这里过着体面的日子,周围的熟人对他们都有好感。以前的主人是个单身男人,他活到很大岁数,多年来一直与他姐姐为伴,由她操持家务。可她先他十年谢世了。她死后,家里彻底变了样。为了弥补姐姐的空缺,他把他的侄子一家接过来住。侄子亨利·达什伍德先生不但是诺兰庄园的合法继承人,而且业主本人也愿意将产业遗赠给他。有了侄子、侄媳及其孩子们的陪伴,老先生的日子过得十分舒适,对他们的喜爱便与日俱增。亨利·达什伍德夫妇始终对他悉心照料,这倒并非仅仅出于利益关系,夫妇俩本来就心地善良。把这位老人照顾得心满意足,让他安度晚年,过得舒舒服服。欢蹦乱跳的孩子们更增添了他生活的乐趣。

　　亨利·达什伍德先生与他的前妻生有一子,与现在的妻子生了三个女儿。儿子是位稳重可敬的年轻人，母亲给他遗留下大笔资财，而且他成年后又继承了母亲的一半遗产，因而基础十分厚实。他随后不久便成了亲，又增添了自己的财富。因此，对他来讲，父亲是否继承诺兰庄园，实际上就不如对他妹妹们那么重要。如果不靠父亲继承那笔财产的话，妹妹们的财产实在是很少的。她们的母亲一无所有，父亲能支配的钱只有七千镑，因为前妻遗产的另一半也法定属于她的儿子，而他只有权终身享受其利息。

老先生去世后，遗嘱宣读了。结果，那遗嘱就像几乎所有遗嘱一样，让人喜忧参半。不能算他不公平不领情，因为他并没有剥夺他侄子的继承权，可他的条件使遗产的价值半数丧失了。达什伍德先生本希望遗产能使妻子和女儿受益，而不是自己和儿子，那笔遗产留给了他的儿子和四岁的孙子，结果他自己根本不能为自己最亲爱的人和最需要钱的人动用那笔财产，也不能出售地产上的珍贵林木。那笔遗产完整地留给了他的孙子。这孩子只是偶尔随父母来诺兰庄园拜访，其实他跟两三岁的孩子相比没什么突出的地方，说话咬字不清，举止十分固执，鬼点子很多，吵闹得要命，但却赢得了老先生的宠爱，远远超过了多年悉心服侍老人的侄媳和侄孙女们。不过，老人对三个女孩并非忘恩负义，他留给她们每人一千镑，算是表示对她们的慈爱。

达什伍德先生起初非常失望，但是他的性格乐天欢快，或许可望活个大岁数，再说他可以省吃俭用，从本来很大的家业的收益中省下很多钱存起来，几乎很快就能改善家境。但是这姗姗来迟的好运在他叔父去世后仅仅维持了十二个月，他便离开了人世。他的遗孀和女儿们只剩下一万镑，这还包括了以前得到的遗赠。

他病危后立即打发人把儿子叫来。达什伍德先生支撑着病体，使出全部力气,急切地嘱咐儿子照料继母和妹妹们。

约翰·达什伍德不像家里其他人那样伤心,不过他被这种时刻受到如此叮嘱深深打动了,他保证说,要尽自己最大努力让她们过得舒适。他父亲听了才觉得安心。约翰·达什伍德先生后来仔细思量着,在自己的能力范围内帮她们多少钱才算得体。

这年轻人品质并不恶劣,只是心肠有点冷,也有点自私。不过,总的来讲,他还是挺受人尊敬的,他履行一般职责时还算体面。假如娶的是个比较厚道的女人,他或许会更加受人尊敬,自己也许更加厚道。他结婚的时候还很年轻,而且对妻子十分爱怜。约翰·达什伍德太太却是他性格特征的强烈浓缩——心胸更加狭隘,更加自私。

他向父亲做出保证时,心里想的是赠给每一位妹妹一千镑,让她们富有些。当时他觉得自己确实有这个能力。除了母亲那一半财产和目前的收入外,每年可望有四千镑的进项,他心里觉得热乎乎的,便觉得有能力出手大方一点。"不错,我要给她们三千镑。这样做既大方又体面!她们因此能过得非常舒适。三千镑!我拿出这么大一笔钱丝毫不费力气。"他这么考虑了整整一天,后来又想了许多天,并没有后悔。

他父亲的葬礼刚过,约翰·达什伍德太太事先没有通知婆母,就带着孩子和用人来了。自从她丈夫的父亲去世那一刻起,这房子就属于她丈夫了,因此谁也不能对她有权光临说三道四。但是她的行为却显得非常粗鄙,尤其在达什伍德夫人看来更是如此。对于一个处在达什伍德夫人地位的女人来说,即使她只有一般人的感情,肯定也会感到不快,况且她还有着敏锐的荣誉感,她又是个宽宏大度的女人,而这种不敬行为不论是对谁,也不论来自哪一方,都会让她厌恶不已。约翰·达什伍德太太在丈夫家族里从来没什么人缘，不过在此之前，她还没机会向她们展示自己，在合适的时机下，她会丝毫不关心别人的舒适。

达什伍德夫人对这种无礼行为实在太厌恶了，而且打心眼儿里鄙视她的儿媳，所以她的儿媳一到，她便打算永远离开这所宅子。她的大女儿劝她先考虑一下这么离开是否恰当，她深深爱着自己的三个孩子，不愿让她们与自己的哥哥闹翻，这才决定留下来。

大女儿名叫埃莉诺，年方十九，却具有洞察能力和冷静的判断力，从来是母亲的参谋，母亲也对她言听计从。达什伍德夫人是个热心肠，往往不太谨慎，大女儿的忠告常常能让母亲为了大家的利益打消某些念头。她心肠极好，性情可爱，有着强烈的情感，而且懂得如何控制情感。这门学问她母亲还得学习，而她的一个妹妹决意永远不学。

玛丽安的才能在许多方面都不亚于埃莉诺。她既敏感又聪明，可是对任何事情都有些偏激，悲哀和喜悦都不节制。她慷慨大方，和蔼可亲，讨人喜欢，几乎什么都好，就是不够谨慎。她与母亲出奇地相似。

埃莉诺对妹妹过度感情用事十分担忧，但是达什伍德夫人却认为这是一种值得珍视的品质。此时，母女俩处在极度痛苦中，而且相互助长对方的悲恸。起初，她们沉浸在不幸的悲恸中，后来专门揭伤疤，忆旧痛，一再导致新的悲哀。她们任凭自己完全受悲伤心情的摆布，只要有机会就回顾往事，一次比一次更觉得悲哀，而且决意未来不听别人的劝慰。埃莉诺也深感悲痛，却能振作起来做斗争。她能与哥哥商讨，能在嫂子到来时出面接待，让嫂子受到得体的照顾，还努力说服母亲像她一样振作起来，鼓励母亲像自己一样节哀。

另一个妹妹玛格丽特是个性情愉快、心肠好的姑娘。可她虽然像玛丽安一样感情丰富,却不具有她那样的理智。她已经十三岁了,还看不出她以后是否能比得上两位姐姐。

# 第二章

　　约翰·达什伍德太太如今俨然成了诺兰庄园的女主人，而她的婆母和小姑们反而落魄到寄人篱下的地位。不过，这样一来，她反倒变得对她们温和起来，她丈夫也一样，但除了对待自己和妻儿以外，他对谁都是这样。他要她们留下来，把诺兰庄园当作自己的家，口吻中的确带着几分诚意。达什伍德夫人也只得接受这一邀请，在那里住下来，直到在附近找到一处合适的房子再做打算。
　　继续住在一个事事能勾起她愉快回忆的地方，也正合她的心意。在欢快的时候，她比谁都欢乐，谁心怀的希望都不及她对幸福的期待更美好，这本身就是幸福。但是，她伤心时就沉浸在无法自拔的苦痛中，就像喜悦时的程度一样深切，根本无法受人劝慰。
　　约翰·达什伍德太太绝对不赞成她丈夫为妹妹们做的打算。从他们亲爱的小宝贝手中夺走三千镑，简直是让他变成最穷困潦倒的穷光蛋。她求他重新考虑这个打算。他从自己的孩子手中夺走这么大一笔钱，如何能问心无愧？况且那孩子还是他的独生儿子。达什伍德三姐妹有什么权利得到他如此慷慨的一大笔赠款？她们与他不过有一半血缘关系，而她认为那根本不算什么关系。众所周知，同父异母的孩子们之间根本没有什么亲情，他干吗要毁了自己，害他们的小宝贝哈利，把他的钱全都给了同父异母的妹妹们？

"那是我父亲对我的最后要求，"她丈夫答道，"他要我帮助他的遗孀和女儿们。"

"我敢说，他准是在说胡话，当时他十有八九已经神志不清了。要是他神志清醒，不可能想到要你把一半财产从你自己的孩子手中分出去。"

"他并没有明确规定什么数目，我亲爱的范妮。他说得很笼统，要我帮助她们，让她们比以前过得舒适些，比他在的时候更好些。也许他该把这件事整个交给我来办。他总不会认为我不管她们吧。不过，因为他要我做出保证，我总得做个保证才行，至少当时我是这么想的。我做了保证就得实行。她们找到个新家，要离开诺兰庄园，肯定得有所表示才行。"

"那好吧，就做点什么表示，不过那种表示用不着三千镑。"她补充说，"要考虑到，钱一旦出手，就再也回不来了。你的妹妹们将来会出嫁，那钱也就永远打水漂儿了。说实在的，要是能把这钱给了我们的宝贝……"

"可不是嘛，"她丈夫一本正经地说，"那就不一样了。将来哈利也许会为失去这么大一笔钱觉得遗憾。比方说，他将来孩子多，这笔钱准会有用的。"

"那是肯定的。"

"那么，要是把数目减少一半，也许对谁都好些。她们的财产增加五百镑可是一笔了不起的大数目！"

"噢！真是大得够可以啦！就算是亲兄妹，世上哪个兄长出手有你一半大方！再说还是同父异母兄妹！你真慷慨！"

"我不管做什么都不喜欢小气，"他回答道，"在这种事情上，宁可多给点也不能少给。至少谁都不会觉得我亏待了她们，就是她们自己也不会有这种想法，她们也不可能想要更多。"

"谁会知道她们想要多少，"这位夫人说，"不过我们不该考虑她们想要多少，问题是我们出得起多少。"

"当然啦，我看每人给五百镑，这数目我还是出得起的。其实，我就是一个子儿也不给，她们的母亲一死，每个姑娘都能拿到三千镑，对哪个年轻女人来讲，那可都是一笔非常可观的财产。"

"没错。其实我觉得她们根本就不需要什么额外的财产。她们几个本来就有一万镑可以平分。将来结了婚，她们肯定过得不错，要是不结婚的话，她们靠这一万镑的利息，也能过得舒舒服服。"

"说得对极了。那么，通盘考虑下来，是不是把给她们的那份改用在她们的母亲身上更合适，我的意思是说，给她一份年金之类。她自己和我那些妹妹们都会因此沾光。每年一百镑，足能让她们过得非常舒适。"

他妻子迟疑了一下，没有对这一计划表示赞同。

"当然，"她说，"这比一下子拿出一千五百镑要好。不过，要是达什伍德太太再活上十五年，咱们可就吃大亏了。"

"十五年！我亲爱的范妮，她怕是连这时间的一半也活不到。"

"的确不会。不过你要知道，人一旦有了可靠的年金，总是老而不死。她身体那么壮实，连四十岁都不到。年金可是个大事，每年到了期都得给，想脱都脱不了手。你根本不明白自己要干的是什么事。我可知道给人年金有多大的麻烦，因为我父亲遗嘱上说要给三个退休的老用人年金，让我妈妈付款的时候饱受煎熬，她对那事厌恶死了。每年要付两次，给钱还要费精神找他们。听说一个人已经死了，后来弄清楚，根本不是那么回事。我妈妈让这种事烦得要死。她说，这么没完没了地给人家钱，自己的钱自己却做不了主，还说爸爸心眼儿坏，要是没有那么多限制的话，钱就完全由自己做主了。我真是恨透了给人年金，说什么也不能让一份年金把自己手脚捆得死死的。"

"每年从收入中挤出一部分，"达什伍德先生说，"的确是桩不愉快的事。照你妈的说法，自己的财产都不是自己的了。定期支付这么一笔数目绝对谁都不喜欢，把人的自主权都剥夺了。"

"一点儿没错，到头来连声感谢都听不着。人家觉得该稳稳当当拿到钱，你干的是分内事，没什么值得感谢的。我要是你的话，干什么事都要完全由自己做主。我可不愿把自家手脚捆起来，每年给她们什么东西。从咱们自己的开销里每年拿出一百镑，甚至五十镑，过些年都肯定会觉得不舒服。"

"我相信你说得对，我亲爱的。这种事还是不用年金的好。就是偶尔给他们点儿什么也比每年给一笔钱对她们帮助更大，要是她们有了比较多的收入，花得也就多了，到了年底连一个子儿也剩不下。那就偶尔给上五十镑，免得她们缺钱难过。照我看，也算充分履行了我对父亲的诺言。这肯定是最好的办法。"

"那是当然啦。说实在的，我能肯定你父亲根本就没想过要你给她们钱。我敢说，他心里想的是要你帮帮她们，他这么想才是合乎情理的，比方说吧，帮她们找个舒适的小房子住，帮她们搬搬东西，到了渔猎季节送她们点儿鱼和野味什么的。我敢打赌他想的不会太多。要是他指望过多，那倒非常奇怪，而且不合情理了。我亲爱的达什伍德先生，想想看，你的继母和她的女儿们每年从七千镑能得到多少利息，用那笔钱过得多么舒适，除此之外，每个姑娘还有一千镑，每个人每年从中能得到五十镑的利息，当然啦，她们要把这钱交给母亲作食宿费。她们一年总共有五百镑，四个女人还该有什么更多的指望呢？她们过的日子根本用不着花多少钱！根本没什么家务管理方面的开销。她们没有马车，没有马匹，几乎不需要用人。她们也没有什么客人，什么花费也没有！想想她们过得多舒适吧！每年五百镑！我实在想不出她们怎么能花掉这钱的一半。至于说你还要多给她们钱，这念头想想都让人觉得荒唐。她们倒更有能力给你点钱的。"

"不错，"达什伍德先生说，"我相信你说的完全正确。我父亲的意思肯定不会比你说的更多。我现在清楚了，我会照你说的，靠帮她们的忙和对她们的好意履行我的义务。等我母亲搬往另一所房子的时候，我尽量帮她们安顿下来。到时候送她们点家具之类小礼物也许是可以接受的。"

"当然，"约翰·达什伍德太太说。"不过，有一样事情是必须考虑的。你父母迁到诺兰庄园来的时候，斯坦希尔那边的家具都卖掉了，瓷器、盘子和台布都保留下来，现在留在你母亲手里。她一搬到新房子，几乎立刻就能摆设齐全。"

"这的确是个实质性的问题。那的确是些宝贵的遗产！有些盘子要是添到我们家，可是再好不过了。"

"对啊。那套早餐瓷器比这宅子里的漂亮多了。照我看，要是放在她们住得起的房子里，简直不配。不过，既然已经是这样，也就算了。你父亲心里只有她们。我不能不说，你根本不欠他什么情，也用不着顾忌他的什么愿望。因为我们都清楚，要是他有能力，他会把世上的一切都留给她们。"

这是个驳不倒的论点。他本来还多少有点儿举棋不定，这下子心一横，决定照妻子的说法去做，帮他父亲的遗孀和女儿们做点儿邻里相帮的事情，做得再多一点儿，就算并不违背常理，也是完全没有必要的了。

# 第三章

达什伍德夫人在诺兰庄园继续住了几个月。她并非不愿搬走，也不是原先那些让她触景生情伤心不已的熟悉事物现在已经不再让她伤感了。其实，她的精神一旦开始恢复正常，不再让缅怀往事加重自己的悲哀情绪后，便急着要走，开始在诺兰庄园附近寻找合适的住所。她绝对不愿意远离那个打心底喜爱的地方。但是，她一时又找不到一个合适的去处，既能按她的意愿舒适地过日子，又能让敏感的大女儿满意。母亲好几次看中的地方，都让考虑周密的大女儿拒绝了，因为房子太大，靠她们的收入支付不起。

达什伍德夫人听丈夫说起过他儿子对他的郑重保证，他因此临终放下一桩心事。达什伍德夫人就像丈夫一样，对这一保证毫不怀疑，出于女儿们的缘故，她为此感到满意。不过她自己觉得，就是自己的财产少于七千镑，也能过得挺像样。她也为女儿们这位哥哥的好心肠感到高兴。她甚至责备自己以前错怪了他，以为他不会这么慷慨呢。他的行为表现出对她本人和对他妹妹们的关心，她于是相信他重视她们的利益，有很长一段时间，她一直对他的慷慨意图深信不疑。

当初达什伍德夫人一见到儿媳就产生鄙夷的感觉，在一起共同居住了半年，对她的性格有了更深的了解后，这种感觉就更加强烈了。尽管她处处顾全礼节和做婆母的身份，但这两个女人也不能长期相处。不过后来出现了一个特殊的情况，达什伍德夫人便认为女儿们继续住在诺兰庄园更合适。

当时，她的大女儿与约翰·达什伍德太太的弟弟之间关系日渐亲密。那是个有绅士气质的青年，他姐姐刚住进诺兰庄园就介绍他们相识，后来他大部分时间都住在那里。

有些母亲往往会出于利益的考虑，鼓励某种亲密关系，因为爱德华·费拉尔斯的父亲生前曾非常富有，他又是长子；有些母亲则出于谨慎的考虑约束这种关系，因为他除了一笔微不足道的数额外，全部财产都有赖于他母亲的遗嘱。但是达什伍德夫人并不受任何考虑的影响。在她看来，只要他看上去和蔼可亲并且爱她的女儿，埃莉诺也爱他，这就足够了。她坚决反对由于财产的悬殊而拆散一对情意相投的情人。她坚信，凡是认识埃莉诺的人，绝对不可能不认识到她的美德。

爱德华·费拉尔斯让她们产生好感并非由于他的仪表或谈吐有什么特殊。他人长得并不漂亮，他的举止只有长期相处才会让人感到愉快。他太缺乏自信，不过，一旦克服天生的羞怯之后，他的举止处处都坦露出一颗开朗诚挚的心。他富有理解力，受过的教育更实实在在增进了他的领悟力。不过无论是他的能力还是他的性格都不能满足他母亲和姐姐的愿望，她们渴望看到他成名，至于在哪方面成名，她们也不知道。她们想要他成为世界上某种方面的名人。

他母亲希望他从政,进议会,或者看到他结识某些当代名人。约翰·达什伍德太太也有类似的愿望,不过,在交上这类好运之前,要是能看到他坐上四轮大马车出入,也算实现了她的愿望。然而,爱德华对名人和大马车都没兴趣。他一心只想着家庭的舒适和安逸的生活。幸而他有个比他更有出息的弟弟。

爱德华在这所房子里住了几个星期后,才引起达什伍德夫人的注意,当时她正处在悲恸之中,对周围事物很少关心。她仅仅留意到,他行动文静,举止谦虚,因此她喜欢他。他从未不合时宜地开口搅扰她的哀思。有一天,埃莉诺偶然评论说,他与他姐姐不一样,她这才开始注意到他,进而认识到他的好处。正是这种对比才让达什伍德夫人对他有了认识。

"这就够了,"她说,"只要说他与范妮不同就够了。这就等于说他的一切都可爱。我对他很有好感。"

"等你对他更加了解后,"埃莉诺说,"我想你会喜欢他的。"

"喜欢他!"母亲微笑道,"不只是喜欢了。"

"你可以敬重他。"

"我从来不知道怎么能把敬重和喜欢分开来。"

于是达什伍德夫人便努力跟他接近。她的亲热态度很快消融了他的拘谨。不久她便了解到他的全部优点。或许他对埃莉诺的关心帮了她的忙,让她一直看到他的心底,不过她的确体会到了他的价值。她意识到他有一副热心肠,亲切诚挚,于是她原本不喜欢的他那种和一般年轻人不一样的平静态度,也不再让她觉得乏味了。

她一看出他的举止中有对埃莉诺爱恋的迹象,便认为两人是真心相爱,于是觉得他们很快就会结婚。

"我亲爱的玛丽安,不出几个月,"她说,"埃莉诺很可能就要成家了。我们会想念她,不过她会幸福的。"

"噢!妈妈,我们没有她可怎么过呢?"

"我亲爱的,这算不得什么分离。我们住得不会太远,不过几英里①路而已,每天都能见面。你就要有个姐夫了,那是个可亲可敬的姐夫。我觉得爱德华的心真是再好不过了。你怎么板着个脸,玛丽安,难道不同意你姐姐的选择?"

"大概吧,"玛丽安说,"我觉得这事有点奇怪。爱德华真的非常可爱,我真心喜欢他。不过,他不是那种年轻人——他缺少点儿什么——再说他的模样也不动人。我觉得他没有那种能打动我姐姐的魅力。他的眼睛里根本没有那种智慧和英武的光芒。除此之外,我恐怕他并没有真正的品位,妈妈。好像音乐几乎不能让他感兴趣,尽管他很欣赏埃莉诺的画,可那并不是内行的欣赏。他倒是常常注意看她作画,可他显然根本不懂。那是情人的赞扬,而不是内行的鉴赏。要想让我满意,那些品质一个也不该少,它们是个整体。要是跟一个每一方面的趣味都不跟我吻合的人在一起,我可不会觉得幸福。他必须跟我情投意合,两人为同样的书和同样的音乐着迷。啊!妈妈,昨晚爱德华为我们朗读的时候,那种没精打采的腔调多乏味呀!我都替姐姐觉得难过。我简直坐不下去了。可她倒能一本正经耐着性子听,好像没留意到似的。那些漂亮的诗句常常能让我如痴如狂,可从他嘴里念出来却死气沉沉的让人捉摸不透,多么可怕的冷漠呀!"

"要是他念简洁优美的散文肯定好得多。当时我就是这么想的,可你偏要让他读考珀②的诗。"

---

① 1英里约等于1609米。

② 威廉·考珀(1731—1800):英国浪漫主义诗人,作品多描写农村闲适生活。

"不对,妈妈,难道连考珀都不能打动他!不过我们也得允许各人有不同品位。埃莉诺跟我的感情不同,所以她也许不在意,而且跟他在一起觉得愉快。幸亏我不爱他,要不然我听他用那么没情感的腔调朗读,准会伤透了心。妈妈,我对世界了解得越多,就越觉得世界上没有一个人我会真正爱上。我的要求太多了!他必须具备爱德华的全部品格,他的外貌和举止还必须有种种魅力,为他的善良品格增光。"

"我亲爱的,别忘了你还不到十七岁呢。现在说悲观丧气的话还为时太早。你怎么能不如妈妈幸运呢?我的玛丽安,但愿只有一件事情上你跟她的命运不同。"

# 第四章

"多可惜呀,埃莉诺,"玛丽安说,"爱德华竟然不喜欢绘画。"

"不喜欢绘画!"埃莉诺回答道,"你怎么会这么想?他自己倒是不画,可他特别喜欢看别人作画。我向你保证,他天生绝对不缺乏欣赏能力,只是没有机会提高而已。要是他也曾学过绘画,我看他准能画得很好。他对自己的鉴赏能力没有多少自信心,所以从来不愿发表对任何一幅画的评论,可他天生就具有朴素的情趣,一般来讲他的意见总是对的。"

玛丽安害怕惹姐姐生气,就改变了话题,但是,照埃莉诺所说,他看了别人的作品产生的欣赏力,与她心目中的激情相去甚远,只有那种激情才称得上情趣。她对这种概念性误解心中窃笑,不过她倒很敬重姐姐对爱德华的迷恋,正是这种迷恋才产生了误解。

"玛丽安，"埃莉诺接着说，"我希望你别认为他缺乏一般的情趣。其实，我想说，你不能这样看，因为你对他显得十分亲热，如果你真有那种看法，你决不会对他客气的。"

玛丽安简直不知道该怎么说了。她从来不愿伤姐姐的心，又不想言不由衷。最后她回答道：

"埃莉诺，要是我对他的赞扬与你了解的那些有点儿不吻合，你也别生气。我不像你有那么多机会去衡量他内心中的种种细致的喜好和情趣，不过我对他的善良和理智也非常敬佩。我认为他在各方面都是个可亲可敬的人。"

"我敢说，"埃莉诺微微一笑回答道，"听了你这番评价，就是他最要好的朋友也会感到满意。真没听你用更热情的话语评论过别人。"

玛丽安见姐姐这么容易高兴起来，心里很高兴。

"至于他的理智和善意，"埃莉诺接着说，"我看凡是常与他见面还能推心置腹交谈的人都不会有任何怀疑。他由于羞怯常常保持缄默，结果掩盖了他敏锐的领悟能力和主见。你对他有足够的了解，可以对他的价值说句公道话。至于你刚才说起他细致的脾性，因为许多特殊情况，你不如我更了解。他和我常常见面，你却经常与母亲在一起伤心。我经常见他，就体会到他的情感，听到他对文学方面的看法和趣味，总的来讲，我敢说，他特别喜欢读书，阅历广博，有活跃的想象力，观察公正准确，他的情趣也细致纯正。熟悉他之后，会觉得他在各方面的能力都像他的风度和人品一样好。刚认识他时，会觉得他谈吐平平，他的模样实在算不得漂亮，时间稍长，体会到他善良的目光和喜人的面孔后，就会有不同的感受了。现在我对他太了解了，觉得他真的很好看，至少算是不错的。

你说呢，玛丽安？"

"用不了多久我就会觉得他好看了，埃莉诺，虽然现在还没这感觉。等你要我像爱姐夫一样喜欢他的时候，我就看不出他脸孔有什么不美，可现在我只能看出他心灵是美好的。"

埃莉诺听了不觉吃了一惊，后悔不该说起他的时候情不自禁流露出心中的热情。她感到自己已经非常喜欢爱德华。她也相信双方都有这种情感，但是她要等到更有把握的时候再对玛丽安挑明，好让她高兴。她知道，玛丽安和母亲都是一旦猜测到什么，立刻就会把事情当真，愿望自然变成希望，希望又很快升格成期待。她要把现状告诉妹妹。

"我也不否认，"她说，"我的确很看重他，我很敬重他，甚至还喜欢他。"

玛丽安一下子生了气：

"敬重他！喜欢他！好一个铁石心肠的埃莉诺！噢！比铁石心肠还坏！你这是害羞不敢承认。你要再说这种话，我马上就离开这房间。"

埃莉诺忍不住放声大笑。"原谅我，"她说，"我不是有意惹你生气，我只是平心静气讲出心里的感受。你可以相信，我的感情比刚才说的强烈些。总之，我对他的感情要看他的品德怎么样，另外还要看他对我的感情是不是可靠，要不就显得轻率愚蠢了。你千万不要相信什么非分的东西。至于他对我的感情，我还根本没有把握。有时候，他对我的感情深度似乎还值得怀疑，在我完全了解他的感情之前，我可不能一厢情愿地相信，更不愿把话说过了头，所以，你也不该怪我避免受到别人鼓励。在我心里，我不大怀疑……很少怀疑过他喜欢我。但是，除了他的感情外，还有其他事情得考虑。他还远不能自己做主。我们连他母亲是个什么人都不知道。不过，范妮偶尔提到她母亲的行为和主张，由此判断，我们绝对不能把她当成个和蔼可亲的人。爱德华要想跟一位既没有很多财产，又没有高贵地位的女子结婚，就会面临许多困难。要是他自己没有意识到这一点，那我就看错他了。"

玛丽安这才感到吃惊，发现母亲和自己的想象离事实竟然如此遥远。

"原来你还没有跟他订婚！"她说，"不过肯定快了。耽搁一下有两种好处。我不会很快就失去你，在你最喜欢的爱好上，爱德华也能有机会提高自己天生的情趣，这对你们未来的幸福是绝对少不了的。啊！要是你的天才能激发起他的兴趣，结果他自己也学习绘画，那该多好！"

埃莉诺已经把心里话都告诉了妹妹。她不像玛丽安那么乐观，以为她对爱德华的倾心会有光明前景。有时候，他显得有些精神萎靡，从那种模样看得出，如果不是他态度冷漠，就是遇到什么前景同样不光明的事情了。假如她对他的爱恋让他感到怀疑，他最多只会感到不安，而不必常常显出垂头丧气的模样。一个更合情理的原因恐怕是他不能自主，不容许放任自己的感情。她知道，如果他不严格按照母亲的意愿追求上流地位，他母亲不会让他过舒坦日子，更不会答应他成家立业。埃莉诺心里有了这样的想法，对两人的关系就不可能放心。她母亲和妹妹已经把他们的关系当作既成事实，可她对此还没有一点把握。他们俩相处越久，她就越是怀疑他的情感，有时候，她认定两人的关系并没有超越一般情谊，便会难过一阵。

但是，无论两人实际有怎样的感情，他姐姐察觉到以后已经无法忍受，不但觉得不安，有时候（往往是时常）举止变得十分无礼。她找到第一次发泄的机会，就让她婆婆难堪，对她神气活现地说，她弟弟前程远大，费拉尔斯太太决心让两个儿子的婚姻都门当户对，还说，要是有什么年轻女人企图勾引他，准得吃不了兜着走。达什伍德夫人听了既不能装聋作哑，又不能故作镇定。她接应了一句，口气里满是轻蔑，然后便匆匆离开了屋子，心里打定了主意，要马上搬出这所房子，不论房子条件多不方便，也不论房价有多贵，反正她亲爱的埃莉诺不能再继续受这种冷嘲热讽，再多一个礼拜也不行。

她正在火头上，突然收到邮差送来的一封信，信上提出的一个建议来的正是时候，说是愿意向她们提供一所小房子，条件非常宽厚。信是她的一个亲戚亲笔所写，那是一位在德文郡显赫富有的先生，信写得诚挚友好，友善热心。他得知她需要住所，愿意提供的这处房子虽然只是个乡间别墅，但他向她保证说，如果她愿意，他可以按她的意愿布置房间。他仔细描述了房子和花园的面貌后，诚恳地邀请她携女儿们一道去他的住所巴顿花园，好亲自看看巴顿别墅如何改造，让她住得舒适。他的住宅和巴顿别墅同属一个教区。他看来是热心帮忙，要替她们解决住房问题，他的信从头到尾充满善意，让他这位表亲读了不禁喜上眉梢，尤其在她受到比较亲近的亲戚嘲弄，处在又气又恼的尴尬时刻，就更是转忧为喜。她并没有花时间深思熟虑或者打听了解。就在读信的时候，她已经做出了决定。巴顿的位置在德文郡，是个远离索赛克斯郡的地方。仅仅在几个小时前，这还是一条她表示反对的充分理由，无论那地方有多少好处都无法让她同意，可现在，这一点却成了让她赞成的首要条件。离开诺兰庄园一带不再是桩坏事，反而成了她的渴望，与寄居媳妇家受气相比，那简直是一种福分。离开这个可爱的地方虽然心里难受，却总比看这么个女主人的脸子好受些。她马上动笔给约翰·米德尔敦爵士写回信，感谢他的善意，并接受他的建议。然后她拿着两封信匆匆让女儿们看，发出信之前想得到女儿们的同意。

埃莉诺从来认为，住在离诺兰庄园比较远的地方对她们比较妥当，比成天跟现在这些人住在一起好得多。由于她的这一看法，她就不能反对母亲迁往德文郡的主张。照约翰爵士的描绘，那房子不大，租金又非常低廉，她也就不能对这两点表示反对。虽然这个计划并不让她感到着迷，尽管离开诺兰庄园其实违背她的意愿，但她并没有反对母亲寄出那封信。

# 第五章

达什伍德夫人刚把信发出去，便兴致勃勃地向儿子和儿媳宣布说，已经有人租给她一所房子，一切安排好马上就要搬走。他们听了有点儿吃惊。约翰·达什伍德太太没有开口，她丈夫礼貌地表示，希望她们住的地方不要离诺兰庄园太远。她十分得意地回答道，她们要去的地方是德文郡。爱德华猛然扭过头来，声音里带着惊讶和焦急，重复道："德文郡！你们真的要去那儿？那可太远了！在德文郡的什么地方？"她说了那个地方的位置。那地方在埃克塞特以北大约四里的地方。

"房子只不过是个别墅，"她接着说，"不过我希望在那里接待我的朋友们。增加一两个房间很方便。如果我的朋友们能不辞辛苦到那么远的地方去看我们，我请他们去那儿住肯定不会有什么困难。"

最后，她非常友善地邀请约翰·达什伍德先生和太太去巴顿拜访，对爱德华表示的邀请就更加热情了。尽管她刚刚跟儿媳的交谈让她打定主意尽早离开诺兰庄园，但是交谈的内容丝毫没有影响到她的主张。将爱德华和埃莉诺分开从来就不是她的目的，她想借邀请爱德华向他姐姐表示，自己根本不理睬她对这桩婚事的不满。

约翰·达什伍德先生一再对继母说，他为这事感到难过，因为那房子离诺兰庄园实在太远了，让他难以在搬搬家具之类活计上帮忙。他真心感到为难，因为这种安排使他实际上无法实行他对父亲做出的保证。所有家具都要通过水路运走。主要是些床单台布、餐具、瓷器、书籍和玛丽安的一架漂亮的钢琴。约翰·达什伍德太太眼睁睁地看着一个个包裹被搬出去，不禁叹了口气。她不由自主地感到难过，因为达什伍德夫人的收入与他们自己的收入比起来那么微不足道，却拥有不少漂亮的家具。

达什伍德太太租用了那所房子，为期一年，房子陈设齐全，她可以马上就住进去。双方对租赁合同都没有什么问题，她只是等着处理掉在诺兰庄园的动产，定好未来要雇的用人，然后就能动身西行。她只要乐意，什么事情都办得很利索，所以这些事情很快就办好了。她丈夫给她留下的马匹在他去世后不久便卖掉了，现在有个机会出售马车，她的大女儿诚恳地求她把车也卖掉，于是她表示同意。为了孩子们的舒适，她本来想保留下马车的，但是埃莉诺的慎重考虑占了上风。她自己也明智地做了个决定，只留三名用人，两个女佣和一个男佣，这几个人很快便从诺兰庄园的用人中被选了出来。

选定的男佣和女佣立刻被打发到德文郡收拾房子，在那里迎接女主人的到来。达什伍德夫人跟米德尔敦太太从来没见过面，她不愿去巴顿花园客居，想要直接住进别墅。她对约翰爵士对房子的描述完全信赖，也就不想先去看房子，等直接住进去再说。她急着从诺兰庄园搬出去显然正合她儿媳的心意。儿媳口气冷淡地请她们别忙着搬家，其实不过是对自己的满意心情稍加掩饰罢了。现在是她的儿子履行自己诺言的最好时机。既然他起初搬进这房子时搁置了自己的义务，她们现在要离开他的房子了，这应该被看成履行诺言的最合适时机。但是达什伍德夫人不久便放弃了这类希望。从他谈话的口气上，她看出，他对她们最大的帮助不会超过替她们支付六个月的房租。他经常谈起家用开销越来越大，说是一切事情都得掏腰包，世界上再富有的人也应付不了，仿佛他自己也需要别人出资相助，更不用说会拿出钱来了。

从收到约翰·米德尔敦爵士的第一封信算起，没过几个星期，对未来的一切安排都停当了，于是达什伍德太太和她的女儿们起程了。

这毕竟是她们热爱的地方，辞别时她们流了许多眼泪。"亲爱的诺兰庄园！亲爱的家乡！"玛丽安在离开前那天晚上独自在屋前徘徊时喃喃自语道："我什么时候才能不再想念你，什么时候才能觉得别的地方是自己的家！啊！美好的房子，你能感到我现在望着你有多难过吗？我恐怕再也见不着你了！还有你们，这些熟悉的大树！你们会一如既往地待在这里。不会有一片树叶因为我们离去而凋零，也不会有一根树枝因为我们不再观望而停止摇摆！你们会保持老样子，你们感觉不到树下散步的人是悲是喜，也不懂同情他们的遭遇！但是，还有谁会待在这里欣赏你们呢？"

# 第六章

旅途开始后,起初大家心情太忧郁了,只觉得单调乏味。快到终点的时候,她们都对即将开始生活其中的乡间面貌产生了兴趣,沮丧心情便一扫而光。进入巴顿谷地后,周围景色让她们都欢快起来。这里是一片沃土,树木茂盛,水草肥美。在谷地蜿蜒行驶一里多之后,她们来到自己的房子前。房子前面只有一小片绿色园地,她们从一扇小门走进院子。

巴顿别墅作为住房虽然小了一些,却舒适紧凑,不过它作为别墅就显得不那么完美了,因为建筑样式十分一般,屋顶覆盖着瓦片,百叶窗没有漆成绿色,墙上也没有爬满忍冬藤蔓。房子中间有一条狭窄的走廊,从正门直通后院。正门两侧各有一间起居室,起居室后面是其他房间和楼梯。除此之外,便是四间卧室和两间阁楼。房子建成后还没有多少年,维护得很好。比起诺兰庄园,这的确是座寒酸的小房子!不过她们走进屋子后不久,怀旧的泪水就干了。愉快的用人们来迎接她们，让她们感到高兴，大家都为其他人着想，尽量显出愉快神色。当时刚刚进入九月，正值一年中天气最好的季节，在好天气中见到这个地方，便得到一种很好的第一印象，这有助于使她们以后长期喜欢这个地方。

房子的位置很好。紧靠房子后面和两侧不远处都是高高的山丘，有些是开阔的丘陵，有些是耕地和茂密的树林。巴顿村大部分座落在一座这样的山丘上，从别墅的窗口望出去，可看到村子漂亮的景色。从屋前望去，可看到整个谷地，还能扫视远处的田野，视野更加开阔。别墅后面的山丘是这片谷地的一端，山丘朝另一个方向绵延岔开，在两座最陡峭的山丘之间是另一个谷地，有另一个名称。

总的来说，房子的大小和家具都让达什伍德太太感到满意。如果维持原先的生活方式，就需要增加不少东西，但是，添置和改善是她的一桩乐事。当时她有足够的现款，可用在添置所需物品上，将房间收拾得更加典雅。"至于房子本身，"她说，"对我们家来说的确太小了，但是眼下先凑合着住，要想增减，今年已经太晚了。等到春天，如果我们手头宽裕，可以考虑盖房子。这两间起居室都太小，我希望常常邀朋友们来聚会，这里显然容不下。我有个念头，可以将这条走廊与一间起居室并在一起，让另一间起居室的一部分作门厅，另一部分作客厅。这项改建很容易，楼上还可增加一间卧室和一间阁楼。房子就成了一座舒适的小别墅了。我还希望楼梯更漂亮些。但是人总不能期待过高。我看加宽一点并不困难。我要看看春天手头到底有多少钱，然后我们再做相应的计划。"

这些改造计划都要从一个女人每年五百镑年金中节省出来，可她一辈子从来没积攒过什么钱。因此，她们对房子的现状感到满足是明智的。

　　大家这时都忙着安排自己关心的东西，各干各的事，摆放书籍和其他东西，尽量布置成一个家。打开包装后，把玛丽安的钢琴安置停当，埃莉诺的画也钉在了起居室的墙上。

　　第二天早饭后不久，她们正忙着收拾，房东来访，她们便停下了手里的活儿，和他说话。房东欢迎她们迁居到巴顿来，还表示说，如果她们现在缺什么东西，尽管到他自己家和庄园去拿。约翰·米德尔敦爵士是一个眉清目秀的中年人，大约四十岁。他以前曾经去斯坦希尔拜访过，不过他的年轻表亲们都不记得他了。他满脸的和蔼表情，态度也非常友善，就像他信中的口吻一样和善。看起来，她们的到来让他真心感到高兴，让她们生活能够舒适也是他真正关心的事情。他真诚热情地一再表示，希望她们能与他的家人多亲密来往，还非常诚恳地求她们在安顿好家之前，每天一定要到巴顿庄园去吃饭。他的邀请固执得近乎失礼，却并没有让她们反感。他的善意并非仅仅说说而已，他走后不到一个钟头，便有人从他家园子里送来一大篮蔬菜、水果，不到天黑又送来不少野味作礼品。此外，他执意替她们收寄邮件，还每天把自己的报纸送来给她们看，说是非常乐意这么做。

　　米德尔敦太太托他捎来口信说，一旦她们安顿停当，觉得没有什么不便，她就会来拜访达什伍德夫人。她们的回应也同样礼貌，向她发出邀请，爵士夫人第二天便来拜访。

　　她们当然非常渴望见到这位夫人，因为她们在巴顿的舒适生活在很大程度上要仰赖她。她的高雅外表给她们留下美好的印象。米德尔敦夫人年纪不超过二十六七岁，漂亮苗条，妩媚动人，举止文雅。她的态度和种种文雅举止是她丈夫不具备的。不过，假如她能有丈夫的一些坦率和热情，就会更好。她们开始时对她十分羡慕，不过，时间一久，大家对她的印象也渐渐不如开头那么好了。她虽然十分注重礼节，但寡言少语，不苟言笑，除了常用的客套话之外，几乎没什么多余的话好说。

不过，她实在也没有谈话的机会，因为约翰爵士非常健谈，米德尔敦夫人明智地采取了预防措施，带了大孩子一道来，那是个大约六岁的漂亮男孩儿。有了孩子，太太们在交谈冷场的时候，总能把话题转到孩子身上来，因为她们可以问他叫什么名字，今年多大了，可以夸奖他长得漂亮，还可以向他提些问题，可这些问题都是他妈妈替他回答的，孩子的脑袋耷拉着紧紧靠在妈妈身旁。他妈妈对他在人面前这么害羞觉得非常诧异，因为他平时在家可是吵闹得要命。凡是正式拜访亲友，一般都该带个孩子，为的是有个好的话题。在这次拜访中，大家就花了足足十分钟来谈论孩子主要是像爹还是像娘，以及哪一点像谁之类。当然啦，人的看法各不相同，人人都对别人的看法感到惊讶。

达什伍德家的人们很快就有机会就其他几个孩子进行争论了，因为约翰爵士执意邀请她们第二天去他的庄园吃饭，不接受邀请他就不走。

# 第七章

　　巴顿庄园离这座别墅大约半里远。她们沿谷地到来时曾从庄园附近经过,但是一座小山丘挡住了她们的视线,在家里却看不到庄园。庄园的宅子宏伟漂亮,米德尔敦一家生活体面,热情好客。热情好客是约翰爵士的风格,生活体面是他夫人的做派。他们家难得没有朋友留住,他们家的客人什么类型的都有,比周围哪一家的客人都多。客人能给两人带来幸福,因为虽然夫妻俩的脾气和举止不同,但两个人的共同点是谁都没有任何才能和爱好,这就使他们的活动范围很受局限,与上流社会的活动没什么联系。约翰爵士是个运动家,米德尔敦夫人只是位母亲。他喜欢打猎、射击,她仅仅待在家里逗孩子玩,这些便是他们的仅有的消遣。相比之下,米德尔敦夫人的活动不怎么受限制,因为她可以一年到头宠她的孩子们,而约翰爵士喜爱的个人活动却只能持续半年时间。好在各种不断的做客与来访活动弥补了他们先天的和教育上的不足,让约翰爵士能保持好心情，也让他夫人有了表现自己优秀教养的场合。

每逢宴请宾客时，米德尔敦夫人最大的乐趣是炫耀自己的美食佳肴，以及家里的各种陈设，这些极大地满足了她的虚荣心。但是约翰爵士的满足却更加实在，他的乐趣是召来尽可能多的年轻人，多得让他的房子几乎容纳不下，宾客越喧嚣他就越高兴。有了他，远远近近的年轻人都沾光不浅。夏天，他总是举办露天聚会，请大家吃凉拌火腿和鸡肉，到了冬天，他举办的私人舞会次数很多，除了十五岁以下永不知足的姑娘之外，年轻女士们都觉得过于频繁。

本地新迁来一家人永远是他的大喜事，他为他的巴顿别墅找来的房客，在各方面都让他感到喜悦。达什伍德家的小姐们年轻漂亮，举止不矫揉造作，足够赢得他的好感，因为漂亮姑娘只要不矫揉造作，心灵就会像容貌一样惹人喜爱。他性格友善，乐于帮助那些境遇不如以前的人们。这位好心人能向他的表亲表示善意，自己从中获得真正的满足。能把都是女性的一家人安顿在他的别墅中，作为一个喜欢运动的人，他获得了各方面的满足，因为他虽然尊敬同属男性的喜欢运动的人们，却并不常常愿意留他们住在自己庄园中，纵情取乐。

达什伍德太太和女儿们前去拜访巴顿庄园时，约翰爵士在房门外真心热诚地迎接她们。他陪她们走向客厅时，一再表示说，他从昨天开始就一直没有找到漂亮的年轻小伙子来陪她们感到不安。他说，除了他本人之外，客厅里只有一位先生，那是他的一位朋友，此时正在他的庄园做客，可这人既不是很年轻，又不是非常健谈。他希望她们能原谅这次聚会人数太少，并且向她们保证说，这种事以后绝不会再发生。他当天早上曾拜访过许多人家，希望多邀请几位客人来，但是这几天正值月色皎洁，大家的约会全都排满了。幸好米德尔敦的母亲在最后一刻赶到巴顿庄园来了,她非常随和,也很健谈,令人愉快,希望年轻女士们不至于觉得聚会太无聊。其实两位年轻女士和她们的母亲对只有两位陌生人在座感到非常满意,并不希望更多。

米德尔敦太太的母亲詹宁斯夫人是一位上了年纪的胖妇人,她性情活泼欢乐,极为健谈,显得非常快活,只是稍有点儿俗气。她满口的笑话,自己也笑声不绝,晚餐还没结束,她已经说了许多俏皮话,都是关于情人、丈夫之类。她说,希望她们没有把心留在索赛克斯郡,还谎称看见她们的脸都羞红了,也不管她们是不是真的害臊。玛丽安替姐姐感到恼火,扭头瞅了埃莉诺一眼,看她能不能忍受这番攻击,结果发现她对詹宁斯太太的拙劣打趣并不在意,反而受不了玛丽安的认真神色。

约翰爵士的朋友布兰登上校似乎不能适应她的态度,显然不适合做她的朋友,这就像米德尔敦夫人也不适合做他的妻子,詹宁斯夫人也不像是米德尔敦的母亲。布兰登上校沉默寡言,一本正经。虽然他的年纪已经过了三十五岁,而且玛丽安和玛格丽特都觉得他已经是个老单身汉,可他的外表不但不惹人讨厌,而且容貌中显出理智,谈吐尤其绅士风度十足。

在座的任何人似乎都不能跟达什伍德家的人融合在一起,但是,米德尔敦夫人的冷淡尤其让人讨厌,相比之下,布兰登上校的一本正经,甚至约翰爵士和他岳母的喧闹都显得比较有趣了。饭后,米德尔敦夫人的四个孩子吵闹着跑进来,拉着她到处跑,撕扯她的衣服,打断所有谈话,大家只能谈论与他们有关的话题。只是到了这时,米德尔敦夫人才显得有了点儿兴致。

到了晚上,众人发现了玛丽安的音乐才能,便邀请她表演。钢琴开了锁，大家都准备享受一番。

玛丽安唱得很好，在大家的要求下，她从米德尔敦夫人结婚时从娘家带来的歌谱中，把主要的歌曲都唱了一遍。这些歌谱大概放在钢琴里从来没动过。虽然照米德尔敦夫人的母亲说，她钢琴弹得很好，她自己也说非常喜爱音乐，可她自从结婚典礼后就放弃了音乐。

玛丽安的表演受到大家的大声鼓掌赞扬。每唱完一支歌，约翰爵士就大声喝彩，声音大得就像唱每一支歌的时候他不断跟其他人的交谈声。米德尔敦夫人不时制止他，要他遵守秩序，心里奇怪，唱歌的时候，听众怎么会有人片刻分心。玛丽安唱完一首歌，米德尔敦夫人马上请她接着再唱一首，结果点的正是刚刚唱完的那一首。在所有听众里，只有布兰登上校听歌时并不显得欣喜若狂，只是专注地听着，表示出嘉许。她心里于是对他产生了敬意，因为她有理由认为其他人的不体面举止显出完全缺乏欣赏能力。虽然他与歌曲的共鸣还没有像她那样达到陶醉和喜悦的程度，但他喜爱音乐，与其他人可怕的迟钝比较起来，他还是令人肃然起敬的。她通情达理地认为，一个三十五岁的人，本来应该已经过了感情敏锐欣赏细腻的阶段。她愿意充分体谅上校，因为他已经上了年纪，这是合情合理的。

# 第八章

詹宁斯太太是个寡妇，丈夫死后给她留下一大笔遗产。她只有两个女儿，她活着见到两个女儿嫁到了体面人家，于是她自己现在了无牵挂，一心想让天下人都成眷属。为了这方面的目标，她总是既热心又活跃，只要是自己力所能及，决不放过任何机会去促成熟人中所有青年的婚事。她的目光非常敏锐，善于捕捉男女隐情，于是能抢先向许多姑娘暗示说，她已经迷住了某某年轻人，让她们脸红心跳。她的这种洞察力让她在到达巴顿不久就断言说，布兰登上校已经深深爱上了玛丽安·达什伍德。第一天晚上聚会时，她就从他认真听她唱歌中猜出个大概，等到米德尔敦一家到别墅回访时，他再次听她唱歌，这便成了既定事实。肯定不会错。她心里确信如此。他俩会是美满的一对，可谓郎有财，女有貌。詹宁斯太太渴望看到布兰登上校婚姻美满，自从她成了约翰爵士的岳母，认识这个人以来，就一直有这样的念头，再说，她从来都急着想给每个漂亮姑娘找到好丈夫。

这事对她自己的直接好处也不是无足轻重的,因为她因此有了拿他们取笑的无数笑料。在庄园上,她拿上校打趣,到了别墅,她就逗玛丽安开心。如果这些玩笑只是针对上校本人,他倒并不在意。玛丽安开始并没有理解,等到她理解了这些笑话说的是谁,简直不知道是该对这种荒唐说法嗤之以鼻,还是责怪其鲁莽无礼,她认为这是对上校的嘲弄,因为他已经有了一把年纪,却仍是个单身汉,听了嘲弄更会感到处境孤寂。

达什伍德夫人并不觉得一个比自己还小五岁的男人,会让女儿们觉得年纪大得成了老人。她便替詹宁斯太太开脱,说是她不一定是拿他的年纪开玩笑。

"不过,妈妈,就算你认为她并不是出于恶意,可你至少不该否认这是一种荒谬的嘲弄吧。布兰登上校倒是比詹宁斯太太年轻,可他的年龄已经大得能做我的父亲了。再说啦,假使他有过恋爱的激情,到了现在这把年纪也早已不会再有那种感情了。实在太荒唐了!要是连年老体衰也不能保护一个男人,那他什么时候才能免受这种捉弄呢?"

"年老体衰!"埃莉诺说,"你说布兰登上校年老体衰?我知道,他的年纪在你看来比妈妈感觉到的大,但你能说,他胳膊腿儿有什么问题吗?"

"你没听他说过自己的痛风病?那难道不算年老体衰的症状?"

"我亲爱的孩子,"她母亲笑道,"那你肯定时时为我的身体操心,恐怕我很快就会衰老吧,你也一定觉得我能活到四十岁是个奇迹?"

"妈妈,你这可是冤枉我了。我知道得清清楚楚,布兰登上校还没有老到大家都怕跟他永别的地步。他也许还能再活二十年。但是三十五岁的人跟婚姻没什么关系啦。"

"也许,"埃莉诺说,"三十五岁的人跟十七岁的人最好别跟婚姻挂起钩来。不过要是有个二十七岁的女子还没有结婚,我倒觉得三十五岁的布兰登上校跟她结婚没什么障碍。"

"一个二十七岁的女人,"玛丽安停顿片刻后说,"一个年纪那么大的女人绝对不该希望产生爱情,也不能指望有人还会爱上她。假如她自己家住得不舒适,或者她的财产数目很小,我倒认为她可以屈就一下,当当保姆,为的是积攒点儿钱好嫁人。他要是娶这样一个女人,我倒觉得没什么不合适的。那将是一桩有益的安排,会让大家都满意。不过,在我看来,那算不得婚姻,什么也算不上。我看那像是一种买卖交易,双方都想占对方点便宜。"

"我知道,"埃莉诺回答道,"不可能让你相信,一个二十七岁的女子会对一个三十五岁的男人产生类似爱情的情感,成为他中意的伴侣。可我不能附和你的意见,将布兰登上校和他的妻子永远关进病房,原因仅仅因为他昨天感到肩膀稍有点儿疼,可昨天是个阴冷潮湿的日子。"

"但是他谈起过法兰绒背心,"玛丽安说,"在我看来,法兰绒背心自然跟痛风、抽筋、风湿病以及由老年和衰弱而产生的病痛有关。"

"要是他发起了高烧,你对他的不良看法大概就只有现在的一半啦?玛丽安,你说老实话,你感兴趣的是不是发高烧的人脸颊潮红、眼窝下陷、心跳加快?"

埃莉诺说完这话后,很快便离开了房间。"妈妈,"玛丽安说,"说起生病,我不想瞒你,我心里有点儿慌。我能肯定爱德华·费拉尔斯身体不好。我们来这儿已经两个礼拜了,可他还没来过。要不是他生了病,怎么会耽搁这么久呢?还有什么其他事能让他在诺兰庄园留这么久?"

"你有什么理由认为他这么快就要来呢?"达什伍德夫人说。"我看他不会早早前来。正相反,要是我对这事有什么担忧的话,那就是我当初邀请他来巴顿时,他接受邀请的态度显得闷闷不乐,十分迟疑。是不是埃莉诺已经在盼望他来了?"

"我从没当着她的面提起过,可她肯定在盼望。"

"我看你大概弄错了。昨天我跟她谈起为那间空闲卧室添置一个新炉栅,她还说不用着急,因为那房子一时还不大可能有人来住。"

"这事多奇怪呀!她到底是什么意思!他们俩之间的举止总让人摸不透!他们告别时那么冷淡镇定!最后一个晚上,他们在一起交谈的时候显得没精打采。爱德华跟埃莉诺和我道别时,态度没什么区别。他对我们说了同样的祝愿,就像一位哥哥对妹妹们说话一样。最后一天早上,我两次故意离开他们,好让他们单独在一起,可他两次都跟着我走出屋子,真让人想不通。埃莉诺离开诺兰庄园和爱德华时,哭得还没我伤心。就是到了现在,她的沉着冷静也没什么变化。她什么时候有过沮丧忧愁?她什么时候不愿跟人交往,或者在人面前显出不安和不高兴?"

# 第九章

　　达什伍德家的人现在已经在巴顿定居下来，日子过得还算舒适。她们已经熟悉了宅子、花园以及周围的一切景物。诺兰庄园的魅力一半在于日常琐碎事务，现在她们又开始从事这些事务了，而且从中得到的乐趣远大于父亲去世后在诺兰庄园的那段时间。约翰·米德尔敦爵士在起初两个礼拜天天都来看望她们，他在家里找不着什么事情做，便为她们整天忙碌感到惊奇。

　　除了来自巴顿庄园的客人外，她们的客人并不多。虽然约翰爵士渴望让她们与邻居们交往，还一再说自己的马车随时可供她们使用，但是达什伍德生性不愿依赖别人，她压制住了孩子们的交际愿望，执意只能步行去做客，步行范围以外的人家就不去访问了。能步行去拜访的人家并不多，再说这些人家也不是每一家都可以随意去拜访的。她们刚到此地时，姑娘们清晨在艾伦汉姆山谷蜿蜒狭窄的小道上散步时，发现距离巴顿大约一里半的地方有一座古老庄严的大厦，宅子的外表让她们联想起诺兰庄园，也激起她们的联想，她们便想多了解了解那座宅子。打听了一下，得知宅子的主人是一位品性极好的老夫人，只可惜她身体太虚弱，不能与人交往，自己也从来不出门。

她们家周围的地方到处是景色秀丽的小路。几乎从别墅的每一扇窗户望出去，都能看到开阔的高地，吸引她们登上巅峰，去享受呼吸新鲜空气的强烈乐趣。遇上谷地泥泞，不能欣赏其中绝好的美景时，登山是一种愉快的替代活动。在一个难忘的早晨，玛丽安和玛格丽特便朝一座山丘走去，阵雨后的天空露出的阳光迷人瑰丽，吸引了两位姑娘，前两天一直下雨，她们待在屋子里再也忍受不下去了。尽管玛丽安声称说，天气肯定会一连晴好，每一片乌云都会从山上飘走，可另外两位女士就是不愿放下她们的铅笔和书本，说是在这种天气里不愿出门，于是这两个姑娘便结伴出来了。

她们欢天喜地登上山丘，从云缝间每看到一丝蓝天就乐不可支，等到让她们精神焕发的西南风强劲有力地吹在她们脸上时，她们便为母亲和埃莉诺感到惋惜，由于她们多余的担忧，让她们没能享受到这种愉快的感觉。

"世界上还有比这更幸福的事情吗？"玛丽安说，"玛格丽特，我们至少要在这儿走上两个小时。"

玛格丽特表示赞同，她们便顶着风继续走，一路欢笑着走了约二十分钟。这时，头顶上的乌云忽然聚成一片，一阵急雨朝她们的脸上扫来。她们又惊奇又恼火，虽然不情愿，却也不得不连忙转身返回来，因为周围最近的遮风避雨处就是她们自己家。有一件事对她们还算是慰藉，由于情况紧急，怎么做都不算有失妥当，她们可以顺着陡峭的山坡尽快飞奔下山，迅速跑到自家花园大门口。

她们拔脚飞奔。玛丽安跑在前面,但是,跑着跑着脚下一滑突然摔倒在地上。玛格丽特收不住脚步,不能帮她,身不由己一路跑到山脚下,自己平安无事。

玛丽安出事的时候,恰好有一位持枪的绅士从她身旁几码远处经过,身边还有两条猎狗跑来跑去。他放下枪,跑过去帮她。她已经爬起了身,但摔倒的时候扭伤了脚,几乎站不住。那位绅士过来帮忙,见她不好意思,可她又的确需要帮助,便片刻没有耽搁,抱起她向山下走去。玛格丽特没关上院门,他穿过花园,直接把她抱进屋里,安顿在客厅的一张椅子上。这时玛格丽特也刚刚回来。

埃莉诺和母亲见他们进来时,吃了一惊,都站起了身,注视着他,由于他的外表,她们的目光中带着明显的惊异和赞赏。他为自己不得已闯入她们宅子表示道歉,并解释了原因。他的态度坦率而文雅,他非凡的容貌以及他的嗓音和表达更给他的人品增添了魅力。即使他不过是个又老又丑又粗俗的人,只要是帮了孩子的忙,达什伍德夫人也会表示谢意和友善,况且他还是个年轻漂亮文雅的绅士,他的行动就更加深深打动了她的心。

她一再向他道谢,还用她从来就十分悦耳的声音请他坐下。可他表示谢绝,因为身上又湿又脏。达什伍德夫人便请教这位好心的先生尊姓大名。他回答说,他姓威洛比,目前住在艾伦汉姆,他希望得到她的允许,明天有幸来探视达什伍德小姐。他的请求立刻得到欣然同意。他便冒着大雨离去,这使他更惹人喜爱了。

他的英俊和非凡的优雅举止立刻成为大家的话题,让她们赞不绝口。大家拿玛丽安逗乐,因为他对她献了殷勤,更重要的是他外貌引人注目。玛丽安本人其实并没有像其他人一样看清那人的模样,因为她让他抱在怀里进屋,心慌意乱,脸颊绯红,根本不好意

思端详他。不过,她看到的已经足够让她加入大家对他的赞美中了,而且她夸奖人的时候劲头十足。他的外表和风度与她从一个喜爱的故事中看到的英雄形象十分吻合,他抱她回家时,丝毫没顾忌什么礼节,这种果断尤其让她喜爱。他的一切都让人感兴趣。他的姓氏好,住在她们喜欢的村子里,而且她很快便发现,猎装最能衬托出男子汉气概。她整个沉浸在想象中,她的每一点回忆都让她愉快,脚踝扭伤根本没让她觉得疼痛。

那天早上以后开始了又一轮好天气,天刚放晴可以出门了,约翰爵士就来拜访。大家把玛丽安那天出的事讲给他听,问他是否知道一位住在艾伦汉姆的威洛比。

"威洛比!"约翰爵士嚷道,"怎么,他在乡下?这可是个好消息,我明天骑马去请他星期四来吃饭。"

"这么说,你认识他啦。"达什伍德夫人说。

"认识他!我当然认识。怎么会不认识,他每年都要到这儿来。"

"他这人怎么样?"

"我向你保证,他是我认识的人里面首屈一指的年轻人。枪法顶呱呱,要说骑马,全英格兰没有比他更胆大的。"

"你知道的就这些?"玛丽安愤愤不平地大声说。"他对待熟人的态度怎么样?他喜爱什么,有什么本领,有什么才气?"

约翰爵士有点儿为难。

"说实在话,"他说,"至于那种事情,我对他并不了解。不过我知道他是个脾气好惹人爱的家伙,我还见过他带一条黑毛母猎狗。今天他带着那狗没有?"

玛丽安说不出威洛比先生的猎狗是什么颜色,这就像她无法描绘她感情的细致差异一样。

"可他是个什么人？"埃莉诺问道。"是哪儿人？他在艾伦汉姆有房子吗？"

关于这些问题，约翰爵士倒是能准确回答出来，他告诉她们说，威洛比先生在这里没有自己的财产，他来看望艾伦汉姆庄园的老夫人时就住在那里，他是那老夫人的亲戚，将来会继承她的遗产。他还补充说，"不错，不错，我可以告诉你，达什伍德小姐，他可是个值得抓住的人。他在别处有自己很不错的小产业，是在萨默塞特郡。我要是你的话，我可不愿把他让给我妹妹，管她是不是从山上摔下来过。玛丽安小姐也不能指望自己把所有男人都揽为己有。要是她不当心的话，布兰登会嫉妒的。"

"我相信威洛比不会受到我女儿们的妨碍，"达什伍德太太善意地微笑着说，"她们不会像你说的去抓他。我把她们养大不是让她们专门干这种事情的。男人跟我们在一起会非常安全，不论他们有多富有。不过，我很高兴听你说，他是个可敬的年轻人，跟他结识是件好事。"

"我从来都认为，他是个好青年，"约翰重复道，"记得去年圣诞节，他在庄园举行的一次小舞会上，他从晚上八点一直跳到凌晨四点，根本就没坐下歇一会儿。"

"真的？"玛丽安大声说，她的眼睛闪闪发亮。"他姿态还算优雅，精神够饱满的？"

"没错。而且他早上八点就接着出去打猎了。"

"我就喜欢这样。年轻人就该这样，不论做什么，都该奋不顾身，不知疲倦。"

"哎哟，我知道是怎么回事啦，"约翰爵士说，"我知道是怎么回事了。现在你要挑逗他，决不会想到可怜的布兰登啦。"

"约翰爵士,"玛丽安口气热烈地说,"这种说法我特别讨厌。我憎恨把庸俗的字眼都拿来当俏皮话,就像'挑逗男人''征服'之类,最让人恶心。这话又粗俗又没教养,要是刚编造出来的时候还算俏皮,以后听上去就是陈词滥调了。"

约翰爵士没听出其中的责难意义,却像听懂似的开怀大笑,然后回答道:

"啊,不过我敢说,你会用各种手段征服一个又一个男人。可怜的布兰登!他已经受了重创,我告诉你吧,他可是非常值得你挑逗的,虽然你摔了跟头,还扭伤了脚脖子。"

# 第十章

玛格丽特把威洛比说成是玛丽安的保护神,话说得虽然过分,倒还文雅。威洛比第二天一早就来别墅亲自探视。达什伍德夫人接待他的时候,态度超过了礼节所需。约翰爵士的善意介绍和她自己的感激加在一起,让他在拜访过程中受到了热情接待,使他感到,那次事故让他偶然结识的是个通情达理,高雅温暖,相互热爱的家庭。他虽然是第一次来访,已经对每个人的迷人性格深信不疑了。

埃莉诺·达什伍德小姐肤色白皙,相貌端正,身材格外标致。玛丽安更漂亮。她的体型虽不及姐姐匀称,但具有身材高的优势,看上去就更加动人,她的脸太可爱了,就是拿常用字眼说她是个美女,也不算陈词滥调。她的肤色非常深,但是由于富有光泽,便显得异常神采奕奕。整体上看,她的容貌非常好,时常露出甜蜜诱人的微笑,一双黑眼睛充满了生气和神韵,透出一种看了就让人喜悦的热情。她的目光躲避着威洛比,因为他帮过她,让她感到不好意思。不久,她恢复镇定后,便看出眼前的年轻人是个有着完美教养的绅士,又坦率又活泼,更让她感兴趣的是,他声称自己热爱音乐和跳舞,她于是朝他投去赞赏的目光,就这么一眼就让他在拜访的其余时间中主要跟她交谈了。

只需提到她的任何一项爱好,就足够让她参加交谈,这种话题开始后,她就不可能保持缄默了,而且在交谈中,她既不可能害羞,也不会有什么顾忌。他们很快便发现,两人的共同爱好是跳舞和音乐,而且两人的见解也大体相同。在这一基础上,她进一步了解他的看法,将话题转向书籍。她说出自己喜爱的作家,热情洋溢地评论他们的作品,听了她如此兴高采烈的评述,即使一个二十五岁的年轻人以前对这些作品并不在意,此时也会马上领悟到其中的真谛。他们的兴趣惊人地相似,两人都崇拜同一类书,喜爱同样的章节,要说有什么差异有什么不同意见的话,只要她一争辩,她明亮的眼睛一闪,两人就能达成一致意见。他默认她的所有论断,迎合她的全部热情。拜访还远未结束,他们已经像老熟人一样毫无拘束地交谈了。

他刚刚离去,埃莉诺就说:"哎哟,玛丽安,你这一上午收获不错嘛。你差不多在每一个重要问题上都了解了威洛比先生啦。你已经知道他对考珀和司各特①的观点,你也了解到他对他们美学价值的评价恰如其分,你还完全掌握了他对蒲柏②的评价并不过分。但是,每一个话题都这样匆匆了结,将来的关系还怎么能持久?你们这样匆匆把喜爱的话题一下子都谈完,以后见面就只剩下他谈论他

---

① 瓦尔特·司各特(1771—1832):英国历史小说家。
② 亚历山大·蒲柏(1688—1744):英国诗人,翻译家。

对美景和再婚的话题,然后你就没什么好问的了。"

"埃莉诺,"玛丽安嚷起来,"你这话公平吗?合理吗?难道我的思想就这么贫乏?不过,我明白你的意思了。我太随便,太高兴,太坦率了。我违背了所有的礼仪观念。我在本该保留的时候太真诚坦率,我本该装作无精打采,呆头呆脑,让人捉摸不定才对。要是我只谈谈天气和道路,十分钟只开上一回口,也许就不致于受这顿责备了。"

"我亲爱的,"她妈妈说,"别生埃莉诺的气,她不过跟你开开玩笑罢了。要是她刚才敢打断你跟我们这位新朋友的交谈,阻碍你们的兴致,我自己也会责备她的。"玛丽安听了立刻就消了气。

威洛比显然希望多跟她们交往,于是在每一桩事情上都表示他认识她们感到非常高兴。他每天都来拜访她们。起初,他的借口是探视玛丽安,但是他受到的接待一天比一天热情,玛丽安完全康复后,他便用不着找什么借口了。她有几天待在屋里不能出门,但是从来没像这几天一样并不感到心烦。威洛比有才干,想象力敏捷,活泼开朗,风度翩翩。在各个方面都和玛丽安情投意合。除此之外,他不仅有迷人的外表,还有一副天生的热心肠,现在又被她激发得更加火热,这是最让她爱慕的。

渐渐地,跟他在一起成了她最大的乐趣。他们一起读书,在一起交谈,一起歌唱。他的音乐天赋相当引人瞩目。他朗诵时的情感表露正是爱德华所不幸缺乏的。

在达什伍德夫人看来,他就像在玛丽安眼里一样毫无瑕疵。埃莉诺也看不出他有什么缺点,只是他性格太开放,像她妹妹一样心里想什么嘴里就说什么,而且在任何场合都说得太多了些,并不顾忌周围的人,妹妹却十分喜爱他这一点。他轻率地形成对别人的看法，而且脱口而出，他随着自己的兴致，忽视一般的礼仪，过分不顾世俗标准，显得缺乏谨慎，不管他和玛丽安怎么辩解，埃莉诺都不能表示赞同。

玛丽安此时才开始意识到，她在十六岁半的时候曾感到绝望，以为一辈子不会遇到一个符合她理想的完美男子，那种想法未免过于轻率，也没有道理。威洛比正是她在忧郁的时刻和每一个愉快的时期在想象中描绘过的人，他能让她倾心，他的举止表明，他不但富有才能，而且也有同样热切的愿望。

她母亲从来没因为他未来的财富而产生过借他们的婚姻搞投机的念头，不过，现在他们相识不过一个礼拜，她已经心怀希望，但愿这门亲事能成。她还暗自庆幸自己已经有了爱德华和威洛比这两个好女婿。

布兰登上校的朋友们早先发现，他喜欢玛丽安。埃莉诺到此时才意识到这回事，可大家已经不再注意此事。大家的注意力和俏皮话都被比他更幸运的对手吸引过去了，结果，上校并没有产生爱慕之情时，人们拿他打趣，等到他动了真情，真正值得人们取笑时，却再也听不到那种玩笑了。当初詹宁斯夫人硬说上校爱上了玛丽安，其实是为了满足自己的乐趣。埃莉诺虽然宁愿这不是真的，却不得不相信上校真的让妹妹激发起了爱情。双方意趣相投可能促成威洛比先生的爱情，但是，性格截然相反也并不妨碍布兰登上校对妹妹的情感。她对这事感到担忧。一个沉默寡言的三十五岁的男人怎能与一个非常活泼的二十五岁青年匹敌？她不能希望他成功，便衷心希望他能淡忘这事。她喜欢他，尽管他态度庄重保守，可她还是喜欢观察他。他的态度严肃却十分温和，他的保守显然不是生性阴郁，而是某种压抑的结果。约翰爵士曾暗示过，说他以前受过某种伤害，经历过失望，这就证实了她对他昔日不幸的猜想，她便对他怀有敬意和同情。

也许她同情他是因为威洛比和玛丽安都瞧不起他，他们对他怀有偏见，觉得他既不活泼，又不年轻，似乎故意要贬低他的种种优点。

"布兰登属于那种人，"一天，他们谈论起他的时候，威洛比这么说，"那种人大家谈论起来都说好话，可谁也不关心他们，大家都喜欢见到他们，可谁也想不起该跟他们交谈。"

"我对他的看法也正是这样。"玛丽安嚷道。

"不过，别吹嘘过了头，"埃莉诺说，"因为你们这话说得不公道。庄园里全家都非常尊敬他。再说我见了他总想找他谈话。"

"他有你的保护，"威洛比回答道，"当然对他有利，可是至于其他人，对他表示尊敬本身就是一种责备。谁愿意受到米德尔敦夫人和詹宁斯太太这类人的赞扬？那简直是屈辱，会招致其他人的冷眼。"

"可受到你和玛丽安的辱骂，也许就能抵消米德尔敦夫人和她母亲的赞扬。假如她们的赞扬等于责备，那你们的责备也许是赞扬，因为她们的不明是非并不次于你们的偏见和不公。"

"你为了保护自己的被保护人，说起话来竟然玩弄起辞藻了。"

"你所谓的我那被保护人可是个通情达理的人，理智从来都让我着迷。不错，玛丽安，即使是个四十五岁的男人也会让我着迷。他见的世面多，出过国，读过书，有思想。我发现他在许多方面都能给我大量知识，他任何时候都能回答我的问题，而且是脱口而出，显出良好的教养和耐心。"

"这么说，"玛丽安轻蔑地大声说，"他对你说过，在东印度群岛上，天气炎热，蚊子烦人。"

"我毫不怀疑，要是我向他提出这类问题，他的确会这么告诉我的,可惜这些事情以前我已经了解。"

"也许,"威洛比说,"他的见识还能延伸到印度富豪、金摩合①和象轿什么的。"

"我敢说,他的见识远比你们能说出的广博得多。可你们到底为什么讨厌他?"

"我并不讨厌他。正相反,我认为他是个非常可敬的人,人人都说他好,可谁也不理睬他。他的钱多得花不完,时间也多得不知道该怎么打发,每年还要买两件新外套。"

"除此之外,"玛丽安嚷道,"他既没有天赋,又没有情趣,还没有精神。他没有迷人的领悟力,没有激情,声音没有感情。"

"你们说了他一大堆缺点,"埃莉诺反驳道,"对自己的想象力又如此自信,相比之下,我对他的赞扬就显得平淡无味了。不过我能说,他是个有理智有教养的人,他见识广博,谈吐温和,而且我还相信,他有一颗和蔼的心。"

"达什伍德小姐,"威洛比喊起来,"你这可是对我不公平了。你是想用大道理逼我缴械投降,还说服我背离自己的愿望。但这是不可能的。你的话很有艺术水平,可你会发现,我很顽固。我有三条不容辩解的理由让我不喜欢布兰登上校。我希望天晴的时候,他却威胁说要下雨,他挑我马车车幔上的毛病,再说,我想说服他买我的棕色牝马,可他就是不干。不过,要是能让你高兴,我愿意承认,他的品格在其他方面都无可指责。为了承认这一点,我不得不有点违心。你也不能不让我享有自己的特权,那就是我仍然像以前一样不喜欢他。"

---

① 金摩合:印度古金币名。

# 第十一章

达什伍德夫人和女儿们初到德文郡时,谁也没有料到,在这么短时间内便会有这么多的约会,让她们目不暇接,也没想到会收到这么多邀请和这么多来客,结果让她们简直没时间做正事了。可这正是她们面临的情况。玛丽安的脚伤痊愈后,约翰爵士原先计划好的室内外娱乐活动就付诸实施了。庄园里开始举办舞会。十月份雨水较多,但只要天气晴朗,他们就在水上举行聚会。每次聚会威洛比都会出席。这类聚会气氛轻松,亲切自然,能让他增进与达什伍德家的了解,也向他提供了目睹玛丽安卓越风采的机会,让他能当场表示对她的爱慕,也能让他从她的举止中看出她对他直率表示的钟情。

埃莉诺对他们的相互爱慕并不感到惊奇。她只是希望他们不要过分公开表现,有一两次,她禁不住向玛丽安当面提出,劝她稍加自制,以便显得得体。可玛丽安讨厌对任何事情遮遮掩掩,因为没什么不光彩的事值得隐瞒,感情本身既然没有非议,在她看来压制感情显然不仅徒劳,而且是理智对世俗错误观念的屈服,那将是一种耻辱。威洛比也有同感,他们的一贯举止就表现出这种观点。

只要他在场,她的眼睛里就没有别人。他做的事样样都对。他说的话句句精辟。如果晚会的最后一项活动是打牌,他就会欺瞒别人也作弄自己,为的是让她得到一手好牌。如果晚会的活动内容是跳舞,他们半数时间结伴起舞,如果有一两支舞曲让他们不得不分开,他们会设法站在一起,几乎一句话也不跟别人交谈。由于这种举止,他们当然成了大家嘲弄的主要笑柄,但是奚落并不会让他们感到羞愧,似乎也难得让他们感到恼火。

达什伍德太太热情地对他们的感情表示同感,也根本不想制止他们的感情过分外露。在她看来,这只不过是年轻人热恋的自然结果罢了。

这是玛丽安的一段幸福时光。她的心完全献给了威洛比,离开索赛克斯时,她以为自己不可能淡忘对诺兰庄园的怀念,现在却完全变了,有了他的陪伴,她现在的家有了魅力。

埃莉诺并没有感到很幸福。她的心情不太轻松,她对这里的娱乐并没有感到单纯的满意。在这些人中间,她找不到一个让她忘记过去的伴侣,也没能减轻她对诺兰庄园的怀念。虽然詹宁斯太太十分健谈,而且一开始就待她很热情,与她交谈时间很长。但米德尔敦夫人和詹宁斯太太都无法让她感到交谈的乐趣。詹宁斯太太对自己的身世已经说了三四遍,假如埃莉诺的记性好,能分辨出她添枝加叶的说法,也许早早就熟悉詹宁斯先生临终的细节,以及他在生命的最后几分钟对妻子说的话。米德尔敦夫人只是在比母亲沉默寡言方面比较讨人喜欢。埃莉诺用不着多观察就能感觉到,她说话不多与通情达理没什么关系，只是态度平静罢了。她对待丈夫和母亲与对待其他人没什么不同。因此埃莉诺既不设法跟她亲近，也不愿那样做。她嘴里说的话天天一个样。她的淡漠乏味一成不变，她的精神从来没变化。她不反对丈夫安排的一次次聚会，只要一切办得气派，只要她的两个大孩子在她身边就行，看上去，她参加这种聚会并不比一人在家独处更愉快。她在场不能给其他人增添多少乐趣，因为她不参加大家的交谈。只有她照料淘气的孩子时，人们才能留意到她的存在。

在所有新结识的人们之中，埃莉诺发现只有布兰登上校的能力值得尊敬，只有他能激起友谊的愿望，她也愿意与他交谈。威洛比完全不同。她对他既钦佩又关心，甚至像姐姐一样关心他，可他天生是个情人，他的爱已经完全献给了玛丽安，一个远比他不让人愉快的人一般也能讨人喜欢。布兰登上校很不幸，得不到那种让他一心想着玛丽安的鼓励，他发现，与埃莉诺交谈是受到她妹妹冷眼的最大补偿和慰藉。

埃莉诺更加同情他，因为她有理由怀疑他有过失恋的痛苦。那是他不经意露出的几句话中表现出来的。一天晚上，在晚会上大家都在跳舞，他们俩相约坐下来交谈。片刻沉默后，他淡淡一笑，说："我看得出，你妹妹不赞成第二次恋爱。"

"没错，"埃莉诺回答道，"她的想法全都非常不切实际。"

"照我看，她恐怕认为那是不可能的。"

"我相信她的确有这想法。可我不懂，她这样考虑怎么就没想到自己亲生父亲的情况。但是，再过几年，等她有了通情达理的常识和阅历，她就会形成自己成熟的见解。到那时，她的观点也许会比现在容易让别人判断，可现在，她那看法除了她自己谁也不懂。"

"也许是这样,"他回答道,"然而年轻人的偏见倒也有可爱的地方,要是它们接受了通俗的见解,放弃自我,反倒让人可惜。"

"这我可不能苟同,"埃莉诺说,"玛丽安的这种感情会带来不少麻烦,就是她的热情和无知再迷人也无法弥补其损失。她全然不顾及体面的思想有种种不良倾向,我盼望她能多见见世面,那样对她才有好处。"

稍稍停顿后,他恢复了交谈:

"你妹妹反对第二次恋爱,难道不加分辨?难道任何人都是一样,再次恋爱都是罪过?第一次选择后失恋的人,不论是不是对方变了心,也不论是否由于环境所迫,难道从此一辈子就该死心?"

"说实话,我对她那些主张的细微之处并不了解。我只知道从没听她说过有什么人的第二次恋爱是情有可原的。"

"这种观念长不了,"他说,"但是,感情一改变,一旦完全改变——不,不,别这样想。因为年轻人心中的浪漫美好一旦消失,往往变成过于通俗危险的观点,那就太不幸了!我这是经验之谈。我以前认识一位女士,她在性格和思想方面都与你妹妹特别相似,她的思想方法和判断方式都像你妹妹。但是,由于一系列不幸,发生了迫不得已的变化……"他突然打住话头,显然觉得说得过了头,可他的面部表情让人犯疑,否则埃莉诺根本不会留意。假如他没有让达什伍德小姐意识到他说漏了嘴,也许她根本就不会猜疑。照现在的情况判断,不用怎么多想,就能想象出他的情感与昔日的恋情有关。埃莉诺没有追问。但是,假如换了玛丽安,她绝对不会就此罢休。靠她活跃的想象力,整个故事很快就能构思出来,编成一个最让人心情沉重的爱情悲剧。

# 第十二章

第二天早上，埃莉诺和玛丽安一道散步时，玛丽安告诉姐姐一件新闻。虽然埃莉诺知道玛丽安本来办事就轻率欠考虑，但这事做得实在太离谱，让她大吃一惊。玛丽安乐不可支地告诉她说，威洛比送了她一匹马，是他自己在萨默塞特郡的家里养大，专门给女子乘骑的。她欢天喜地地告诉姐姐，并没有考虑到母亲并没有养马的计划，也没考虑到母亲为了这礼物如果决定改变计划，她就得再买一匹马给随身用人骑，还得雇一名骑这匹马的用人，另外，还得为马盖一间马厩。

"他打算马上派他的马夫去萨默塞特郡把马带来，"她补充说，"等马到了，我们就能天天骑马了。你也跟我一起骑。我亲爱的埃莉诺，想想吧，在这些高地上骑马有多惬意。"

她可不情愿从这场幸福的梦幻中清醒过来，考虑与之相关的种种不愉快事实，有很长时间她都不愿意接受那种事实。至于额外雇一名用人，费用是微不足道的。她能肯定妈妈绝对不会反对，再说，随便一匹什么马他都可以骑，他总可以从庄园找到一匹马。要说马厩，只要有个小棚屋就成了。接着，埃莉诺试探着问，从一个了解甚少的人，至少也是新认识的人那里接受这样一件礼物，是不是合适。这问题激怒了玛丽安。

"你错了，埃莉诺，"她热烈地说，"怎么能认为我对威洛比了解甚少呢？不错，我认识他的时间不长，除了你和妈妈外，我在这个世界上最了解的就是他。亲密关系不是由时间和机遇决定的，唯一的决定因素是性格。对于有些人来说，要想相互熟悉七年也不够，可对其他人来说七天就足够了。假如我接受哥哥送的一匹马，我会觉得是桩罪过，可威洛比送的却是两样。虽然和约翰在一起生活了许多年，可我对他了解很少，但我对威洛比的看法却早就形成了。"

埃莉诺觉得最明智的办法是不再涉及这一点。她熟知妹妹的脾气。在如此敏感的问题上对抗只能让她更加固执己见。埃莉诺请妹妹替妈妈考虑，她仔细分析了这事，假如告诉母亲，她多半会答应，还会答应增盖马厩，但这会给她们宽容的母亲带来多少不便。玛丽安马上便屈服了，保证说，不再提这桩送礼的事，免得牵动妈妈慈爱的心肠，还保证下次见面告诉威洛比，谢绝他的礼物。

她说话算话，当天威洛比来别墅拜访时，埃莉诺听见她压低声音对他说，很抱歉不能接受他的礼物。她同时告诉他改变主意的种种理由。她的理由十分充足，使他无法进一步求她接受。不过，他的情感是非常明显的。他诚恳地表达出自己的心意后，照样压低声音补充说："不过，玛丽安，虽然你现在不能骑，可那匹马仍然是你的。我替你养着，直到你能骑它的时候。等你离开巴顿，有了自己长期的家,迈布女王会欢迎你骑它的。"

埃莉诺·达什伍德小姐是从旁听到这番话的。从他说的话,他说话的态度,以及他用教名称呼她妹妹的情况,她立刻看出他们的关系已经十分密切,两人已经情投意合。从这一刻起,她认为他们无疑已经私下订了婚。这就更让她感到奇怪,因为他们俩性格如此直率,可她和她们的任何朋友都还不知道他们的婚约,却只能靠偶然发现去了解。

第二天,玛格丽特对她说了件事,让这桩事更加明朗了。这之前的那天,威洛比来跟她们共度了一个晚上,玛格丽特待在客厅,当时只有他和玛丽安。玛格丽特有机会看到一些事,见到大姐后,煞有介事地把事情告诉她。

"哎,埃莉诺!"她大声说,"我有个玛丽安的秘密要告诉你。我敢肯定她很快就要跟威洛比先生结婚啦。"

"得啦,"埃莉诺回答道。"你这话自从他们第一次在高教会山冈见面后就一直说。他们相识还不到一个礼拜,你就说肯定看见玛丽安脖子上戴着他的肖像,结果里面只有我们叔伯爷爷的画像。"

"可这次完全是两码事。我敢肯定他们不久要结婚,因为他剪了她一缕头发。"

"别弄错了吧,玛格丽特。也许那不过是他的哪位叔伯祖父的头发。"

"不是的。真的,埃莉诺。那真是玛丽安的头发。我差不多能肯定,因为我亲眼看见他剪的。昨天晚上喝完茶,你和妈妈离开了房间,他们俩压低声音说话,说得很快,他好像求她给他点东西,后来他拿起她的剪刀,剪下她长长的一缕卷发,她的头发都是披在身后的。他亲吻那绺头发,用一张白纸包起来,装进钱夹子里了。"

听了这些细节,而且说的有根有据,埃莉诺没有理由不相信,因为这情况与她自己的所见所闻完全一致。

玛格丽特的机灵并不总是让姐姐感到满意。有一天晚上,詹宁斯太太在庄园里逼她说出埃莉诺心上人的名字,这位太太一直为此感到好奇。玛格丽特望了望姐姐,说:"埃莉诺,我千万不能说,对不对?"

这句话当然把大家都逗乐了。埃莉诺也勉强笑了笑,但是感到十分难堪。她相信,玛格丽特已经认定那是谁了,可她不能忍受詹宁斯太太长期拿他的名字当笑柄。

玛丽安真心替她着急,可她的好心却帮了倒忙,她脸涨得通红,怒气冲冲地对玛格丽特说:

"你可以乱猜,可不能乱说,记住。"

"我从来没乱猜过,"玛格丽特说,"是你自己告诉我的。"

这更让大家乐不可支,他们逼玛格丽特开口。

"噢!求求你,好玛格丽特,快告诉我们,"詹宁斯太太说,"那位先生叫什么名字?"

"我不能说的,夫人。可我知道那个名字,知道得清清楚楚,我还知道他在哪儿。"

"当然,当然,我们猜得出他在哪儿。他准是在诺兰,在他自己家里。我敢说,他是教区的助理牧师。"

"不对。他不是牧师。他根本就没职业。"

"玛格丽特,"玛丽安非常光火,"这可全是你自己胡编乱造,根本就没这么个人。"

"哦，玛丽安，他最近已经死了，因为我肯定有过这么个人的，他的姓是 F 开头的。"

这时，米德尔敦夫人说了句："外面雨下得可真大。"埃莉诺听了心里特别感激，尽管她清楚，夫人说这话的本意并不是要给她解围，无非是她非常讨厌丈夫和母亲用这种不文雅的方式打趣。她开了个头，布兰登上校立刻顺着这个话题说下去，他在任何场合都很关心其他人的情感。两人于是就天气谈论了许多。威洛比掀开钢琴盖，请玛丽安坐下弹琴，于是大家各自散开，不再旧话重提，刚才的话题才算撤下了。但是埃莉诺惊慌不已，并没有很快就恢复镇定。

这天晚上，大家相约，第二天去一个非常漂亮的地方游览，那地方离巴顿十二里，是布兰登一位姐夫的产业，主人当时在国外，曾留下严格的命令说，未得到布兰登的准许，任何人不得参观。据说那座庭院极为漂亮，约翰爵士对它尤其赞不绝口，他算得上个有资格的见证人，因为他在过去十年中每年夏天都要组织亲友去两趟。那里有一片辽阔的水面，上午大部分时间可以在上面泛舟，还可以带上野餐食品，只需要坐敞篷马车去就行，一切可以按照正规游园会的气派组织起来。

只有不多几个人考虑到季节关系，认为过去两礼拜天天下雨，出去未免要冒风险。埃莉诺劝达什伍德太太待在家，因为她已经感冒了。

# 第十三章

他们计划去惠特维尔庄园的游览结果与埃莉诺原先预料的完全不同。她本来准备大不了浑身淋个落汤鸡,累个半死,受点惊吓,可结果比她预料的还要糟糕,因为他们根本就没走成。十点钟,人们在庄园里聚集起来,准备先吃早饭。虽然前一晚上一直下雨,可早晨的天气却不错,天空中云彩已经消散,太阳不时从云朵间露出脸庞。大家全都兴致勃勃,情绪高涨,急不可待要去玩个痛快,人人打定主意,即使遇到极大的艰苦也决不退缩。

大家吃早饭的时候,邮差送来了邮件。其中有一封给布兰登上校的信。他接过信,看了看上面的地址,一下子变了脸色,立即离开屋子。

"布兰登怎么了?"约翰爵士问。

谁也回答不上。

"希望他没有收到什么坏消息,"米德尔敦夫人说,"肯定是什么不平常的事情，要不布兰登上校怎么会突然离开我的餐桌。"

大约五分钟后，他返回来了。

"上校，不是什么坏消息吧？"詹宁斯太太一见他走进屋子就问道。

"根本不是，夫人，我谢谢你。"

"是阿维尼翁来的？我希望不是说你姐姐病情加重了。"

"不是的，夫人。是伦敦来的，不过是封公务信函。"

"一封公务信函，看把你吓的。好啦，好啦，别躲闪啦，快把实话告诉我们。"

"我亲爱的妈妈，"米德尔敦夫人说，"你这是说些什么呀。"

"也许是说你的表妹范妮结婚了？"詹宁斯太太并不理睬女儿的责备。

"不是的，真的不是。"

"那么，上校，我知道是谁写来的。我希望她还好吧。"

"你指的是谁，夫人？"他的脸稍稍有点发红。

"嘿！你知道我指的是谁。"

"夫人，我实在抱歉，"他对米德尔敦夫人说，"真没料到今天会收到这封信，因为它要我立刻赶往伦敦。"

"伦敦！"詹宁斯太太大声说，"到了这种时节，你去伦敦有什么公干？"

"我不能参加这样一个愉快的聚会，"他接着说，"对我自己也是巨大的损失，可我更加担心的是，恐怕只有我亲自去，你们才能进惠特维尔庄园。"

这对大家是个多大的打击啊！

"布兰登先生，你给管家写个条子，"玛丽安急切地说，"难道还不行？"

他摇了摇头。

"我们必须去，"约翰爵士说。"我们已经都准备好了，千万不能推迟。布兰登，明天以前你不能去伦敦。就这么定了。"

"我倒真希望事情能这么简单地解决。可我无权把旅程耽搁一天！"

"要是你把你的公务告诉我们，"詹宁斯太太说，"我们也许能判断是不是能推迟。"

"就是等到我们回来你再走，"威洛比说，"也不过耽搁六个小时而已。"

"我一个小时也不能耽搁。"

这时，埃莉诺听见威洛比压低声音对玛丽安说："有些人就是受不了大家聚会的乐趣。布兰登就是这种人。我敢说，他是怕出门感冒，结果编造了这么个借口逃避。我押五十个畿尼打赌，那信准是他自己的手笔。"

"我毫不怀疑。"玛丽安回答道。

"我早就熟悉你的做派了，布兰登，"约翰爵士说，"决定的事怎么也不能说服你改变主意。不过，我希望你还是考虑考虑，你看，这两位凯利小姐是从牛顿来的，三位小姐从别墅一路走来，威洛比先生提前两小时就起了床，专门准备好去惠特维尔庄园。"

布兰登上校再次表示抱歉，因为他的缘故才让这次聚会不能成行，可他不能不走。

"那好吧，你什么时候回来？"

"我希望你只要能脱身，就赶紧离开伦敦回到巴顿来，"爵士夫人补充说，"我们只能等你回来再去惠特维尔庄园了。"

"非常感谢您。可我说不准什么时候才能脱开身,也就根本不敢约定时间了。"

"啊!他必须回来,也应该回来,"约翰爵士高声说,"要是他这个周末还不回来,我就去找他。"

"嗯,说的对,就这么办,约翰爵士,"詹宁斯太太喊道,"也许你还能发现他搞什么公干。"

"我可不愿打探别人的私事。我看也许是让他说不出口的什么事情。"

用人进来通报说,布兰登上校的马匹都备好了。

"你不会打算一路骑马去伦敦吧?"约翰爵士问。

"不是的。仅仅到霍尼顿。然后换乘驿车。"

"那么,既然你打定主意要走,我祝你一路顺风。不过你最好还是改变主意。"

"我向你保证,我无权这么做。"

于是他跟大家告别。

"达什伍德小姐,今年冬天我没有机会在伦敦与你和你的妹妹们相见吗?"

"我恐怕根本没机会。"

"我虽然不希望这样,可我不得不跟你长期分别了。"

他对玛丽安仅仅鞠了一躬,并没有开口。

"行了上校,"詹宁斯太太说,"走以前还是告诉我们你是为什么事去那儿吧。"

他祝她早安,然后由约翰陪同走出屋子。

刚才,出于礼貌不便说出的抱怨和叹息此时全都爆发出来,大家都说这太可气,太让人失望了。

"不过，我猜得出他去处理的是什么公务，"詹宁斯太太得意扬扬地说。

"真的，夫人？"大家几乎异口同声说。

"当然。是威廉小姐的事，我敢肯定。"

"威廉小姐是什么人？"玛丽安问道。

"什么！你竟然不知道威廉小姐是谁？你肯定以前听说过她。我亲爱的，她是上校的一个亲属，非常近的亲属。我们不该说出有多近，恐怕会让年轻女士们受到惊吓。"接着，她压低声音对埃莉诺说："是他的私生女儿。"

"真的！"

"啊，没错，她瞪大眼睛看人的时候跟他一个样。我敢说，上校会把自己的全部财产都留给她。"

约翰爵士回来后，也跟大家一样深深为这种始料不及的变故感到遗憾。不过，他最后说，既然大家已经聚在一起了，总该搞点什么活动，乐一乐才对。大家匆匆商量一下，一致同意说，虽然去惠特维尔庄园能玩个痛快，不过驾车在乡下兜风也有点乐趣，算作一种弥补，于是吩咐备车。威洛比的车跑在前面，玛丽安一上车就显出从来没有过的快活。他的马车飞也似地冲出庄园，很快便消失得无影无踪，直到大家都返回后，才见他们回来。两人看上去都为驱车兜风喜气洋洋，却只是泛泛地说别人都上了高地，可他们是一直沿着小径走的。

他们决定晚上举行舞会，让大家快活一整天。凯利家又有几个人来吃饭，一桌差不多有二十个人就餐，约翰爵士于是极为满意。威洛比照旧坐在达什伍德家两位年龄比较大的小姐中间，詹宁斯太太坐在埃莉诺右手边。他们落座没有多久，她就从埃莉诺和威洛比身后俯过身来,跟玛丽安说话,声音大得足能让他们俩都听见:"你们耍什么花招也休想骗过我。我准知道你们一上午在哪儿。"

玛丽安脸红了,匆匆问她:"你说在哪儿?"

"你不是已经知道,"威洛比说,"我们是坐我的马车出去的吗?"

"不错,不错,鲁莽先生,那个我知道得清清楚楚,我决心弄明白你们都去了哪些地方。我希望你喜欢你那所宅子吧,玛丽安小姐。那可是所非常大的宅子呀,这个我也知道。等我以后去看你们的时候,希望你们把它重新装修一遍,因为我六年以前去的时候,宅子就已经需要装修了。"

玛丽安把脸扭向一边,显得狼狈极了。詹宁斯太太开怀大笑。埃莉诺发现,她为了弄清楚他们的行踪,已经亲自婆婆妈妈地盘问过威洛比先生的马夫,她还靠这办法得知,他们去了艾伦汉姆庄园,在花园里散步,在宅子里上上下下看了一遍,消磨了很长时间。

埃莉诺几乎不敢相信这是真的,因为威洛比显然不可能这样提议,玛丽安也不可能答应走进那所宅子,因为史密斯太太在里面,而玛丽安根本不认识她。

她们一走出餐厅,埃莉诺就向妹妹询问这事,让她大为吃惊的是,詹宁斯太太讲述的完全是事实。玛丽安还因为她竟然不信很生她的气呢。

"埃莉诺,你为什么认为我们没去那儿,也没看那宅子呢?你自己不是常常想去看吗?"

"不错,玛丽安,可史密斯太太还在那儿住的时候我可不想去,而且除了威洛比先生外还没有别人陪伴。"

"威洛比先生是唯一有权带人参观那宅子的人哪,因为他是坐敞篷马车进去,再多一个人也坐不下。一上午玩得这么高兴,我一辈子从来没有过。"

"我恐怕,"埃莉诺回答道,"迷人的娱乐并不见得总是该去享受。"

"正相反,埃莉诺,娱乐活动迷人才正是该去享受的证明,假如我做的事有什么不得体的话,我当时就能察觉到,因为要是有什么事做得不对,我们总会知道的,也就不会有什么快乐可言了。"

"我亲爱的玛丽安,由于这事,你已经遭到一些非常不体面的议论了。难道你现在还不该判断一下自己的行为是不是谨慎?"

"要是詹宁斯太太的粗俗议论也算得上行为得体与否的证明,那我们生活中每时每刻都在犯错误。不论是她的赞扬还是责难,我全都不在乎。我在史密斯太太家园子里散步,参观她的房子,并不觉得有什么错。将来有一天,那宅子的主人会是威洛比先生和……"

"玛丽安,就算将来有一天它们归你所有,你现在做的事也不能算是正当的。"

听了这句暗示,她的脸颊红了,但是她显然对此感到高兴,认真思索过十分钟后,她又跑来找姐姐,兴高采烈地说:"埃莉诺,也许我去艾伦汉姆有点欠考虑,可威洛比先生特别想带我参观那地方。跟你说吧,那可是一所迷人的房子。楼上有一间特别漂亮的起居室,大小正好供平时使用,配上新式家具就更让人喜爱了。那间屋子在宅子的一角,两面有窗户。从朝宅子后面开的那扇窗户望出去,能看到近处的滚木球场和远处斜坡上漂亮的树林。从另一扇窗户望出去,能看到教堂和村庄,再远处就是我们经常赞赏的漂亮山丘。我起初觉得那屋子太凄凉，里面的家具式样太惨了。可威洛比说，要是花上两百镑，重新装修一下，就成了全英格兰最宜人的避暑屋了。"

如果没有受到别人打断，埃莉诺一直听她讲下去的话，她准会把那所宅子的每一个房间都绘声绘色地描绘一遍的。

# 第十四章

布兰登上校突然终止了到庄园做客,而且决意不说出其中原委,詹宁斯太太为此好奇不已,心里两三天都放不下。她对什么事都想打探个明白,就像那些对所有熟人的行踪都想弄个清楚的人一样。她想知道他离开的原因,心想准是有什么坏消息,就把可能落在他头上的坏事都想了一遍,最后认定,那些灾难他哪一样都躲不脱。

"我能肯定,准是什么非常让他犯愁的事,"她说,"我能从他脸上看得出。可怜的人儿!我恐怕他的处境不妙。德拉福德庄园的年收益绝对超不过两千镑,他兄弟把一切都搞得一团糟,最后推给了他。我看他准是因为金钱上的事给叫走的,要不然还会是什么事?我真想知道到底是不是这样。要能弄清真相,我什么代价都愿意出。再一想,也许是为了威廉小姐的事,因为我提起她的名字时,他显得那么害臊。也许她在伦敦生了病,我看准是这事,我有个印象,她总是病恹恹的。我什么样的赌都敢押,准是威廉小姐的事。他现在不大可能为自己的处境操心,因为他是个非常谨慎的人,到现在,自家产业的事肯定都理顺了。真不知道他是为了什么!也许他那位在阿维尼翁的姐姐病重,把他叫过去了。他走得那么匆忙,看来很有可能。我真心希望他能摆脱一切麻烦,而且能娶到一位好太太。"

詹宁斯太太就这么想啊想,说啊说。她的主意随着每一个新念头摇来摆去,脑子里每闪过一个新念头,都让她立刻觉得可能性很大。埃莉诺也真的关心布兰登上校,可她不像詹宁斯太太那样只是对他突然离去感到好奇,因为这事并不值得不断地左思右想,她的思想被另外的事情占住了。她感到奇怪,妹妹和威洛比为什么对自己的事格外沉默,本来他们应该对这事特别热心的。他们保持着沉默,一天比一天更奇怪,也更与他们的性格不协调。他们为什么不能向母亲和她公开自己的举止已经明确表示的事情?埃莉诺想象不出其中原委。

她很容易想象得出,他们没有能力马上结婚,因为威洛比虽然在经济上独立,可没有理由认为他是富有的。约翰爵士曾估计过,他的产业年收益不会超过六七百镑,他花钱大手大脚,那点收入对他来说几乎收支不能相抵,他自己也常常抱怨钱不够花。她不明白,他们的行为什么也藏不住,可他们为什么对自己已经订婚这事如此诡秘,这与他们的一贯主张和行为如此的矛盾,因而她不时自忖,他们到底订了婚没有。有了这想法,她就更不便直接询问玛丽安了。

威洛比的行为比什么都明显地表达出他们之间的爱恋。他以一副情人的柔肠对待玛丽安,对家里其他人则像个孝顺儿子和慈爱的兄弟。他似乎把别墅当成了自己的家,他热爱这个家。他在别墅待的时间比在艾伦汉姆庄园的时间还长,如果巴顿庄园没有聚会安排,他早晨外出活动后几乎总是回到别墅,在玛丽安身旁消磨一整天,他喜爱的猎狗就蹲坐在他的脚下。

布兰登上校走后大约一个礼拜,一天晚上,威洛比对周围的一切景物似乎显得特别钟情。达什伍德夫人偶然提到自己春天改建别墅的计划,他对一切改动都表示坚决反对,说是他已经爱上了这个地方,认为一切都非常完美。

"什么!"他吃惊地说道,"改建这座可爱的别墅!不行。我绝对不能同意。要是按照我的心愿,绝对不能给它的墙上再添一块砖石,而且房子一寸也不能扩大。"

"别那么惊慌,"达什伍德小姐说,"不会做那种改动的,因为我母亲根本就没有做这事的钱。"

"那我才真心感到高兴,"他大声说,"要是她打算把钱花得不是地方,那我但愿她总是缺钱。"

"谢谢你,威洛比。你可以放心,我不会不顾及你对这地方的一往情深,要是打算做什么改造,我也不会不考虑我的亲人们的意愿。相信我,明年春天结账后不论剩余多少钱,我宁可把钱闲置在一边也不愿花了钱反倒让你难受。但是,你真的喜欢这地方,难道看不出什么缺点?"

"我真的喜欢,"他说,"在我看来,它毫无缺陷。另外,我认为,要想过幸福生活,就只有住在这种房子里。要是我有足够的钱,就会马上拆掉康比,完全按照这座别墅的样式重建。"

"你是说,也要有黑黢黢的狭窄楼梯和烟熏火燎的厨房?"埃莉诺问道。

"不错，"他用同样的声调嚷道，"一切都照这宅子重建，不论舒适还是不舒适，必须完全照原样，一点儿变动也不能有。只有住在跟它一样的房子里，我在康比才会觉得像在巴顿一样幸福。"

"我想自作聪明地说，"埃莉诺说，"即使你的宅子不幸比这儿好，楼梯比这里的宽敞，以后你也会觉得自己的房子完美无瑕，就像你现在对这房子的感觉一样。"

"当然啦，"威洛比说，"或许会有种种情况让我热爱自己的家，可这个地方会永远让我爱恋，这种感情在其他地方是不会有的。"

达什伍德夫人望着玛丽安，脸上露出喜悦。玛丽安含情脉脉地望着威洛比，显然她完全懂得这番话的意义。

"一年前的这个时候，"他补充说，"我来艾伦汉姆住，当时真希望巴顿别墅里有人住！我一走到能看见它的地方就不禁欣赏它的位置，也为这宅子闲置在这里感到可惜。当时我根本没料到，第二次来到这里后，史密斯太太告诉我的第一条消息就是巴顿别墅住上人家了。我当时立即感到十分满意，也对这事产生了兴趣，这只能解释成一种预感，我感到我会从中得到幸福。"他压低声音对玛丽安说："难道不是吗，玛丽安？"接着他又用原先的声调说，"然而，达什伍德夫人，你却打算毁掉这所房子？要是你用想象中的手段改建它，你会夺走它的质朴！而且我们最初是在这间可爱的客厅里相识的，我们在这里一起度过许多愉快的时光，可你却要把它改建成个普通的过道，人们到时候只能从这里匆匆走过，可它从来都是个比世界上任何地方都舒适的居室，就是比它漂亮宽敞的房间也不会有这样的舒适。"

达什伍德夫人再次向他保证说，决不会对房子做任何形式的改建了。

"你是位好夫人,"他热情地回答道,"你的保证让我感到放心。要是你能把自己的许诺再放宽一点儿,我会感到幸福的。请向我保证说,你不但要让你的房子保持原样,而且你和你的女儿们要像这房子一样保持不变,永远像现在这样善意地待我,让我觉得像回到自己家一样亲切。"

威洛比立刻就得到这样的许诺,于是他整个晚上都显得亲切而幸福。

"我们明天请你来吃晚饭好吗?"达什伍德夫人与他告别的时候说,"我也不请你上午来了,因为我们必须去庄园拜访米德尔敦夫人。"

他约定下午四点钟来陪她们。

# 第十五章

第二天,达什伍德夫人要带两个女儿去拜访米德尔敦夫人。可玛丽安借口有点小事要办,不能跟她去。她母亲认为她准是前一天晚上跟威洛比有约,要趁她们出去的时候来看她,便爽快地一口答应了。

她们从庄园回来时,见威洛比的轻便马车和用人等在别墅外面,达什伍德夫人就相信自己的猜测没错。这全是意料中的事情,可她进屋后却遇到了完全没有预料到的事情。她们刚走进过道,就看见玛丽安匆匆跑出客厅,用手帕捂着眼睛,模样显得非常悲痛,她根本没注意到她们,自己奔上楼梯。她们慌忙走进她刚刚离开的屋子,发现里面只有威洛比一人,只见他背对她们靠着壁炉。听见她们走进来,他转过身,脸上露出跟玛丽安一样的激动神色。

"她怎么了?"达什伍德夫人一边进门一边问,"她病了吗?"

"希望没有,"他回答道,脸上尽量堆出笑,紧接着补充说,

"倒是我大概要生病了……因为我遇到一桩非常令人失望的事情！"

"失望？"

"对。因为我今晚不能来赴约了。今天早上，史密斯太太运用富人对穷亲戚的特权，差我去伦敦办事。我刚接到这份差遣，已经向艾伦汉姆庄园辞了行。我现在来向你们道别。"

"去伦敦！你今天上午就要走？"

"马上就走。"

"这可真糟糕。可史密斯太太肯定是不得已才这么做，我希望她的事务不会让你离开我们太长时间。"

他回答的时候脸红了："你真好，但是我想我大概不可能马上就回到德文郡来。我来史密斯太太家向来是一年只有一次。"

"难道史密斯太太是你唯一的亲友？难道附近只有艾伦汉姆庄园欢迎你？别不好意思，威洛比，你还要等着接受我们的请柬吗？"

他的脸更红了，一双眼睛望着地板："你们真是太好了。"

达什伍德夫人惊讶地望着埃莉诺。埃莉诺也感到同样吃惊。大家一时都没有开口。达什伍德夫人打破了沉默。

"我亲爱的威洛比，我想补充说，巴顿别墅永远会欢迎你。我也不逼你马上赶回来，因为只有你才能判断这样是不是让史密斯太太高兴，而且在这一点上我也不打算询问你的判断，也不会怀疑你的愿望。"

"我接受的差事，"威洛比心慌意乱地说，"那种事，我实在说不准……"

他不再说了。达什伍德夫人惊讶得说不出话来，接着又是一阵沉默。这次是威洛比打破了沉默。他淡淡一笑说："这么赖着不走真荒唐。我也不折磨自己了，待在朋友们中间却不能跟他们享受相聚的欢乐。"

说完，他跟大家道别，然后离开了屋子。她们望着他登上他的马车，只见他片刻之后就消失得无影无踪。

达什伍德夫人心里乱得说不出话来，匆匆走出客厅，独自沉浸在这一突然变故带来的惊慌之中。

埃莉诺心中的不安不亚于她母亲。她回顾着刚才发生的事情，感到又焦虑又疑惑。威洛比跟她们道别时的举止，他的窘态，他的故作欢颜，最主要的是他不愿接受她母亲的邀请，那种迟疑不决的样子根本不像他本人，也不像个恋人。这些都让她大为不安。有一刻，她产生一个念头，恐怕他从来没想过要娶她妹妹，片刻之后，她又猜想，两人可能发生过争吵，玛丽安冲出屋子的模样显然是争吵后的合理表现，不过按她考虑，玛丽安那么钟情于他，两人几乎不可能发生争吵的。

但是，不论他们分手时有什么样的细节，她妹妹十分痛苦，这一点是不容置疑的。她深情地替妹妹考虑着，现在玛丽安正处在极度悲痛中，不但会放任自己尽情痛哭，而且以后还会一再揭伤疤，念旧情，把悲伤当成每日的正事。

大约半个钟头以后，她母亲回来了，虽然她的眼睛有点儿发红，可她的脸色已经不再难看了。

"埃莉诺，我们亲爱的威洛比现在已经离开巴顿有好几里远了，"她说着坐下来做手头的活计，"他一路上心情该多沉重啊。"

"这事整个非常奇怪，就这么突然走了！好像只是片刻工夫。昨天晚上他跟我们在一起的时候还那么高兴，那么欢乐，那么亲切。可现在呢，打了个招呼还不到十分钟就走了，而且还没打算回来！准是发生了什么他不愿对我们说的事情。再说，他的举止也跟他的性格不一样。你肯定像我一样看到了那种差别。到底是什么事呢?他们是不是吵过嘴?为什么他对你的邀请表现得那么不情愿?"

"埃莉诺,他是身不由己,这我看得清清楚楚。他自己无权接受邀请。我向你保证,我把整个事情都考虑了一遍,起初让你我都感到奇怪的事情现在都有了答案。"

"是吗?"

"是的。我已经把整个事情想通了,心里有了最满意不过的答案。不过,埃莉诺,你总是什么都怀疑,我知道我的想法不会让你满意。可你说什么也不能让我改变我的想法。我确信,史密斯太太怀疑他爱上了玛丽安,表示不赞成,要不就是她替他另有打算。因此她才急着要打发他离开。她打发他去处理的那桩事务不过是个借口,是她编造出来的。我相信肯定是发生了这种事。另外,他也意识到她不会同意他们的关系,因此不敢对她明说他跟玛丽安订婚的事。处在目前的地位上,他还得依赖别人,不能不听她的摆布,只好暂时离开德文郡。我知道,你会对我说,这些分析可能对也可能不对,可我不想听那些解释,除非你能拿出同样满意的解释。埃莉诺,现在告诉我,你怎么说?"

"没说的。因为你已经料到我会怎么回答了。"

"这么说,你认为我的分析可能对也可能不对?啊,埃莉诺,你的感情多让人捉摸不透呀!你遇事总是先往坏处想,宁肯想玛丽安会遇到不幸,把可怜的威洛比想成有罪过的,而不愿替他说句好话。就因为他跟我们告别的时候没有显出平时的亲切,你就认定他该受责备。难道他现在因为失意而显得沮丧,就该责备他的不周到?难道事情还没有定论就不该接受各种可能性?一个我们有充分理由喜爱而且没有任何理由憎恨的人，难道就一无是处？既然动机本身无可非议，虽然暂时不得不保密，难道就该否认其可能性？你究竟怀疑他什么呢？"

"我自己也说不清楚。不过我们刚刚目睹了他突然改变态度，当然难免产生疑虑。不过，你说的的确没错，我们应该多体谅他。我判断的时候对每一个人都希望说真心话。威洛比的行为无疑有充分的理由，我也希望他是有道理的。不过，威洛比要是当下把话都说清楚，那倒更像他平时的作风。有些事也许应该保密，可我还是不禁觉得奇怪，他这个人怎么会那么做呢？"

"话虽这么说，还是别因为他一时失态就责备他，他也是身不由己。你真的承认我向着他说的话有道理？这我很高兴，他是清白的。"

"那倒不全是。也许不让史密斯太太得知他们订婚的事（假如他们真的订了婚）是得体的。假如果真是这样，威洛比目前少在德文郡露面倒是非常谨慎的。不过，这并不是他们瞒着我们的借口。"

"瞒着我们！我亲爱的孩子，你是要指责威洛比和玛丽安隐瞒真相吗？这实在太奇怪了，你不是天天都能看见，这不是明摆着的事儿？"

"我不想证实他们的恋情，"埃莉诺说，"可我想要证实他们是不是订了婚。"

"这两桩事我都完全赞成。"

"然而他们俩在这个问题上都没有对你吐露过一个字。"

"既然行动已经表示得明明白白，还用得着言语去说？过去两个礼拜中，他对玛丽安的举止难道还没有明白地告诉我们，他爱她并且未来要娶她为妻吗?难道他没有把我们都当成自己最亲近的亲属吗?难道我们没有彼此默契吗?他的眼神、态度、关注和敬爱的表情,这一切不都是在请求我的同意吗?我的埃莉诺,难道有可能怀疑他们的婚约?你怎么会产生这样的念头呢?威洛比知道你妹妹爱他,现在要离开好几个月,怎么能想象他不对你妹妹说出心中的爱,分别前怎么能不相互吐露心中的爱慕呢?"

"我承认,"埃莉诺回答道,"一切都让人相信他们订了婚,只有一桩事除外,那就是他们对此完全保持沉默,在我看来,这分量超过了所有其他事情。"

"这可太奇怪了!你准是把威洛比看成了卑鄙小人了。你已经看到他们的公开交往,还怀疑他们在一起的关系。难道这么长时间他一直在你妹妹面前做戏?你认为他对她真的无情无义?"

"不是,我倒没那么想。我能肯定他是爱她的。"

"要是照你分析,他离开她的时候如此冷淡,对未来如此不在意,他那种爱情也太奇怪了。"

"我亲爱的妈妈,你不该忘记,我从来没把这事当成确定无疑。我承认,我怀疑过,但是现在我的疑虑比原来要少,也许将来会完全打消疑虑。要是我们发现他们在通信往来,我的所有担忧都会消除掉。"

"这可真是个巨大的让步!你非得看到他们站在圣坛前,才愿意承认他们真要结婚。真是个没教养的姑娘!我可用不着这样的证据。我认为没什么好怀疑的,他们也没想保密,一切都是公开的,毫无保留。你不能怀疑你妹妹的愿望。那你肯定是怀疑威洛比。可到底是为什么呢?他难道不是个有感情有荣誉感的男人?他有什么言行不一的地方让你感到警惕?难道他是个骗子?"

"我希望不是,我也希望不是这样,"埃莉诺大声说,"我喜欢威洛比,真心喜欢他。怀疑他不可靠会让你难过,我也一样不好受。我是不由自主产生的怀疑,我不会故意这样做。我承认,今天上午他的态度发生了变化,我因此感到警惕。他说话时失去了自己的本来风格,也没有以诚恳报答你的善意。不过这一切也许可以用你刚才的假设来解释。他刚刚跟妹妹分手,刚看到她痛苦的模样。再说他怕得罪史密斯太太,不得不压制自己尽快回到这里的愿望,他也清楚,如果拒绝你的邀请,照直说要有几个月不来这里,便会显得不够大方,让人起疑心,他因此可能既尴尬又不知所措。在这种情况下,要是公开讲出自己的困难,照我看对他更好,也符合他的性格。不过,即使有人与我的看法不同,或者不及我想的那么正确和一致,我也不会对任何人的行为持什么偏见。"

"你这话说得很在理。威洛比当然不该受到怀疑。虽然我们认识他的时间不算长,可他在我们的生活中并不是个陌生人,在这里谁说过他的坏话?假如他处在独立地位,而且有能力很快结婚,临走时要不把一切都告诉我,那就怪了。但情况不是这样的。在某些方面,他们的关系一开始就不顺利,因为他们的婚事只能是在遥远而不确定的未来。即使他们对这事保密,照目前的情况看,也不能说不是明智之举。"

这时,玛格丽特进来,打断了她们的交谈。埃莉诺后来仔细考虑母亲的说法,承认许多事情是有可能的,也希望最终证明都是对的。

她们直到晚饭时才再次见到玛丽安。她走进屋子,坐在自己的位子上,一句话也没说。她的眼睛又红又肿,看上去似乎仍然在强忍泪水。她的眼睛避开大家的目光,既不吃也不开口说话。过了一阵,她母亲亲昵地默默抚摩她的手,她再也忍不住了,突然放声大哭,匆匆离开了房间。

拼命压抑着的痛苦心情持续了整整一个夜晚。她控制不住自己的感情,也不想去控制。只要有人稍稍提到与威洛比相关的任何事,立刻就会引起她感情大爆发,虽然她的亲人们对她关心备至,可她们只要一开口,不论谈起什么话题,都不可避免地会把她激动的感情和他联系起来。

# 第十六章

玛丽安跟威洛比分手后的第一个晚上如果能睡得着觉,她就会觉得自己是完全不可饶恕的。要是她第二天早上起床的时候,不是和上床时一样困倦,她也会觉得没脸见自己家的人。不过,她这种以镇静为耻的感情并不会招致什么危险。她哭了大半夜,一整夜都没睡着,起床后觉得头疼,话都说不出来,什么都不想吃。她每时每刻都让她的母亲和姐妹们难过,还不听她们任何人的安慰。她的感情真够深沉的。

早饭过后,她独自走到外面,在艾伦汉姆村子周围盲目地游荡,上午大部分时间都沉浸在对往日欢乐的回忆中,也为眼前的悲哀而哭泣。

夜晚时光也是在同样的沉湎情感中度过的。她弹奏了以前为威洛比演奏过的每一支心爱的曲子,唱起两人一道唱过的每一首歌。她坐在钢琴旁边盯着看他为她抄写的每一行乐谱,越看心情越沉重,直到再也不可能从中汲取更多的伤感为止。她每天都这样获取悲哀的营养,维持自己的悲伤心情。她在钢琴旁边一坐就是几个钟头,时而歌唱,时而痛哭,常常泣不成声。她读书的时候也像弹琴歌唱一样,专门追寻那些今昔对比中肯定能引起悲伤的故事情节。她只看两人一起读过的书,其他书一概不读。

这种强烈的痛苦当然维持不了多久,没过几天就变成了平静的忧郁。但是,她每天反复搞的那些活动,她在乡间的踽踽独行以及自己的沉思默想,仍然时常引得她像以前一样情绪激动,伤心哭泣。

威洛比没有写信,玛丽安似乎也没料到他会写信。她母亲感到奇怪,埃莉诺再次感到不安。可达什伍德夫人总是能按照自己的意愿找到解释,她自己至少为此感到满意。

"埃莉诺,你别忘了,"她说,"咱们的信都是通过约翰爵士收发的。我们都同意需要保密,因此我们必须承认,他们的信件如果经约翰爵士的手转交,秘密就无法保守了。"

埃莉诺无法否认这话有理,可她在努力寻找足以说明他们保持沉默的动机。她想出一种直接而简单的方法,照她看这方法非常恰当,可以了解事情的真相,那样就可以立刻解开所有谜团了。她禁不住向母亲提出个建议。

"你干吗不马上问问玛丽安呢?"她说,"问问她是不是跟威洛比订了婚。你是她母亲,而且是位仁慈的妈妈,这问题不会惹恼她。你这么问再自然不过了,只能被当作对她的爱。她以前非常开朗,尤其跟你无话不说。"

"我绝对不问她这个问题。假如他们没订婚,这么问会惹起她多大的痛苦呀!无论如何,这么问太不仁慈。要是我逼她说出现在不愿说的话，以后她再也不会信任我了。我知道玛丽安的心，我知道她爱我有多深，到了情况允许的时候，我不会是最后一个了解事实真相的人。我不愿逼任何人说出心里话，更不会逼一个孩子这么做，因为孩子出于孝顺就不得不违心回答，说出原本不想说的话。"

考虑到妹妹还年幼，埃莉诺觉得母亲这种仁慈有点过分，就继续敦促她去问，可没有效果。达什伍德夫人那种不切实际的周到把普通的理性、普通的关心、普通的谨慎都淹没了。

玛丽安的家人有好几天没有当着她的面提起过威洛比的名字，可约翰爵士和詹宁斯太太却没这么细心，他们的俏皮话常常引起她几个钟头的痛苦。不过，有一天晚上，达什伍德夫人偶然收拾起一本莎士比亚选集，大声说道：

"我们还没有读完《哈姆莱特》呢，玛丽安，剧本还没朗读完，我们亲爱的威洛比就走了。先放起来，等他回来……可是也许要等好几个月呢。"

"几个月！"玛丽安惊讶地大声嚷道，"不……几个礼拜都要不了。"

达什伍德夫人后悔不该这么说。可埃莉诺听了却感到喜悦，因为玛丽安终于开始回答了，而且非常明确地说出她对威洛比的信任，而且也知道他的计划。

他离开乡下一星期后的一天早上，玛丽安被逼着跟姐妹们一道例行散步，没有独自走开。可在这之前，她总是躲别人，自己到处闲逛。姐妹们如果打算登上山丘，她就偷偷直接溜上小径；如果她们说要去谷地，她就加快脚步登山，等到大家出发时，根本找不到她的影子。埃莉诺对她如此不合群非常不满，可这次她终于跟她们走到一起了。她们沿着道路穿过谷地，一路上大部分时间保持着沉默，因为玛丽安无法控制自己的心情，而埃莉诺对自己终于赢得一步感到满意，并不试图得到更多。谷地入口以外的土地仍旧富饶，荒草不多，而且更加开阔。她们到了最初旅行到巴顿时走过的那条路上，停下脚步四处张望，欣赏着平时只能从别墅远远眺望的景色。她们以前散步从来没有到过这么远的地方。

不久，她们在周围景物中发现一个活动的物体，那是一个正骑马而来的人。几分钟后，她们已经能看出，那是位绅士，片刻之后，玛丽安欢呼道：

"是他，真的，我知道是他！"接着便朝他跑过去。埃莉诺连忙喊道：

"玛丽安，你弄错了，真的。那不是威洛比。这人身材没他高，也没他的风度。"

"是他，是他，"玛丽安喊道，"我肯定是他。他的风度，他的衣服，他的马。我知道他很快就会回来的。"

她边说边急匆匆往前走。埃莉诺几乎肯定那不是威洛比，就想拦住她，不让她看清楚，自己也加快脚步赶上去。她们很快就走到距离那位绅士不足三十码的地方。玛丽安再次望去，心沉了下去，急忙转身往回跑。她的姐妹们喊她，另一个几乎跟威洛比一样熟悉的声音也喊她，叫她站住，她吃了一惊转过身，见是爱德华·费拉尔斯，这才对他表示欢迎。

虽然这人不是威洛比，但此刻只有他才会得到她的原谅，也只有他才会见到她的微笑。她擦掉眼泪对他微笑着，为姐姐的快乐忘记了自己的失望。

他翻身下马，把马交给用人，陪她们步行走回巴顿。他是专程来拜访她们的。

她们全都热情地欢迎他，玛丽安尤其热情，甚至胜过了埃莉诺本人。在玛丽安看来，爱德华和她姐姐会面时的冷淡一如既往，让她捉摸不透，就像在诺兰庄园时两人的举止一样。特别是爱德华，他完全缺乏一个情人在这种场合应有的眼神和言辞。他看上去有些迷惑，似乎很难看出他见到她们时的喜悦，既不欢天喜地，也没有欢乐。他不怎么开口，问一句才答一句。对埃莉诺丝毫没有爱情的表示。玛丽安对自己的所见所闻感到越来越惊奇。她几乎开始讨厌爱德华了。结果，她的思绪就像每一种感情的自然归宿一样回到了威洛比身上，回想起他的态度与他这位未来的连襟真是有天壤之别。

寒暄过后，大家沉默了片刻。玛丽安问爱德华是不是直接从伦敦来的。他说不是，他在德文郡已经待了两个星期了。

"两个星期！"她重复道，心里为他与埃莉诺在同一个郡却不早来看她感到惊讶。

他显得有点儿沮丧，补充说，他跟几个朋友待在普利茅斯。

"你最近去过索赛克斯没有？"埃莉诺问道。

"大约一个月前我在诺兰庄园。"

"那座最亲爱的诺兰庄园怎么样？"玛丽安大声说。

"最亲爱的诺兰庄园，"埃莉诺说，"大概还是每年这个时候的老样子。树林里和步行小道上铺满了落叶。"

"啊！"玛丽安感慨道，"我以前在那儿看落叶的时候，多么心驰神往，多么喜悦啊！我一边散步，一边看着它们像阵雨一样让风扫下来，落在我身旁！这样的季节，那样的空气，激起我无限的感慨！现在没有人去关心它们了。它们只会被当成讨厌的东西，匆匆扫走，尽快驱赶到眼睛看不见的地方。"

"对于落叶,"埃莉诺说,"并不是人人都像你一样动情的。"

"不错,我的感情并不是常常能找到知音,而且往往不能让人理解。但有时候还是有例外的。"她说这话的时候,一时陷入遐想,不过后来又恢复了常态。"喂,爱德华,"她招呼他看周围的景色,"这是巴顿谷地。抬头望去,看那些山丘!你不动心才怪呢。你见过跟这一样的美景吗?左边在那些树林和庄稼地之间是巴顿庄园。你能看见那宅子的一角。另一边,在最远的那座雄伟的山丘下面,就是我们的别墅。"

"这地方真漂亮,"他回答道,"但是,到了冬天,低洼地一定有脏兮兮的泥泞。"

"眼前景色这么美,你怎么能想到脏呢?"

"因为,"他微笑着回答道,"从我眼前的其他景物中,我看到一条非常肮脏的小径。"

"太奇怪了!"玛丽安边走边自忖道。

"你们跟这里的邻居处得好吗?米德尔敦一家还和气吧?"

"一点儿也不好,"玛丽安回答道,"我们的处境不能再糟糕了。"

"玛丽安,"她姐姐大声呵斥她,"你怎么能这样说呢?太不公平了。那是一个非常可敬的家庭,费拉尔斯先生对我们的态度特别友好。玛丽安,难道你不记得,我们多亏了他们才度过那么多愉快的日子吗?"

"这我没忘,"玛丽安压低声音说,"也没忘记有过多少个痛苦的时刻。"

埃莉诺没理会这话,将注意转向她们的客人,找些话跟他交谈,谈起他们现在的住宅,生活如何方便,等等,迫使他偶尔提几个问题，做点评论。他的冷淡让她感到极其苦恼，她都有点儿生气了，不过，她决心克制自己，更多地为了过去的缘故，而不是为了现在。她避免露出任何恼火和不快，以接待一位亲戚应该有的态度对待他。

# 第十七章

达什伍德夫人见到爱德华后只是感到片刻的吃惊。在她看来,他来巴顿是再自然不过的事情。在后来很长时间里,她喜滋滋地与他嘘寒问暖,他尽管腼腆沉默,可他的冷漠态度很快便被达什伍德夫人的魅力所感染。要是有哪个男人爱上她的一位女儿,就不可能不喜欢这位母亲。埃莉诺见他很快便恢复了自己原有的情感,感到很满意。他不但重新表现出对她们全家的亲切,大家也再次体会到他对她们生活舒适的关心。不过,他的情绪不高。他夸奖这所房子,赞赏周围景色,他的态度专注,十分富有善意,不过情绪仍然不佳。这一点全家都能感受到,达什伍德夫人认为这是受了他母亲不够宽宏大度的影响,吃饭的时候,她对所有自私的父母感到愤慨。

"爱德华,费拉尔斯太太现在替你做了什么打算?"饭后大家退到壁炉前,她问道,"是不是仍然不顾你的意愿,想让你当个大演说家?"

"不是的。我希望我母亲现在已经相信,我既不想出头露面,也没那种才能。"

"那你怎么才能出名呢?因为只有成为名人,你家人才会感到满意。你不善花费,不愿与陌生人交往,没有职业,缺乏自信心,你会发现很难出名的。"

"我并不想尝试,也不愿出名,从来就没想过。谢天谢地!不能逼我成为天才和演说家。"

"我知道得很清楚,你没有雄心。你的愿望全都普普通通。"

"我喜欢像世界上所有人一样普通。我希望也能像每一个人那样美满幸福。像其他人一样,必须按我自己的方式生活。伟大和显赫不能带给我幸福。"

"要是能才怪呢!"玛丽安嚷道,"财富和显赫与幸福有什么关系?"

"显赫倒是不能,"埃莉诺说,"可财富与幸福却有许多关联。"

"埃莉诺,你这话多丢人呀!"玛丽安说,"只有在别的事物不能带来幸福的情况下,钱才会让人高兴。要是仅仅考虑个人的话,在生活必需之外,钱并不能带来真正的满足。"

"也许吧,"埃莉诺微笑着说,"我们说的也许是一回事。我敢说,你说的生活必需和我说的财富是极其相似的。我们都承认,在现实世界上,没有它们,就缺乏各种身外的舒适。只是你的想法比我的稍高尚些。说说看,你的生活必需是多少钱?"

"大约每年一千八百到两千镑,不会超过这个数。"

埃莉诺笑了。"每年两千!在我看来一千就是大笔财富了!我早知道会是这样的。"

"可每年两千镑是个非常适中的收入啊,"玛丽安说,"再少就不好维持家用了。我肯定我的要求并不过分。一个适中的家庭应当有仆人,有马车,也许该有两辆马车,要养猎狗,费用再少就没法维持了。"

埃莉诺听了妹妹对未来如此详尽的描绘又笑了,因为她这是为将来在康比庄园的生活做打算。

"猎狗!"爱德华重复道,"为什么你非要猎狗不成?并不是人人都要打猎的。"

玛丽安回答时脸红了:"可大多数人都要打猎啊。"

"我希望,"玛格丽特突然产生个奇特的念头,"有人会给我们每人一笔财富!"

"啊,会的!"玛丽安大声说,她的眼睛在遐想中闪闪发亮,想象中的幸福让她涨红了脸颊。

"我看,咱们的希望一致,"埃莉诺说,"尽管财富不够分配。"

"噢,天哪!"玛格丽特大声说,"要是那样我该多高兴!我都不知道该怎么用它了!"

在这个问题上,玛丽安显得十分有把握。

"要是我的孩子们都富得用不着我帮助了,"达什伍德夫人说,"我自己可怎么花得完这么一大笔财富呢?"

"你就修缮这宅子吧,"埃莉诺说,"你的困难马上就解决了。"

"要是有这样的事,"爱德华说,"从这个家向伦敦发出的订货单该多么可观啊!对书商、音乐商和图画商来说,那将是个非常幸福的日子。达什伍德小姐,你会委托人把每一部新印的好书都寄一册给你；至于玛丽安，我了解她高尚的灵魂，就是全伦敦的乐谱也不足以满足她。还有书籍！汤姆森①、考珀、司各特——她都会买了一遍又一遍。我相信，她会把印出的每一册书都买走，免得让书落入凡夫俗子手里。她还会买走每一本教她如何欣赏一棵歪脖老树的书。玛丽安，是不是这样？要是我说得太尖刻，就请原谅我。可我是想让你知道，我还没忘记以前那场争论。"

"爱德华，我喜欢回忆过去，不论是喜还是忧，我都喜欢回忆。你谈起过去的时光绝不会惹恼我。我的钱会怎么花，你分析得很对。至少其中一部分是对的，我的零用钱肯定会用在补充我的乐谱和书籍上。"

"而你的大部分财富会存起来，当作年金给书作者和他们的继承人吧。"

"不会的，爱德华，我还有别的事情要用钱。"

"那么，你也许要设立奖金，授予替你推崇的信条做辩护的作家。你的信条是任何人一生只应该有一次爱情，我猜想，在这一点上你的观念还没有变吧？"

"当然没变。到了我这个年纪，任何观念都已经相当定型了，不可能因所见所闻而改变观念。"

"你看，玛丽安的坚定一如既往，"埃莉诺说，"她绝对不会动摇。"

"她只是比以前稍稍稳重一点儿了。"

"不对，爱德华，"玛丽安说，"你不该这样责备我。你自己也不怎么喜欢说笑呀。"

---

① 詹姆士·汤姆森（1700—1748）：出生于苏格兰的英国诗人。

"你为什么会这么想呢！"他叹了口气回答道，"我的性格里从来就没有欢乐。"

"我看玛丽安的性格也没有，"埃莉诺说，"我很难说她是个活泼的姑娘，她非常真诚，做任何事都非常热心，有时候话说得很多，而且总是非常激动，可她并不常常有真正的欢乐。"

"我相信你说得不错，"他回答道，"可我总是把她当成个活泼姑娘。"

"我也时常发觉自己犯这类错误，"埃莉诺说，"在某些方面完全误解人家的性格，误以为人家快活或者严肃，聪明或者愚蠢，其实并非如此，我几乎很难说得准，这种错误见解的根源是什么。有时候，人的见解会受到别人对自己的评价所误导，更多的时候，则会受其他人对他们的评价所引导，自己却并不花费时间去思索和判断。"

"但是，埃莉诺，"玛丽安说，"我以前还以为完全靠别人的意见是对的。我以为只有顺从邻居们的判断，自己才会得到正确判断。这可是你一贯的教条呀。"

"不，玛丽安，绝对不是。我的信条从来都不是以牺牲自己的理解为目的。我一向尝试以行为影响别人。你千万不该混淆我的意思。我承认，我不该常常希望你对待我们的一般熟人应该特别周到，但我何曾要你在严肃问题上顺从别人的情感和判断？"

"你还没有把妹妹纳入你那种一般礼仪的正轨，"爱德华对埃莉诺说，"没取得一点进步？"

"而且恰恰相反。"埃莉诺回答道。她意味深长地望了玛丽安一眼。

"在这个问题上，"他说，"我的判断与你一样，可我的实践却与你妹妹一样。我从来不愿得罪人,可我羞怯得近乎愚鲁,常常显得怠慢,其实我不过是因为笨拙才畏缩不前。我时常想,准是老天故意让我喜欢结交下层社会的朋友,我在上流社会的陌生人中间就浑身不舒服!"

"玛丽安怠慢别人却不能以羞怯做借口。"埃莉诺说。

"她太知道自己的价值了,用不着装作害羞,"爱德华回答道,"羞怯只是在某些方面自卑感的产物。要是我能确信自己的风度优雅,十全十美,我也不会羞怯。"

"可你还是一样的保守,"玛丽安说,"那就更糟。"

爱德华吃了一惊:"保守!我保守吗,玛丽安?"

"是的,很保守。"

"我不懂你的意思,"他回答的时候脸有些发红,"保守!怎么保守,在哪些方面?我该告诉你些什么?你指的是什么?"

他的情绪让埃莉诺感到奇怪,她笑了一声换个话题,对他说:"你对我妹妹那么了解还不懂她的意思?凡是说话没她快,凡是不像她一样爱什么就爱得发疯,凡是这种人她一概定义为保守,这你还不知道?"

爱德华没有回答。他又完全退回那种一本正经的沉思状态,一句话也不说,枯坐了很长时间。

# 第十八章

埃莉诺见她的朋友情绪低落,感到极为不安。他来拜访带给她的乐趣是非常有限的,而且他自己似乎也不怎么愉快,显然不高兴。她希望他仍然像以前一样对自己钟情,并且能表现出来。她以前确信已经得到了他的爱慕,可如今他的感情是否一如既往就很难说了。他对她的态度不明朗,时而如密友般脉脉含情,转眼就变得态度含蓄,深不可测。

第二天早上,其他人还没下楼,他就来到客厅,当时那里只有她和玛丽安。玛丽安总是尽自己所能成全他们的幸福,很快便离开了屋子,好让他们单独待在一起。她还没登上楼梯,就听见客厅门开了,转身一看不禁感到吃惊,只见爱德华走了出来。

"我要去村子里看我的马,"他说,"你们还没有准备好吃早餐,我去去就来。"

爱德华回来后,对周围景色又赞美一番。他步行去过村里,欣赏到谷地许多漂亮景色。村子的地势高于别墅，从那里能看到谷地全景，他看到后非常喜悦。这个话题吸引了玛丽安的注意力，她开始从自己的角度描绘这些景色，表达自己的赞美，还向他提问题，详细询问哪些景物特别能打动他。爱德华没等她说完就打断她的话，"玛丽安，你可不该要求过分，别忘了，我对美景一无所知，要是我们涉及的内容过于细致，恐怕我的无知和缺乏情趣会让你生气的。你会说山势险峻，可我只会说山很陡；你会说地势崎岖不平，我见了只知道陌生荒芜；你可能用云雾缭绕忽隐忽现描写远景，我只能说是什么也看不见。你得允许我用实话实说的方式欣赏景色。我说这里很不错，山丘陡峭，树林里木材不少，谷地看上去舒适安逸，草地富饶，点缀着几座整洁的农舍。这正是我理想中的地方，因为它集漂亮和实用为一体。既然你都赞美它，我看，它还是个风景如画的地方。我相信这里有很多岩石和高地，灰苔藓和矮树丛，可我都没看在眼里。我对美景一窍不通。"

"恐怕你说的都是真话，"玛丽安说，"那你还有什么可得意的？"

"我怀疑，"埃莉诺说，"爱德华为了避免一种虚饰，结果却落入另一种做作。因为他相信许多人对自然美景其实并无多少感觉，赞美之词言过其实，附庸风雅，他自己看了这些景色就言不由衷，越发装得冷漠，好像什么也看不出，还假装挑剔，这其实是另一种做作。"

"说得太对了，"玛丽安说，"赞赏美景已经成了个庸俗的字眼。有人首先给美景下了个定义，于是其他人都假装去感觉，还搜索枯肠找漂亮话去描绘，为的是假装文雅。我讨厌各种庸俗说法，有时候我保留自己的感觉不说出来，因为除了那些陈词滥调外，我找不到合适的字眼去描绘我的感受。"

"这话我相信,"爱德华说,"你的确从美景中感受到了你说的这些东西。不过,作为回报,你姐姐也必须允许我只拥有自己的真实感受。我喜欢风景,不过不是按照审美原则去感受。我不喜欢歪脖子枯树。要是树长得高大挺拔枝繁叶茂,我会更喜欢。我不喜欢破败坍塌的小茅屋。我不喜欢荨麻、荠草或者石南花。温暖的农舍比城堡的瞭望塔更让我喜悦,一群衣着整洁神色快活的村民比世界上最漂亮的匪徒更动目。"

玛丽安望着爱德华,露出满脸的惊讶,又同情地望了望姐姐。埃莉诺只是笑了笑。

这个话题没有继续下去。玛丽安陷入沉思默想中,后来一件东西吸引了她的注意。她当时坐在爱德华身旁,他伸手去接达什伍德太太递来的茶,手正巧伸到她眼前,她看见他戴着一个显眼的戒指,里面装着一绺头发。

"爱德华,我从来没见你戴过戒指,"她嚷道,"那是范妮的头发吗?我记得她说过要给你几根头发的。可我记得她的头发颜色比较深呀。"

玛丽安心直口快,丝毫没考虑到别人的感受。话说出口才看到爱德华的难堪,她后悔自己说话欠考虑,心里的难过不亚于他。他的脸涨得通红,匆匆扫视了埃莉诺一眼,回答道:"不错,是我姐姐的头发。装在戒指底座上颜色总是显得不同。这你知道的。"

埃莉诺与他的眼睛相遇,也觉得疑惑。她像玛丽安一样,立刻察觉到那头发是她自己的,也感到高兴,唯一的不同在于她们的结论不同。玛丽安认为那是姐姐送给他的礼物,可埃莉诺心想,那准是用她并不了解的手段偷到手的。不过,她无意把这当作对她的冒犯，装出若无其事的样子，马上谈起其他事情，心里却决定抓住机会看看那绺头发，确认是自己的发色才能安心。

爱德华的尴尬持续了挺长一段时间，后来变得越发心不在焉了。他的情绪整个上午都特别低沉。玛丽安为自己说的话心里深深自责，不过，如果她知道这事并没有惹恼姐姐，准会马上原谅自己的。

时间还没到中午，约翰爵士和詹宁斯太太就来拜访她们。他们听说别墅来了位先生，就亲自来审视这位客人。约翰爵士在岳母的协助下没费多少周折就弄明白费拉尔斯这个姓氏是以 F 打头，这等于为他们未来拿忠实的埃莉诺逗趣开了座金矿。只因为他们是初次与爱德华见面，才没有马上就开玩笑。不过，根据玛格丽特以前泄露的线索，他们仅仅从几个非常意味深长的眼色便探知了两人的关系到底有多深了。

约翰爵士每次到达什伍德家都会请他们第二天上庄园去吃饭，或者当天晚上去他家吃茶。这一次，为了格外款待他们的客人，他觉得自己应当多出点力才对，便请他们过去既吃饭，又吃茶。

"你们今晚一定要陪我们吃茶，"他说，"要不然我们会非常孤独，明天你们绝对要来吃饭，因为我们要举行一个大型聚会。"

詹宁斯太太推波助澜，强调没有他们不行。"没有你们哪能搞起舞会来，"她说道，"玛丽安小姐，舞会能吸引你吧？"

"参加舞会！"玛丽安大声说，"不可能！谁会跳？"

"谁会跳！当然是你啦，还有凯利家的姑娘们和惠特维尔庄园的青年们。怎么！你以为某个我不说出名字的人走了，就没人会跳舞了！"

"我真心希望，"约翰爵士大声说，"威洛比能跟我们在一起。"

这话和玛丽安发窘的一张红脸又让爱德华起了疑心。"谁是威洛比?"他压低声音问坐在他身旁的达什伍德小姐。

她扼要地做了回答。玛丽安的神色其实更能说明问题。爱德华看了已经完全了解其他人的意思,也明白了玛丽安让他迷惑不解的那番话。等到两位客人离去后,他立刻走到她身旁,低声说:"我一直在猜测。要我把猜到的事情说给你听吗?"

"你这是什么意思?"

"要我告诉你吗?"

"当然。"

"那好吧,我猜,威洛比先生喜欢打猎。"

玛丽安又吃惊又迷惑,不过她不禁为他的淘气态度笑了,片刻沉默后,她说:

"哎呀,爱德华!你怎么能?不过我希望将来……我肯定你会喜欢他的。"

"这我并不怀疑,"他回答道。他对她的认真和热心颇感吃惊,他原以为那不过是句玩笑话,是拿威洛比先生和她之间或有或无的一般密切关系打打趣,否则他绝对不会贸然提起这事的。

# 第十九章

爱德华在别墅住了一个礼拜，达什伍德太太热心挽留他，请他一定要多住几天，可他仿佛故意跟自己闹别扭，偏偏在他跟朋友们玩得兴致最高时，却打定主意要走。在过去两三天中，他的情绪虽然有起伏，不过已经好得多了。他越来越喜欢这所宅子和周围的环境，每次提起要走总是难免叹息一声，说自己完全无所事事，甚至不知道离开她们后该去哪儿。但是，他还是非走不可。他从来没感到过一个礼拜竟然这么快就过去了，让他几乎不敢相信这是真的。他一再重复这些话，还重复说其他内容，这些表示他的感情发生了变化，也显出他言行的矛盾。他说在诺兰庄园没有乐趣，也讨厌待在伦敦，可他必须走，要么去诺兰庄园，要么去伦敦。他说他特别珍视她们的善意，说跟她们在一起是自己最大的幸福。然而，尽管她们挽留他，虽然他没什么时间限制，可他还是不能不在周末离去。

埃莉诺把他的种种怪诞行为都归咎于他母亲。幸亏她完全不了解他母亲的性格，因此这位儿子的各种奇怪举止，她都能归咎于那位母亲。不过，尽管她既失望又苦恼，有时候还为他的无常举止心中不快，可她的态度总的来说表现出了宽厚和大度，她对威洛比曾表现过同样的态度，但那是母亲逼出来的，她自己当时感到更加难受。爱德华精神萎靡，性格不开朗，态度矛盾，大家都认为这是他不能自立的地位决定的，也都给予他特别的宽容，因为只有他自己对费拉尔斯太太的脾性和打算了解得更多。他的访问短暂，执意要走，看来都是因为自己的性情受到束缚，也是由于不得不顺从他母亲的缘故。责任与意愿之间、母亲与孩子之间根深蒂固的矛盾是这一切的根源。她真希望知道这些矛盾何时才会终了，对立何时才能消释，费拉尔斯太太何时才会转变，她的儿子何时才能从中解脱出来，获得幸福。但是，她不得不放弃这些徒然的愿望，她感到欣慰的是，自己对爱德华的爱情恢复了信心，她能回忆起他在巴顿别墅时流露出的关切目光，尤其是经常回忆起他戴在手指上的爱情信物特别让她喜悦。

"爱德华，"达什伍德太太在他们最后一天一道吃早饭时说，"照我看，要是你有个全天的职业，对计划和行动发生兴趣，你会感到比较愉快的。不错，这样做也许对你的朋友们有些不便，你就不能跟他们在一起消磨那么多时间了，"她微笑一下接着说，"不过你至少会从中得到一个具体的好处，那就是你知道离开朋友们后该上哪儿去。"

"我向你保证，"他回答道，"你说的这一点我早已考虑过了。我这人十分不幸，不论过去还是现在，说不定未来也是一个样，因为没什么需要我去做的生意，没有什么职业好让我搞，也就不能让我过类似独立的生活。不幸的是，我自己和我的家人都过分苛求，结果让我变成个游手好闲一事无成的人。关于选择职业，我们的意见从来不一致。我一向喜欢在教会工作，现在还想当个教士。可我家人认为那种工作不够时髦。他们建议我到军队里谋职。可在我看来，军队的工作未免太时髦了些。人们都认为法律界属上流社会，许多年轻人在法学协会占有一席之地，神气活现地在上流社会露脸，乘坐名车招摇过市。可我无意搞法律，甚至连这种本来并不深奥的研究也没兴趣，我家人却赞成我搞法律。海军倒是时髦，不过最初提出这事的时候，我就是想加入也已经超龄了。既然我根本没必要有什么职业，穿不穿红色军服也照样可以打扮入时随意花钱，结果发现，还是闲散无事最有利最体面。一个十八岁的年轻人总不会热衷于忙碌，反而不听朋友们让他闲散的劝告。后来我就进了牛津大学，打那以后就一直游手好闲。"

"照我看，"达什伍德太太说，"既然闲散不能让你感到更加幸福，以后你反倒会把自己的儿子们培养得多才多艺，什么职业都能干，就像科拉姆拉[①]的子女一样。"

"他们要被培养得尽量不像我，"他一本正经地说，"不论感情、行动、身份还是其他方面，一切都不能像我。"

"好啦，好啦，爱德华，你都是因为一时情绪不佳。你神情沮丧的时候，就以为凡是跟你不一样的人就准是幸福的。可你别忘了，朋友们分别的时候都会感到难过，不论他们受过什么教育，处在什么地位上，反正都一样。你应该了解自己的幸福。你什么都不

---

[①] 科拉姆拉：英国作家理查德·格雷夫斯的长篇小说《沮丧隐士科拉姆拉》中的主人公，因为他本人的生活单调乏味，便送儿子们跟一个多才多艺的人学做生意。

缺，只欠点耐心，说得好听一些就是希望。你渴望独立自主，到时候你母亲会允许的。那是她的义务，她也不会让你这么闷闷不乐虚度自己的整个青春时光。几个月的时间里什么不会发生呢？"

"我认为，"爱德华回答道，"几个月内恐怕什么也不会发生。"他说完不久便离开了她们。他那种沮丧的心情虽然并不会影响达什伍德太太，但是却让大家分手时都感到格外难过，他给埃莉诺留下的不愉快印象，需要花费不少时间和努力才能渐渐消除。不过，她决心克服心中不快，避免自己加重全家在他离去后的难过情绪。她并没有采取玛丽安在类似情况下的态度，妹妹靠独自神伤和到处闲逛加重自己的悲哀心情，那很符合她的性情。她们两人的目的不同，态度也不一样，不过都符合各自的需要。

他刚刚离开宅子，埃莉诺就坐在自己的画桌前，开始了一整天的忙碌。她既不故意提他的名字，也不回避别人提起，关心家务的心情显得像往常一样。靠这种举止也许并不能减轻她自己的悲哀，至少也不至于无谓地增加她的伤感。她母亲和妹妹们也就用不着替她多操心了。

照玛丽安看，尽管她这种与自己完全相反的举止似乎无可挑剔，却并不值得称道。她把自我克制看得非常简单——如果爱情强烈，就根本无法克制，如果是平淡的爱情，能克制住也没什么了不起的。她不能否认，姐姐的爱情属于平淡的那一种，虽然她心里这么想会感到脸红。尽管这种判断让她感到沮丧，但她有非常明显的证据认为，自己仍然敬爱这位姐姐就足能证明自己的坚强。

埃莉诺并没有把自己锁在屋子里不跟家人交往，没有离开宅子决心避开她们独处，也没有因为想心事而彻夜不眠，可她每天有足够的时间想念爱德华，回忆他的举止。随着时间不同，以及她的心境不同，她的想法也不同，有时充满柔情，有时感到惋惜，有时带着责备，有时默默赞许，有时免不了心怀疑虑。她有很多独处的时候，有时是母亲和妹妹们不在场，有时是因为她们忙着做自己的事情，不能相互交谈。她的思想便自然有了空闲。一旦不受其他事物的干扰，她就不由想到往日与未来，那些与自身有关的问题摆在她面前，让她无法不去考虑，不得不集中精力于回顾、思索和想象。

爱德华走后不久的一天早上，她正坐在自己的画桌前这样思前想后，这时来了客人，把她从沉思中惊醒过来。当时家里只有她一个人。屋前草坪的入口处，那扇小院门闭上时发出哐当一声，她举目朝窗外望去，见一群人朝屋门走来。其中有约翰爵士、米德尔敦夫人和詹宁斯太太，另外还有两个人，是一位先生和一位夫人，她并不认识他们。她坐在靠近窗户的地方，约翰爵士看到她后，听任其他人礼貌地敲门，自己却穿过草坪来到窗前，求她打开窗扉跟他说话。其实门和窗户相距很近，在窗前交谈几乎不可能不让门口的人听见。

"喂，"他说，"我们给你带来几位新客人。喜欢吗？"

"嘘！他们会听见的。"

"听见也没关系。是帕尔默夫妇。告诉你吧，夏洛特非常漂亮。你朝这边看就能看见她。"

埃莉诺知道用不了两分钟就能看见她，用不着这么鬼鬼祟祟的，就请他原谅。

"玛丽安在哪儿？她是不是因为我们要来故意溜掉了？我看见她的钢琴盖还开着。"

"我想她去散步了。"

詹宁斯太太急着要说自己的故事，等不及开门，也跑来参加

他们隔着窗户的交谈。她朝着窗户大声打招呼:"你好吗,我亲爱的?达什伍德太太也好吗?你的两个妹妹上哪儿去了?什么!独自在家!有一小批人要来陪你了,你会高兴的。我带了另一个女儿和女婿来看你。你瞧,他们来得多突然!昨天晚上,我们正在喝茶,我觉得好像听见一辆马车的声音,可我绝对没想到是他们。我以为准是布兰登上校回来了,就对约翰爵士说,我肯定听见有马车声,也许是布兰登上校回来了……"

埃莉诺没等她讲完自己的故事,就连忙转身去接待其他客人。米德尔敦夫人介绍了另外两位客人。达什伍德太太和玛格丽特这时下楼来了,大家都坐下来相互打量,詹宁斯太太一边穿过走廊步入客厅,一边接着讲她的故事,这时约翰爵士陪在她身旁。

帕尔默太太比米德尔敦夫人小几岁,可她完全不像她姐姐。她身材矮小肥胖,容貌非常漂亮,神色和性情都好得不能再好了。她的举止绝对不如姐姐文雅,但是非常惹人喜爱。她进门时脸上带着微笑,偶尔开怀大笑,拜访过程中脸上一直带着微笑,走的时候脸上还挂着微笑。她的丈夫是个二十五六岁的年轻人,神色一本正经,比妻子略多一点时髦和理智,不过比她少一些随和。他进门的时候显出一副自命不凡的派头,朝女士们微微躬身致意,一句话也不说,只是匆匆打量他们一眼,朝屋子里扫视一圈,便从桌子上拿起一份报纸,直到要走前一直埋头读报。

帕尔默太太正相反,她天性欢乐随和,还没坐定就开始夸奖屋子,对屋里的一切都赞不绝口。

"哎呀!这屋子多让人喜爱呀!我从来没见过比这里更迷人的房间!你瞧,妈妈,自从我上次来过后,这里变得更漂亮啦!妈妈,我从来都觉得这是个温馨的地方!"她转向达什伍德太太说,

"你把它收拾得这么迷人!姐姐,你瞧,这里的一切都让人喜欢!要是我自己有这样的房子就好啦!帕尔默先生,对不对?"

帕尔默先生没有回答,甚至连眼皮也没抬,继续看报。

"帕尔默先生没听见我的话,"她笑道,"他从来什么都不做。真是太可笑了!"

达什伍德太太觉得奇怪。她从来没觉得怠慢别人有什么滑稽,不禁诧异地望着他们俩。

这时,詹宁斯太太放开喉咙大声谈话,继续说她前一天晚上为他们到来感到吃惊,她喋喋不休,把一桩桩事情全都抖露出来。帕尔默太太回想起他们的吃惊表情不禁开怀大笑,大家都一再表示赞同,认为那的确让人又惊又喜。

"你们准能想象出,我们见了他们有多高兴,"詹宁斯太太补充说。她朝埃莉诺俯过身子,压低声音,仿佛不想让别人听见,尽管其他人都坐在屋子的另外一侧。"不过,我真希望他们没跑那么快,旅途也不是那么长,因为他们是一路从伦敦赶来的,为的是办事务,你知道,"她煞有介事地点了点头,指了指女儿,"这对她并不好。我本来要她上午在家里待着休息,可她坚持要跟我们来,她非常想见见你们!"

帕尔默太太笑了,说这对她不会有什么害处。

"她二月份就要生产了,"詹宁斯太太接着说。

米德尔敦夫人再也忍受不了这种交谈,就振作起来问帕尔默先生报纸上有什么新闻。

"没有,什么也没有,"他回答一声,接着读报。

"哈,玛丽安来了,"约翰爵士嚷道,"喂,帕尔默,你就要见到一位绝色佳人了。"

他立刻朝走廊走去，打开前门，自己引领她进门。詹宁斯太太一见她就问她是不是去了艾伦汉姆庄园。帕尔默太太听了这个问题笑得十分开心，显然她知道个中原因。帕尔默先生抬头望着她走进屋子，盯着看了她几分钟，然后继续埋头看报。帕尔默太太的目光此时被屋子里挂的画吸引住了，起身仔细端详着。

"啊！天哪，这些画多漂亮哪！噢！多让人喜爱！妈妈，来看看吧，多美呀！我认为它们非常迷人。我永远也看不厌。"后来，她再次坐下，很快就把屋子里挂的画儿忘了个一干二净。

米德尔敦夫人起身的时候，帕尔默先生也站起身，放下报纸，舒展一下身子，朝每个人看了一眼。

"我亲爱的，你刚才睡着了吗？"他妻子笑道。

他没答话，仔细端详一下屋子后，只说了句房顶坡度太小，天花板有点弯曲了。然后他便微鞠一躬，跟着其他人离去了。

约翰爵士再三请她们第二天全家到庄园去。达什伍德太太不愿去他家做客多，在家请他们做客少，自己执意谢绝邀请，不过如果她女儿们愿意去可以随便。但是她们对帕尔默夫妇如何就餐也没有多少好奇心，另外，天气捉摸不定，不大可能放晴，想不出还会有什么其他乐趣，因此也都谢绝了。但是约翰爵士不肯就此罢休，说是他到时候派车来接，她们一定要去。米德尔敦夫人尽管没有勉强她们的母亲，但一定要姑娘们都过去。詹宁斯太太和帕尔默太太也异口同声邀请她们，似乎都害怕宅子里只剩下自己一家人。最后姑娘们不得不应承下来。

"他们干吗一定要请我们？"他们刚走，玛丽安就问道，"这座别墅的租金说起来倒是不高，可他们家一有客人，我们就非得去陪伴不可，这租房条件就太苛刻了。"

"他们频频邀请我们是对我们表示殷勤好客，"埃莉诺说，"这跟几个礼拜前我们接受邀请没什么两样。如果跟他们在一起让我们觉得单调乏味，那不是他们发生了什么变化。要想有什么变化，我们得到别处去找。"

# 第二十章

第二天,达什伍德家的三位小姐去庄园上做客。她们刚刚从一扇门走进客厅,帕尔默太太就从另一扇门匆匆跑进来,就像上次见面一样兴致勃勃,欢喜快乐。她非常亲热地拉住她们每个人的手,说再次见到她们真是太高兴了。

"我真高兴见到你们!"她说着在埃莉诺和玛丽安中间坐下,"今天天气这么糟糕,我真怕你们会不来呢,要是那样就太可怕了,因为我们明天就要走了。我们非走不可,因为你们知道,韦斯顿一家下个礼拜要去我们家拜访。我们是突然决定来这里的,我自己是在马车已经停在门口了才知道要来,帕尔默先生问我要不要陪他一道来巴顿。他这人真滑稽!平时什么都不告诉我!我很抱歉我们不能久留,不过,希望我们不久能在伦敦见面。"

她们不得不让她放弃这种期待。

"不去伦敦!"帕尔默太太笑着嚷道,"你们要是不去,我会感到非常失望的。我会为你们安排世界上最好的房子,就在我家隔壁,在汉诺威广场。真的,要是达什伍德太太不喜欢出头露面,你们可一定要来,我保证会在生孩子之前随时陪伴你们。"

她们对她表示谢意,但是不得不谢绝她的好意。

"噢,我亲爱的,"帕尔默太太对正好走进屋子的丈夫嚷道,"你一定要帮帮我,帮我劝达什伍德小姐们今年冬天去伦敦。"

她那位亲爱的先生没有回答。他向女士们微鞠一躬后,开始抱怨天气恶劣。

"这天气真是太糟了,整个让人受不了!"他说道,"这种鬼天气让每一桩事都讨厌,让每一个人都烦人。一下雨,屋里屋外都无聊。见了熟人都厌烦。约翰爵士真该死,家里竟然没有台球房。懂得享受的人真是太少了!约翰爵士就像这鬼天气一样愚蠢。"

其他人不久也进来了。

"玛丽安小姐,"约翰爵士说,"我恐怕今天没能照常去艾伦汉姆庄园散步吧。"

玛丽安脸色非常难堪,没有作声。

"啊,别在我们面前假装了,"帕尔默太太说,"我告诉你,我们都知道了。我非常钦佩你的眼力,我也认为他帅极了。你知道我们住的地方离他不远。我敢说,不超过十里。"

"差不多有三十里,"她丈夫说。

"哦,反正没什么差别。我从没去过他家,不过他们说,那是个漂亮可爱的地方。"

"我一辈子从没见过那么破烂的地方。"帕尔默先生说。

玛丽安仍旧缄口不语,不过脸上却显出对这些话的兴趣。

"真的很难看?"帕尔默太太问,"那恐怕是说其他什么地方非常漂亮。"

他们在餐厅就座后，约翰爵士带着歉意说，只有八个人入席。

"我亲爱的，"他对他夫人说，"我们人数这么少真让人难堪。你今天怎么没把吉尔伯特家的人请来呢？"

"约翰爵士，这话你刚才就说过一遍，我又不是没告诉你说不行。他们刚刚跟我们吃过饭。"

"约翰爵士，"詹宁斯太太说，"你我都别这么拘泥礼节啦。"

"那你就是非常没有教养。"帕尔默先生嚷道。

"我亲爱的，你什么人都要冒犯，"他妻子照例笑了一声说。"你不知道这么做很粗鲁吗？"

"我还不知道说你妈没教养就算冒犯了什么人。"

"啊，你爱怎么说只管说好了，"脾气温和的老夫人说，"你把夏洛特从我手里夺走，反正也不会归还了。可你却逃不出我的手心。"

夏洛特想到丈夫无法摆脱她便开心地笑了，还得意扬扬地说，她才不在乎他对她有多恼火呢，反正他们必须一起生活。没有人比帕尔默太太的脾气更好，也没有人像她那样自寻开心的。她丈夫故意冷落她，对她表示不满，甚至侮辱她，可这些都不能让她稍感难过，他责骂她或者虐待她的时候，她却乐不可支。

"帕尔默先生真滑稽！"她低声对埃莉诺说。"他总是发脾气。"

埃莉诺稍加观察便发现，他其实并不是像他自己故意表现的那么脾气恶劣缺乏教养。他脾气有点乖僻，不过他也许像其他男人一样，由于某种无法弄清楚的原因，生性喜爱美貌，结果却娶了个非常愚蠢的女人，不过她知道，许多男人都会犯这种小错误，有点头脑的人用不了多久就不会难过了。她相信，他们无非想借此表现自己的地位,因此对所有人都表现出轻蔑,对什么事情都看不顺眼。那是一种想显得高人一等的愿望。这种动机太普通了,没什么稀奇的,不过,这种在粗暴无礼方面高人一等的态度却为人所不齿,除了他妻子外,别人对他都敬而远之。

"啊,我亲爱的达什伍德小姐,"帕尔默太太过了一会儿说,"我想请你和你妹妹赏光,请你们今年圣诞节上克利夫兰庄园住几天,好吗?听我说,请你们一定要来,要在韦斯顿一家做客的时候一道来。要是你们能来,我实在太高兴了!太愉快了!我亲爱的,"她转向她丈夫说,"你不是渴望要达什伍德小姐们去克利夫兰庄园吗?"

"当然想,"他讥讽道,"我到德文郡来没别的想法,就是为了这事。"

"瞧,"他夫人说,"你们知道帕尔默先生的确盼望着你们,所以你们不能拒绝。"

她们连忙口吻坚决地谢绝了她的邀请。

"可你们一定要来。我敢说,你们准会喜欢的。韦斯顿一家会跟你们在一起,大家准会非常愉快的。你们想象不出克利夫兰庄园是个多么可爱的地方。再说,我们现在非常开心,因为帕尔默先生总是到处拉选票,有许多人来跟我们一道进餐,我以前从来没见过那么多人,真是太迷人了!不过,可怜的人儿!他真是累坏了!因为他不得不让每一个人都喜欢他。"

埃莉诺表示赞同,说那真是桩苦差事,可她几乎忍俊不禁。

"要是他进了议会,"夏洛特说,"那该多好啊!对不对?会让我乐坏的!寄给他的信上都会写着议员的头衔,可真有趣。不过,你知道吗,他说,他绝对不会让我使用免费邮件。他扬言说不会那么做。是不是，帕尔默先生？"

帕尔默先生不理睬她。

"你们知道吗，要他为我签字他可受不了，"她接着说，"他说那种事简直骇人听闻。"

"不对，"他说，"我从没说过那么不讲道理的话。你不要胡编乱造冤枉我。"

"瞧，你们看出他有多滑稽了吧。他总是这个模样！有时候，他整整半天不跟我说话，接着就说上句怪话——'全是胡编乱造。'"

大家返回客厅的时候，她问埃莉诺是不是特别喜欢帕尔默先生。埃莉诺大吃一惊。

"当然啦，"埃莉诺说，"他显然非常随和。"

"哦……我很高兴你喜欢他。我知道你会的，他那么讨人喜欢。我可以告诉你们，帕尔默先生跟你和你妹妹们在一起觉得特别高兴。要是你们不去克利夫兰庄园，你们想象不出他有多失望。我想不出你们为什么要拒绝。"

埃莉诺不得不再次谢绝她的邀请，她换了个话题，以免她继续恳求。她想，既然他们跟威洛比住在同一个地方，也许帕尔默太太能对威洛比的人品做一些具体介绍，迄今为止，她们只是从米德尔敦家与他泛泛交往中得到些许介绍，她渴望从任何人那里了解他的为人，以便证实他的优点，打消玛丽安的担心。于是她开始询问他们在克利夫兰庄园是不是常常见到威洛比先生，与他是不是熟悉。

"哦，亲爱的，是的。我非常熟悉他，"帕尔默太太回答道，"我倒没跟他说过话，这是真的，可我总是在伦敦遇见他。也不知道是怎么回事，我到巴顿庄园来的时候，他总是不在艾伦汉姆庄园。妈妈以前在这儿见过他一回，可我当时去看叔叔，住在威茅斯。不过，我敢说，我们本来会在萨默塞特郡常常见到他的，可不巧的是我们去的时间总是不同。我相信他住在康比的时候不多。就是在那儿住，帕尔默先生也不会去拜访他，因为你知道，他是反对党的，再说他住得离我们很远。我知道你为什么会问起他，我知道得很清楚，你妹妹要嫁给他。我为此真是高兴极了，因为到时候我们就是邻居了。"

"这可真奇怪了，"埃莉诺说，"这事你比我知道得还清楚，你对他们可能结婚有什么理由吗？"

"别假装了，因为人人都在谈论这事嘛。我向你保证，我还是在路过伦敦时候听说的呢。"

"我亲爱的帕尔默太太！"

"不骗你，这是真话。星期一上午，我在邦德大街遇到布兰登上校，是在我们正打算离开伦敦的时候，他把这话直截了当告诉了我们。"

"你真让我吃惊。布兰登上校告诉你们的！你肯定弄错了吧。把这种话告诉一个毫无关系的人！就算是真的，我也不相信布兰登上校会这么说。"

"我向你保证，的确是这样，我把经过讲给你听吧。我们见到他后，他转身陪我们一道走。我们就开始谈论我姐姐和姐夫，说了一桩事又说另一桩。我对他说，'上校，我听说，巴顿别墅新住进一家人，妈妈写信告诉我说，她们都非常漂亮，其中一位要跟康比·玛格纳的威洛比先生结婚了，是真的吗，请你告诉我。你最近不是在德文郡住过一阵子吗？'"

"上校说了些什么？"

"噢，他没多说，不过他看上去显然知道这事，于是打那一刻起，我就认定这是真的。真是实在太让人高兴了！什么时候办喜事？"

"我希望布兰登先生好吧？"

"啊！当然，他很好，他对你赞不绝口，说了你许多好话。"

"他夸奖我，我感到高兴。他是个很好的人，我觉得他非常讨人喜欢。"

"我也有同感。他是个很迷人的男人，可惜他的样子一本正经，单调乏味。妈妈说，他也爱上你妹妹了。要真是这样，那倒是桩喜事，因为他从来没爱上过什么人。"

"在萨默塞特郡你住的那个地方，认识威洛比先生的人多吗？"埃莉诺问道。

"啊！当然，认识他的人很多。也就是说，我相信有不少人认识他，毕竟康比·玛格纳离我们太远，不过我向你保证，大家都认为他是个非常可爱的人。凡是在威洛比先生去过的地方，没有人比他更惹人喜爱了。你尽可以这样对你妹妹说。说真话，她能得到他的真心是太幸运了。他能得到她就更幸运了，因为她是那么漂亮可爱，谁能配得上她呢？不过，我倒觉得她并不比你更漂亮，我可以向你保证。因为我觉得你们俩都特别漂亮，帕尔默先生也是这么想的，尽管我们昨晚没听他这么说起过。"

帕尔默太太对于威洛比的情况说得不是很具体，不过有利于他的任何说法，不论多么琐细，都能让她感到高兴。

"咱们到底还是相识了，真让我高兴，"夏洛特接着说。"我希望咱们永远是最要好的朋友。你简直想象不出我多想见到你们！你们住在别墅里真是太让人高兴了！说真话，这比什么都好！你妹妹能攀上这门好亲事，我真是太高兴了！我希望你们能常常待在康比·玛格纳。那可是个非常可爱的地方。"

"你们认识布兰登上校已经有很久了吧,对不对?"

"对,很久了,自从我姐姐结婚时就认识了。我相信他是约翰爵士最要好的朋友,"她压低声音补充说,"要是他能娶我,准会很高兴。约翰爵士和米德尔敦夫人都非常愿意。可妈妈觉得对我不合适,要不然的话约翰爵士就会向上校提起这事,我们马上就会结婚。"

"布兰登上校不知道约翰向你母亲提起过这桩婚事?他本人没对你有过什么表示?"

"噢,这倒没有。不过,假如妈妈不反对的话,我敢说他会非常愿意的。他只见过我两次,因为我那时还没毕业呢。话虽这么说,我现在还是幸福得多。帕尔默先生正是我喜欢的那种人。"

# 第二十一章

帕尔默夫妇第二天回克利夫兰庄园去了，相互来往的又剩下巴顿庄园和别墅的两家人。不过时间并没有维持太久。埃莉诺心里还在揣摩她们的最后一批客人，为夏洛特的无端欢乐心生纳闷，为帕尔默先生的简单粗暴感到奇怪，也感叹丈夫与妻子间的不匹配，这时，热衷于交际的约翰爵士和詹宁斯太太又为她弄来几位新朋友，让她又有了观察的机会。

一天早上，他们旅行到埃克塞特，遇到两位年轻女子，詹宁斯发现她们是她的亲戚，感到十分喜悦。约翰爵士便直接邀请她们，请她们在埃克塞特的事情结束后到庄园来。她们立刻表示愿意放弃在埃克塞特的活动，接受他的邀请。米德尔敦夫人听约翰爵士回来说，很快就要有两位陌生姑娘来访，她着实吃了一惊。她根本不能肯定她们是否高雅，也不能保证她们是不是有教养，因为她丈夫和母亲在这种问题上的保证从来都靠不住。她们是她的亲戚，这事就更加糟糕。詹宁斯太太试图安慰她,说既然都是表姐妹,就用不着关心她们有多时髦,亲戚就该相互容忍,她这番话不幸没有发生丝毫作用。既然不可能阻止她们来访,米德尔敦夫人也就听天由命了,她表现得像一位有教养的达观女士,只是每天为此责备她丈夫五六遍,发泄一下心中的不满。

两位年轻女士来了。从外表上看,她们绝非不高雅或不时髦。她们的服饰非常讲究,举止彬彬有礼,对这所宅子赞不绝口,对室内陈设极为欣赏,而且她们非常怜爱孩子,所以,她们到庄园来还不到一小时,就赢得了米德尔敦夫人的好感。她夸她们是非常讨人喜欢的姑娘。这话从这位爵士夫人口中说出,算得上异乎寻常的夸奖了。约翰爵士听了如此夸奖,增强了对自己判断力的信心,便立刻到别墅告诉达什伍德家小姐们说,斯蒂尔家小姐们来了,还向她们保证说,那可是世界上最可爱的姑娘了。不过,这几句夸奖太空洞了,埃莉诺知道得清清楚楚,在英格兰的每一个地方都能遇到最可爱的姑娘,只是身材、长相、性情和领悟能力有所不同而已。约翰爵士想请她们全家立刻到庄园上去看他的客人。真是个充满善意的好人!就是一个远房亲戚来了没人作陪,都让他难受。

"现在就来吧,"他说,"请你们来,一定要来。我已经说过你们会来。你们想象不出会多喜欢她们。露茜漂亮极了,脾气又好又可爱!孩子们都围在她身边好像她是个老熟人似的。她们都特别想见到你们,因为她们在埃克塞特的时候就听说,你们是世界上最漂亮的人儿,是我告诉她们的,还对她们说了许多其他事情。我能肯定,你们在一起会非常开心。她们给孩子们带来了整整一马车玩具。你们怎么能不来呢?有什么不好意思的,她们是你们的亲戚嘛,当然有关系的。你们是我的亲戚,她们是我妻子的亲戚,所以你们当然也就是亲戚啦。"

但是约翰爵士未能说服她们,最后只得到个答复,说她们一两天去庄园拜访。他离开的时候对她们的冷漠感到惊讶。步行回家后,他又向斯蒂尔家小姐们夸耀她们的魅力,就像刚才夸耀斯蒂尔小姐时的口吻一样。

她们如约拜访庄园并与两位女士介绍后,发现年纪较大的一位几近三十岁,相貌平平,看上去并不聪明,没什么好羡慕的。不过,另一位的年纪不出二十二三岁,她们都认为她十分漂亮。她容貌秀美,目光敏锐,一副机智模样,虽然算不上高雅,不过人却显得十分出众。她们两人特别彬彬有礼。埃莉诺见她们不断讨好米德尔敦夫人,很快便承认,她们的长处是具有某些领悟能力。她们跟她的孩子在一起乐不可支,夸奖孩子们漂亮,逗他们开心,对他们任性胡闹表示好感。她们礼节性的宽容惹得孩子们更加胡搅蛮缠,她们脱出身后,如果夫人正在做什么活计,比如说夫人正在剪裁某件服装的纸样,她们都竭力表示大加赞赏,而那件服装前一天穿在她身上曾经让她们赞不绝口。溺爱孩子的母亲向来最容易轻信别人对她孩子的赞扬,献殷勤的人因此十分幸运,因为有这种性格弱点的母亲对漂亮话从来是百听不厌,而且什么话都听得进去。米德尔敦夫人对斯蒂尔小姐们过分夸奖和容忍她的孩子一点儿没感到吃惊,也丝毫没产生怀疑。她怀着一颗慈母的心,心满意足地看着调皮孩子们折磨她的亲戚,看着孩子们解开她们的腰带,扯散她们的头发,翻腾她们的针线包,偷走她们的小刀和剪子,对他们双方都为此感到喜悦丝毫也不怀疑。让人惊讶的是,埃莉诺和玛丽安竟然坐视不管,镇定自若,任凭这一切在自己眼前发生。

"小约翰今天的兴致真高!"她评论起他把斯蒂尔小姐的手帕

丢到窗外这件事,"这孩子满脑子都是机灵点子。"

过了一会儿,第二个男孩使劲掐这位女士的手指,她爱怜地说:

"威廉真淘气呀!"

"我的小乖宝贝安娜玛丽亚,"她温和地抚摸着一个三岁小女孩说,"她总是这么温顺安静,世上哪儿有这么安静的小乖乖呢!"可这孩子两分钟前还吵闹个不停。

不幸的事情发生了。夫人亲昵地搂抱孩子的时候,头发上的一根簪子轻轻划了一下孩子的脖子,这位温顺儿童的典范立刻爆发出撕心裂肺的惨叫,声音之尖利简直无与伦比。母亲惊慌失措,斯蒂尔家的小姐们惊恐不已,在如此危急的关头,三个人为了减轻受害者的痛苦,什么手腕都使出来了。孩子安卧在母亲怀抱中,母亲不断地亲吻她,一位斯蒂尔小姐跪在她身旁,用熏衣草香水浸洗她的伤口,另一位小姐往她嘴巴里塞满糖果。既然泪水的回报如此丰厚,聪明孩子当然不肯就此善罢甘休。她继续精神勃勃地嚎哭抽泣,使劲踢两个过来抚慰的哥哥。大家共同抚慰都毫无效果,幸而米德尔敦夫人记起,上个礼拜曾发生过类似场面,当时服用杏子酱治疗太阳穴的擦伤曾有奇效,便急切地提出使用同样的药方治疗这次不幸的划伤,小女孩听了稍微收敛哭喊,大家便产生了希望,觉得这剂药不会遭到拒绝。母亲怀抱孩子离开屋子,去寻找那种药物,两个男孩儿不顾母亲极力相劝,坚决跟在她们身后离去,几个钟头不曾安静的屋子里这才只剩下四位年轻女子。

"可怜的小东西!"他们刚走,年长的斯蒂尔小姐就说,"几乎闹出一场大乱子。"

"除非真有什么事,"玛丽安大声说,"否则我倒看不出会有什么乱子。不过是老一套大惊小怪罢了,根本不值得惊慌。"

"米德尔敦夫人多可爱呀!"

露茜·斯蒂尔说。

玛丽安没作声。不论是多么无足轻重的场合,要她违心开口是不可能的。因此,出于礼貌需要而讲点假话的任务就完全落在埃莉诺肩上了。既然要求已经提出,她便尽量言不由衷地夸奖米德尔敦夫人,但调子却远远低于露茜小姐。

"再说说约翰爵士吧,"年长的姐姐感叹道,"他是个多有魅力的人哪!"

对此,达什伍德小姐也仅仅简单得体地称赞几句,并不言过其实,只说他脾气很好,待人友善。

"他们家的孩子们多可爱呀!我一辈子从没见过这么好的孩子们。我已经深深喜欢上他们了,我从来都非常喜欢孩子,真的。"

"我看得出,"埃莉诺微笑道,"今天上午我一直看着你们。"

"我有个感觉,"露茜说,"觉得你认为米德尔敦家的孩子们有点过分娇惯了,也许他们的确胡闹得过了头,不过米德尔敦夫人倒觉得很自然。我喜欢生气勃勃的孩子,要是孩子们太安静驯服,那倒让我受不了。"

"我承认,"埃莉诺回答道,"我只要在巴顿庄园,就绝对不会讨厌温顺安静的孩子们。"

这话过后,交谈稍稍中断了一会儿,斯蒂尔小姐首先打破了沉默。她似乎非常健谈,只听她有点唐突地说:"达什伍德小姐,你喜欢德文郡吗?我猜,你离开索赛克斯郡非常难过吧。"

埃莉诺对这个问题的过分亲密口吻颇感吃惊,至少觉得提问方式不得体,可她回答说,的确感到难过。

"诺兰庄园是个特别漂亮的地方,对不对?"斯蒂尔小姐追问道。

"我们听见约翰爵士对它赞不绝口,"露茜似乎觉得姐姐的话太随便,应当表示点歉意。

"我觉得凡是见过那地方的人肯定会赞赏它,"埃莉诺回答道,"不过并不是每一个人都能像我们一样体会到它的美妙。"

"那里有不少帅哥吗?我看这个地方就不见得有那么多好男子,在我看来,他们会让一个地方增光不少。"

"你怎么会认为,"露茜显得替姐姐难为情,"德文郡的上流青年就不如索赛克斯郡多呢?"

"不是的,我亲爱的,我当然不是说就没有。埃克塞特的花花公子当然数目众多,可是你想啊,我怎么会知道诺兰庄园有多少时髦公子哥儿呢。我只是担心,假如达什伍德小姐们没有以前那么多的花花公子,会觉得巴顿是个单调乏味的地方。不过,你们年轻小姐也许并不在乎公子哥儿,有没有他们都过得去。我可非常喜欢他们,只要他们穿戴漂亮举止文雅就行。要是他们又脏又下流,我可受不了。就拿埃克塞特的罗斯先生来说吧,他是个特帅的年轻人,十足的花花公子,你知道,他是辛普森先生的雇员。要是你一大早遇见他,那可真是惨不忍睹。达什伍德小姐,你哥哥那么有钱,结婚前准是个花花公子吧?"

"哎哟,"埃莉诺回答道,"我没法告诉你,因为我并不十分理解这个字眼的意思。不过有一点我可以告诉你,假如他结婚前是个花花公子,那现在还是,因为他一丁点儿都没变。"

"噢!我的天哪!谁能想象结了婚的男人仍然是个花花公子——婚后他们就得做其他事情了。"

"老天!安妮,"她妹妹嚷起来,"你除了花花公子就没别的好说了，你这是要让达什伍德小姐认为你满脑子想的都是这种事。"她为了改变话题，开始赞扬这所宅子和其中的家具。

两位斯蒂尔小姐的表演已经很充分。年长的那位粗俗冒失又愚蠢，一无是处。年幼的那位虽然年轻美貌，目光敏锐，但她也没有蒙蔽住埃莉诺，因为她其实缺乏真正的高雅和淳朴。埃莉诺离开庄园的时候，不希望再与她们有更多的交往。

斯蒂尔小姐们并没有这样的想法。她们从埃克塞特来，心里充满对这里的羡慕，打算利用约翰·米德尔敦爵士及其家人和所有亲戚，所以并不吝啬口舌，对他漂亮的亲戚们大肆吹捧，说平生从没见过像她们这样漂亮、高雅、有才华的可爱姑娘，渴望多与她们交往。埃莉诺不久便发现，无法避免与她们多交往，因为约翰爵士完全站在斯蒂尔小姐一边，他们组成的联盟实在太强大，她无法与之对抗，必须向这种亲密低头。这种亲密关系也只限于每天在同一间屋子里待上一两个钟头。约翰爵士想不出更多的活动，也不知道还需要有什么其他活动。在他看来，待在一起便亲密无间，既然让她们不断见面的策划已经奏效，他便毫不怀疑她们会成为好朋友。

说句公道话，他为了促使她们无话不谈可谓不遗余力了。他向斯蒂尔小姐们详细介绍自己亲戚的各种事情，不论是他知道的还是猜想的，就连最细致的琐事也没漏掉。埃莉诺跟她们只见过两次面，那位年长的小姐已经为她妹妹有幸征服了巴顿最帅的花花公子向她道喜了。

"她这么年轻就能嫁人真是桩好事，这是毫无疑问的，"她说，"我听说他是个挺不错的花花公子，漂亮得出奇。我希望你不久也有同样的好运，不过，你也许已经有了一位朋友，只是不想公开罢了。"

埃莉诺想,既然约翰爵士把玛丽安的事揭得那么透彻,决不会好心放过她对爱德华的恋情,因为在她们姊妹俩中间,他更喜欢拿她和爱德华的关系开玩笑,因为这事他知道得最晚,而且也更能引起他的猜想。自从爱德华做客以来,只要他们一道吃饭,他准会挤眉弄眼地举杯祝酒,煞有介事地祝愿她恋爱成功,他这是为了吸引大家的注意。那个字母 F 也不时地从他嘴巴里吐出来,编造成无数笑料,这个最迷人的字母与埃莉诺的联系早已根深蒂固了。

果然不出她所料,两位斯蒂尔小姐对这些笑话的背景全都了解,年长的那位小姐听了笑话产生好奇心,渴望知道笑话影射的那位先生是谁。她的问题虽然提得唐突,不过倒是跟她对这家人的一切都想刨根问底的态度是一致的。约翰爵士向来喜欢卖关子,这次却没有忍耐多长时间,他讲出那个名字和斯蒂尔小姐听到它一样,对两人都是乐趣。

"他姓费拉尔斯,"他压低声音说,可是大家却都能听见。"不过请你别说出去,因为这是个重大秘密。"

"费拉尔斯!"斯蒂尔小姐重复道,"费拉尔斯先生是那位幸福的人,对不对?怎么,他是你嫂嫂的弟弟,达什伍德小姐?他当然是个讨人喜欢的年轻人,我跟他很熟悉的。"

"你怎么能这么说呢,安妮?"露茜嚷道。不论姐姐说什么她都要更正一下。"咱们倒是在叔叔家见过他一两次,你说跟他很熟悉就太过分了。"

埃莉诺认真听着这些话,心里很纳闷。"她们这位叔叔是谁?住在哪里?他们怎么认识的?"她真心希望她们的交谈能继续下去,不过她并没有插嘴。结果她们没有再多说。她平生第一次发现詹宁斯太太对街谈巷议失去了好奇心,要么就是故意缄口不语。斯蒂尔小姐谈论爱德华的口吻激起埃莉诺的好奇心,因为她的态度里颇有恶意,让人怀疑她知道有什么事,或者自以为知道对他不利的什么事情。但是埃莉诺的好奇心没有得到满足,因为约翰爵士再次暗示甚至公开提起费拉尔斯先生的名字时,斯蒂尔小姐再也没搭过腔。

# 第二十二章

玛丽安向来无法忍受人们的无礼、鲁莽和低能，就连与她趣味有差异也让她受不了。在这种时候，她尤其心绪恶劣，对斯蒂尔家小姐不感兴趣，就不理睬她们，更不与她们接近。在她们面前她总是摆出一副冷漠面孔，她们便不敢勉强与她亲近。埃莉诺认为，正是由于她妹妹的这种态度，她们俩才显得比较喜欢自己，露茜尤其不放过任何与她攀谈的机会，推心置腹与她亲近。

露茜天生机灵，说话常常中肯而诙谐，埃莉诺常常觉得跟她交谈半个小时还算愉快。但是露茜的才能没有从教育中汲取养分，她既缺乏阅历又无知，尽管不时想显得优越，却无法在达什伍德小姐面前掩饰自己，她的智力没有得到发展，就连最普通的知识都不了解。埃莉诺为此替她惋惜，如果她受过教育，她的才能必然增光不少。但是，从她在庄园表现的殷勤态度和恭维巴结中，看得出她全然没有高雅可言，心地也不正直，埃莉诺对她的同情便降低了。埃莉诺不可能乐于跟这样一个人长久交往，这个人既不真诚又缺乏知识，两人交谈时难得有共同语言，根据她对待别人的举止，可以判断她对埃莉诺表现出的关心和尊重是完全无足轻重的。

一天，两人一道从庄园朝别墅走去时，露茜对她说："我有个问题，我猜想，你会觉得这个问题很奇怪。可我想知道，你见过你嫂嫂的母亲费拉尔斯太太吗？"

埃莉诺的确觉得这是个非常奇怪的问题，脸上也露出诧异神色。她回答说从未见过费拉尔斯太太。

"真的！"露茜说，"真没想到，我以为你在诺兰庄园准能见过她几次的。这么说，你说不出她是个怎样的人啦？"

"对，"埃莉诺言语谨慎，不愿表达自己对爱德华母亲的真实看法，也不想满足这种鲁莽的好奇心，"我一点儿也不了解她。"

"我知道我这样打听她，一定让你觉得奇怪，"露茜说话的时候留意看了埃莉诺一眼，"不过也许其中是有原因的，但愿我有勇气讲出来，不过我希望你不至于认为我这是有意冒犯你。"

埃莉诺说了句客套话，两人默默走了几分钟。后来是露茜打破了沉默，她旧话重提，迟疑道：

"我不想让你觉得我的好奇是冒昧的。我绝对不愿让你这样一位值得我请教的人那样看待我。我也知道，我全心全意信赖你用不着有任何顾虑。我正处在尴尬境地，希望听听你的忠告，可我不能麻烦你。我很遗憾你并不了解费拉尔斯太太。"

"我不知道对她的看法对你有什么用，"埃莉诺感到极为吃惊，"可我抱歉我根本不了解她。因为我真的根本不知道你跟那家人有什么关系，所以，我承认，你这么一本正经打听她的为人，的确让我感到吃惊。"

"我知道你会吃惊的,这我一点儿也不觉得奇怪。不过,要是我敢于把真情全都告诉你,也许你就不会这么惊讶了。目前,费拉尔斯太太与我没有任何关系,不过以后倒可能有关系,至于到底需要多久,那要靠她自己,那时咱们的关系就会变得更近了。"

她说这番话的时候,垂下眼皮,显出一副羞答答的样子,只朝她的同伴瞥了一眼,观察她的反应。

"我的天!"埃莉诺嚷起来,"你说什么?你认识罗伯特·费拉尔斯先生?真的?"想到未来会有这样一位妯娌,她并不感到愉快。

"不是的,"露茜回答道,"不是罗伯特·费拉尔斯先生,我一辈子从没见过他,是……"她盯住埃莉诺的眼睛接着说,"……是他哥哥。"

埃莉诺在这一刻心里是什么滋味?如果她没有立刻坚信这是不可能的,她准会感到强烈的痛苦和惊讶。她转向露茜,惊呆了,猜不透对方说这话有什么理由,又是什么目的。虽然她的脸变了色,可她十分自信,站得很稳,感到自己不会歇斯底里发作,也不会晕倒。

"你自然觉得奇怪,"露茜接着说,"因为你以前肯定不知道这事。我敢说,他一点儿也不会向你和你家的人透露,因为我们从来都把这事当成个重大秘密,而且我在这之前从来没向任何人透露过,除了安妮外,就是我的亲人们也不知道这事。也许我根本不该向你提起,可我觉得你是我能够绝对信赖的人,再说,我向你提了那么多有关费拉尔斯太太的问题,就觉得该解释一下才对。我想费拉尔斯先生就是知道我把真情告诉你,也不会为我信任你而生气的,因为我知道他对你们全家人评价极高,把你和另外两位达什伍德小姐都当作自己的亲妹妹看待。"她说到这儿打住了。

埃莉诺沉默着。听了刚才这番话,她惊讶得一时什么都说不出来了。后来，她勉强开口，话说得十分谨慎，平静的态度勉强隐藏起惊讶和焦急："我可以问问你们订婚已经很久了吗？"

"已经四年了。"

"四年！"

"对。"

埃莉诺虽然大吃一惊，却仍然不能相信这是真的。

"可是，"她说，"那天之前我还不知道你们相识呢。"

"我们认识已经有很多年了。你知道吗，他很长时间都是由我舅舅监护的。"

"你舅舅！"

"对。普拉特先生。你从没听他提起过普拉特先生？"

"我想可能听说过，"埃莉诺回答道，她的情绪越来越激动，也更加努力克制自己。

"他跟我舅舅一起生活了四年。我舅舅住在普利茅斯附近的朗斯台普。我们就是在那儿认识的，我姐姐和我经常住在舅舅家，我们订婚也是在那里，那是他离开学校一年以后的事。后来他几乎总是跟我们住在一起。你想象得出，没有他母亲的同意，甚至没让他母亲知道这事，我本来非常不愿意跟他订婚，可我当时还太年轻，又太爱他了，不可能把事情考虑得十分周到。虽然你不像我了解他，达什伍德小姐，可你见他的次数不少，肯定感觉到他这人多么能博得女人对他的真心爱慕。"

"当然啦，"埃莉诺回答道，她自己也没意识到说了些什么。她沉思片刻后，对爱德华的诚实和爱情又恢复了信心，认为她的同伴是在说谎。"跟爱德华·费拉尔斯先生订了婚！我承认，听了你的话我觉得非常吃惊，我真得请你原谅了。不过你肯定把人和名字搞错了。我们说的不可能是同一位费拉尔斯先生。"

"我们说的不可能是另外一个人，"露茜微微一笑，大声说，"爱德华·费拉尔斯先生，费拉尔斯太太的长子，他家在帕克街，他是你嫂嫂约翰·达什伍德太太的弟弟，我说的就是这个人。我的终生幸福都寄托在他身上，你不至于认为我会把他的姓名搞错吧。"

"奇怪，"埃莉诺说，她感到痛苦至极，迷惑不堪，"他怎么从来没提过你的名字。"

"这不奇怪。考虑到我们的处境，这并不奇怪。我们最关心的是要对这事保守秘密。可你根本不认识我和我家人，因此也就不可能向你提起我的名字。再说，他特别害怕他姐姐疑心，就更不愿提起我了。"

她沉寂下来。埃莉诺的心在下沉，可她的自制力并没有随着沉沦。

"你们订婚已经四年了，"她的声音十分镇定。

"对。天知道我们还得等待多久。可怜的爱德华！他都要泄气了。"她从衣袋里掏出一幅小画像，又说，"为了避免弄错人，请你看看这张面孔吧。当然画得不太像他，不过我觉得你不可能看错上面画的是谁。我已经把它保存了三年啦。"

她把画像递到埃莉诺手中。不论埃莉诺还有什么疑惑，不论她如何怀疑匆忙论断的害处，也不论她心中还怀有什么找出破绽的希望，可她一见那幅画像，就认出那不是别人，正是爱德华的面孔。她几乎立刻就归还了画像，承认画得很像。

"我非常苦恼，"露茜接着说，"因为我一直没能给他一幅我的画像。可他从来都想跟我要。不过，我已经打定主意，一有机会就找人画一幅。"

"你说的对，"埃莉诺平静地回答道。接着两人又默默走了一

段路。是露茜先打破了沉默。

"我丝毫不会怀疑，"她说，"你会为这事保守秘密，因为你肯定知道这事对我们有多重要，千万不能让他母亲知道，因为我敢说，她绝对不会赞成的。要是让她知道了，我就完了。我想象得出，她是个特别高傲的女人。"

"我可没要求你信任我，"埃莉诺说，"不过你信赖我倒是不会错的。你的秘密让我保守不会出岔子。不过，我要请你原谅，我感到奇怪的是，你为什么毫无必要地把这秘密告诉我呢？你至少应该觉得，让我了解这事并不会有助于保守秘密吧。"

她说这番话的时候目光诚挚地望着露茜，希望从她脸上发现某种东西，也许是想看出她说的大半是假话。但是露茜的表情却并没有变化。

"恐怕你觉得我把这一切都告诉你太冒昧了吧，"她说，"当然我认识你时间不长，至少直接交往时间不长，可是，我听人家说起你和你全家已经有很长时间了，所以，一见面，我就觉得仿佛见了老熟人一样。再说，既然我跟你仔细打听爱德华的母亲，就觉得该做点解释才对。我非常不幸，因为连一个能说说知心话的人都没有。只有安妮知道这事，可她根本没有什么判断能力，说实在的，她成事不足败事有余，我总是提心吊胆，害怕她把这事捅出去。你肯定看得出，她不懂得管住自己的嘴巴。那天约翰爵士提起爱德华的名字，把我吓了个半死，真怕她会脱口把秘密泄露出去。你想不出我多担惊受怕。我有时觉得奇怪，我四年来为爱德华受了这么多磨难，竟然还活着。一切都这么悬着不能确定下来，再说还很少见到他，我们一年见面难得超过两次。我的心没有破碎都让我感到奇怪。"

说到这里，她掏出一张手帕。但埃莉诺对她并不感到同情。

"有时候,"露茜擦了擦眼睛后接着说,"我觉得干脆解除婚约对我们俩倒更好。"她说这话的时候,两眼直勾勾盯着她的同伴。"可过后我又下不了狠心。我不忍心惹他伤心,我知道,只要一提这话,他准会伤心得要死。而且为了我自己也不能那么做,我实在太爱他了,我觉得做不出那种事。达什伍德小姐,照现在这样子,你能给我们点什么忠告吗?要是换了你,你怎么办呢?"

"请原谅,"埃莉诺听了这个问题吃了一惊,"在这种情形下我没什么忠告。你得自己拿主意。"

"当然啦,"两人沉默几分钟后,露茜说,"他母亲总得供养他,但可怜的爱德华对这事却十分沮丧!他在巴顿的时候,你没觉得他情绪低落得要命吗?他离开朗斯台普跟我们分别的时候,显得那么难过,后来他去了你们那儿,我恐怕你们会觉得他得了重病呢。"

"他是离开你舅舅后来拜访我们的吗?"

"嗯,是的。他跟我们一道待了两个礼拜。你以为他是直接从伦敦来的?"

"不是的,"埃莉诺回答道。她意识到露茜说出的每一种新情况都是真话,"记得他说过,在普利茅斯附近跟朋友们待过两个星期。"她还记起,当时就感到奇怪,因为关于那几位朋友他没有多说,而且绝口不提他们的名字。

"你没感到他情绪低落得厉害吗?"露茜追问道。

"我们的确感到了,尤其是他刚到的时候。"

"我求他打起精神来,免得让你们产生怀疑,看出事情真相,可他反而更加忧郁了。他跟我们在一起只待了两个礼拜,还看着我整天伤心。可怜的人儿!我恐怕他现在还是那个样子,因为从他的信上看得出,他情绪还是那么糟糕。我离开埃克塞特前刚收到他的一封信,"她从衣袋里取出一封信,不经意地让埃莉诺看。"我相信你熟悉他的笔迹,的确是一手好字,可这封信写得不像平常那么好。我看他是累了,只是尽量填满这张纸而已。"

埃莉诺一看,认出那的确是他的笔迹,她什么也不再怀疑了。她刚才曾经想过,那幅画像也许是她偶然弄到的,也许并不是爱德华送给她的礼物,可他们之间的书信往来却足能证明他们已经订婚,除此之外不会有别的原因。有几分钟,她几乎支持不住,她觉得心在往下沉,几乎站不住了。但她必须支撑住,她奋力顶住感情的压力,很快便挺住了,而且一直坚持下去。

"相互通信,"露茜把信装回衣袋里说,"是我们分离这么久的唯一安慰。不错,我还有他的画像,这对我是个安慰,但可怜的爱德华连这也没有。要是他有我的画像,会觉得安心,他说过这话。他上次来朗斯台普,我给过他一绺我的头发,他把头发装在戒指里了,他说,这对他是一种安慰,但比不上一幅画像。你见他的时候也许注意到那枚戒指了吧?"

"是的,"埃莉诺尽量保持镇静,但声音里却隐藏着一种从未感到过的震动和痛苦。她苦恼,她震惊,她惶惑不已。

她应该感到幸运,因为这时她们已经来到别墅,这番谈话自然不能继续下去。斯蒂尔家两位小姐跟她们坐了几分钟后,起身返回庄园,埃莉诺这才有了空闲,开始思索,开始伤心。

# 第二十三章

　　埃莉诺一般很少相信露茜的话,不过她对于刚才那番话认真思索后,觉得不能不信其有,因为无法解释她编造这么一通荒唐假话的缘由。所以,露茜说的应该都是真话,埃莉诺不能也不敢再怀疑了。那番话虽然与她的愿望相悖,却有根有据,各方面还有佐证和物证。他们在普拉特先生家相识是其他一切事情的根基,这让人吃惊又不容置疑。回想起来,爱德华曾去过普利茅斯,他那副忧郁的神色,他对自己前途感到不满,他对她的暧昧态度,斯蒂尔小姐对诺兰庄园及她们家亲戚关系的熟悉,这些都常常让她感到奇怪。再加上那幅画像、那封信、那只戒指,这一切构成了完整的证据,她根本用不着害怕错怪他,他的确对不起她,她心里再想偏袒他也不能回避这些事实。对于这种行为,她心头顿时升起一股怒火,为自己受骗上当而愤怒,短时间里,她陷入仅仅为自己考虑的旋涡中了。可是,没过多久,她脑子里有了其他考虑。爱德华是故意要欺骗她？他对她的爱恋是假装出来的，心里并不真正爱她？他与露茜订婚是真心真情的？不对。不论原来如何，她都不相信他们现在依然如故。他对她的爱是全心全意的。这是骗不了她的。她母亲、她妹妹、范妮在诺兰庄园时都感觉到了他对她的爱情。那可不是她一厢情愿的错觉。他肯定爱过她。这一理由让她心里多么温暖啊！她怎么能不原谅他呢！他起初感觉到她对他的影响已经超越正常范畴后，仍然待在诺兰庄园是不对的，非常该受责备。在这一点上，他无法替自己辩护，但是，如果说他伤害过她，那么他对自己的伤害又有多深？如果她的处境令人怜悯，那他的处境就是绝望了。他的轻率行为让她痛苦一时，而他自己似乎永远没有机会摆脱痛苦。她或许不久便能恢复平静，但是他呢，他还能指望什么？他跟露茜·斯蒂尔在一起能忍受吗，能幸福吗？即使将他对他自己的爱情撇开不提，以他正直的为人、高雅的风度和博学的头脑，娶一个她那样无知做作和自私的妻子他会满意吗？

一个十九岁的糊涂青年自然会让她的美貌和善良蒙蔽住双眼，让他除此之外什么其他事物都看不见。但是后来过了四年，这些年如果在理智中度过，会让理解力有多大的增长哪，他必然会擦亮眼睛，看出她教养方面的种种缺陷，在同一段时期里，她却在低级社会圈子里消磨光阴，她原先那种为她的美貌增添光彩的单纯特征，或许也被琐碎无聊的活动消蚀掉了。

假使他想娶她自己，来自他母亲方面的阻力似乎很大，那么，他母亲对他这个订过婚的对象不会施加更大的阻力吗！她的亲属地位比自己低，财产恐怕也比自己的少。如果他的心疏远了露茜，这些困难或许不至于压得他失去耐心，但是，一个人把家庭的反对和疏远当成安慰，那处境该多悲哀哪！

她脑子里伴随着一阵阵痛苦产生这些念头,她哭了,与其说是为自己难过,倒不如说是替他悲哀。她深信自己对目前的痛苦并没有责任,也为爱德华没有让她失去对他的尊敬感到安慰,她感到,尽管她刚刚遭受沉重打击,但她现在甚至还能振作起来,避免母亲和妹妹们猜到真相。她对自己的自制能力感到非常满意,她跟大家一道吃饭的时候,谁也没从她的外表上看出破绽,这在她最珍视的希望惨遭毁灭后才仅仅两个钟头。大家都没察觉到,埃莉诺在为永远将她与爱人分隔开的障碍心中暗自悲叹,而玛丽安在思念那个完美无瑕的心上人,自以为完全占有了他的心,一听到附近有马车声,便以为他会出现。

埃莉诺需要把露茜托付给她保守的秘密掩盖起来不让母亲和玛丽安知道,虽然这需要她持久的毅力,不过并没有给她增加苦恼。恰恰相反,她反而感到安慰,不说出来便不至于给她们增添痛苦,也免得听她们说谴责爱德华的话,她们偏爱自己,难免语出不逊,要是那样的话,她可受不了。

她知道,自己不会从她们的忠告或议论中得到帮助,她们的温柔或悲哀却肯定会增加她的痛苦,而她们的榜样或赞扬都不会增强她的自制力。她独处时反倒更加坚强,她自己的良知就是她的支持者。尽管内心的剧烈痛苦还是新创伤,但她坚定不移,她的欢乐外表一如往常。她们却不可能有如此表现。

虽然她跟露茜就这事的第一次谈话已经让她饱受痛苦,可她不久便真心希望继续跟露茜旧话重提,其中是有许多原因的。她想再听听他们订婚的种种琐细情况,想要更清楚地了解露茜对爱德华的真正感情,看看露茜说爱他是不是真心话。她表示愿意再谈这事,而且说的时候显得心平气和,为的是想要让露茜相信,她对这事的兴趣只不过是朋友般的关心，因为她唯恐早上交谈时自己情绪太激动，至少让对方产生了疑心。露茜很有可能对她产生妒意，显然爱德华以前谈起她时赞不绝口，露茜这么说过，而且她们相识不久，她便把如此重大的秘密吐露给她。就连约翰爵士的玩笑也肯定有些分量。不过，埃莉诺心里有把握，爱德华是真心爱自己，就不去考虑露茜会嫉妒的其他可能性了。她把秘密吐露给自己就是她忌妒的证据。她无非是在通知埃莉诺，说她对爱德华的爱情有优先权，要埃莉诺避免跟他再接触，除此之外，她泄露这个秘密还有什么其他理由？她没费多少周折就摸清了对手的意图。她打定了主意，要按照每一条诚实和荣誉的原则行事，要与自己的爱情做斗争，尽可能不再与爱德华见面。但她也要努力让露茜相信，她的心并没有受伤，她不能放弃对自己的这种安慰。现在，她在这个问题上已经听到很多，再听什么也不可能加重她的痛苦了。她相信自己的能力，认为能够镇定自若地再听一遍那些细节情况。

不过，这种机会并不是马上就有的。虽然露茜也像她一样，愿意利用任何机会，但是天气常常不够好，她们不能一道外出散步，只有散步的时候才能避开其他人。尽管她们至少每隔一天晚上就能在庄园或别墅见面，当然大多数时间是在庄园里，不过，她们并不能指望在这种地方谈话。约翰爵士或米德尔敦夫人绝对不会想到这种事情，因此，留给大家闲聊的时间很少，单独交谈的机会根本就没有。大家聚在一起为的是吃喝欢笑，打牌、玩字谜，或者足够吵闹的其他游戏。

这种聚会有过一两回了，埃莉诺却找不着单独与露茜在一起的机会。后来有一天早上，约翰爵士到别墅来，请她们这天千万要赏光陪米德尔敦夫人吃饭，因为他要去埃克塞特赴约，参加俱乐部的活动,要是家里没客人,她会感到非常孤单,因为家里只有她母亲和两位斯蒂尔小姐。他把人们纠集起来只是为了热闹,而文静有教养的米德尔敦夫人当家时,大家可能有更多的自由,埃莉诺预见到这是个好机会,马上一口应承下来,接受了邀请。玛格丽特得到母亲的允许,也答应去庄园。玛丽安不愿参加任何聚会,可母亲不允许她总是独处拒绝娱乐活动,极力劝说她,她答应了。

年轻小姐们去了,米德尔敦夫人这才愉快地从威胁她的可怕孤独中逃脱出来。聚会枯燥无味,与埃莉诺预料的完全一样,人们没一个新想法,也没一个新说法,在餐厅里和客厅中的交谈全都无聊得要命,进客厅的时候,孩子们也跟了进来,她知道得清清楚楚,只要有孩子们在,就休想把露茜的注意力引过来跟自己交谈。直到茶具撤下去了,孩子们才离开。接着摆上了牌桌,埃莉诺才觉得自己原来的想法好笑,居然希望在庄园里找机会谈话。大家都站起身,准备玩一局牌。

"我很高兴,"米德尔敦夫人说,"你们不准备今天晚上给可怜的小安娜玛丽亚编完她的小篮子,烛光下做那种精细活计准得把眼睛弄坏。咱们明天再补做那件活计,我希望她不会在意。"

这句暗示就够了,露茜立刻沉着地回答道:"米德尔敦夫人,你这话就不对了。我只是等着看看没有我你们能不能凑成牌局,要不然我早就动手编了。我可不能让小天使失望。要是需要我凑数打牌,吃完晚饭我也一定要把篮子编好。"

"你真是太好了,我希望你别伤着眼睛。你拉铃叫人送几支做活儿用的蜡烛来吧。我知道,要是明天编不完那只篮子,我可怜的小姑娘会大失所望的。我倒是告诉过她,明天肯定编不完,可我能肯定,她指望到时候篮子就编好了。"

露茜立刻把工作台拉到身旁，重新坐下。她行动敏捷，兴致勃勃，似乎在做一种姿态，表示她最乐意做的事情就是为一个宠坏的孩子编一只精致的篮子。

米德尔敦夫人建议打一局四人纸牌戏。大家都不反对，玛丽安却不赞成，她从来不注意一般礼节，大声说道："请夫人原谅我，你知道我反对打牌。我去弹弹钢琴吧，自从调音以后我还没弹过呢。"她没有再客套，转身走向钢琴。

米德尔敦夫人的模样似乎为她本人从来没说过这么粗鲁的话心里感谢上帝。

"夫人，你知道玛丽安从来离不开这架钢琴，"埃莉诺努力掩饰妹妹的鲁莽举止，"我一点儿也不奇怪，因为这架钢琴的音色是最好的，我从来没听过这么好的音色。"

剩余的五个人这时开始起牌。

"要是我碰巧出局，"埃莉诺接着说，"也许我能帮露茜·斯蒂尔小姐点儿忙，替她卷卷纸条，编篮子还有很多活儿要做呢，我看她一个人今晚不可能干完。要是她愿意让我插手，我倒非常喜欢做这种活儿。"

"哎呀，要是你肯帮忙，我真是太感谢了，"露茜嚷道，"我这才发现要干的活儿比原来想的多。要是让亲爱的安娜玛丽亚失望，那可了不得。"

"啊！可不是嘛，那就太糟了，"斯蒂尔小姐说，"亲爱的小宝贝，我多爱她呀！"

"你真是太好了，"米德尔敦夫人对埃莉诺说，"既然你真的喜欢这活儿，也许可以等下一局再起牌，要不还是现在就试试手气吧？"

第一个建议对埃莉诺有利,她便愉快地接受了。她稍动唇舌,便达到了自己的目的,同时还赢得了米德尔敦夫人的欢心。这种事玛丽安却不愿屈尊去做。露茜马上热情地给她让了个空儿,两位漂亮的对头就并肩坐在同一张桌子旁边,配合极为默契,赶做同一件活计。玛丽安弹着钢琴,全神贯注地沉浸在自己的音乐和自己的思想中,忘记了屋子里除了自己还有其他人。钢琴离两位小姐很近,达什伍德小姐估计,在琴声的掩盖下,她可以安全地谈自己感兴趣的话题,用不着担心牌桌旁的人们会听见。

# 第二十四章

　　埃莉诺于是开始谈话，她的语调小心翼翼，声音却十分镇定。
　　"那天你对我说了那件事，我觉得，要是我不想再谈，或者不想问个究竟，那就对不起你对我的信任了。所以，我现在重提旧话就不觉得不好意思。"
　　"谢谢你，"露茜热情地说，"你不避讳这事让我觉得放心了。因为我有一种感觉，仿佛星期一告诉你的那些事情可能得罪了你。"
　　"得罪我！你怎么会这样想呢？相信我吧，"埃莉诺说得极为真诚，"我绝对不愿让你有这样的想法。你能信任我难道不是看得起我，给我面子？"
　　"不过，我觉得，"露茜回答时一双机敏的小眼睛饱含深情，"你当时不愉快，还有点儿冷淡，我觉得不舒服。我能肯定你生我的气了，打那以后我心里就忐忑不安，后悔不该冒昧拿我自己的事麻烦你。我很高兴那不过是我自己的想象，你并没有责备我。那是我一辈子时时挂念的事情，我把它倾吐给你对我的心是个说不出的安慰，要是你知道你的同情对我多么重要，我想你就什么也不会计较了。"

"真是这样的，我相信你把自己的处境告诉我，心里准像一块石头落地一样舒坦。你放心，你绝对用不着为它后悔。你的情况真不幸，我觉得你们周围处处是困难，你们需要真心相爱相互支持才能应付这些困难。照我看，费拉尔斯先生的生活要完全依靠他母亲。"

"他自己只有两千镑，要是靠那点儿钱结婚完全是不明智的，不过我愿意放弃各种奢侈的指望，打心眼里无怨无悔。我早已习惯了靠微薄的收入过日子，为了他我什么穷日子都能熬。不过我太爱他了，不该因为自私念头就让他放弃他母亲该给他的财产，他只有娶了母亲中意的女子才会得到自己的财产。我们必须等待，也许还要等待许多年。要是换了任何别的男人，这都是个可怕的前景，可我知道，爱德华对我的爱情坚贞不渝，什么也不会从我身边被夺走。"

"这种信念对你可太重要了。毫无疑问，支持他的也是同样信念。在许多情形下，许多人订婚后过了四年，相互爱恋的力量便自然减弱了，要是你们也这样的话，你的处境就太可怜了。"

露茜听了，抬起头看她一眼，但是埃莉诺仔细注意自己的面部表情，不让自己的话引起她的疑心。

"爱德华对我的爱，"露茜说，"已经经受住了考验，我们订婚后长期不在一起，时间很长很长，可我们的爱情经受住了考验，要是我现在还有疑心，就不该宽恕了。我敢说，自打当初到现在，他没有一时一刻让我担心过。"

埃莉诺听了如此的断言,不知道是该微笑还是该叹息。

露茜接着说下去:"我天生还有点儿忌妒。我们的地位不同,他的交往圈子比我大,我们又总是不在一起,要是我们见面的时候,他对我的举止稍有变化,无缘无故情绪低落,谈起哪位女士的话多了点儿,或者在朗斯台普不如往常那么快活,不论发生了哪种情况,都足以让我疑心,我就要弄个水落石出。这倒不是说我一向目光敏锐,善于观察,但是,假如发生了那种情况,我肯定不会受骗的。"

埃莉诺自忖道:"这番话说得倒是非常动听,可它骗不了我,也骗不了你。"

"可你们今后怎么打算呢?"沉默片刻后她问道,"你们除了等着费拉尔斯太太去世就没别的计划吗?那可是个又可悲又可怕的极端呀。难道她儿子打定了主意,就这么悬着忍耐许多枯燥的岁月,还把你也连累进去,却不敢冒险惹她生一顿气,干脆把实话说出来?"

"要是我们能断定这只会惹她生一顿气就好了!但费拉尔斯太太是个非常顽固傲慢的女人,听了实话,她在气头上很可能把一切财产都遗赠给罗伯特。一想到这种结果,我为了爱德华也得打消自己一了百了的念头。"

"这也是为你自己着想,要不然你的念头就不合情理了。"

露茜又朝埃莉诺望了一眼,缄口不语了。

"你认识罗伯特·费拉尔斯先生吗?"埃莉诺问道。

"根本不认识,我从来没见过他,可照我想象,他跟他哥哥截然不同,他没头脑,是个十足的花花公子。"

"十足的花花公子!"斯蒂尔小姐重复了这个字眼。玛丽安的音乐突然停顿下来，这位姐姐的耳朵偶然听到了这个字眼。"噢，我敢说，她们在谈论自己的意中人呢。"

"不是的，姐姐，"露茜嚷道，"你弄错了，我们的意中人绝对不是什么花花公子。"

"我可以说达什伍德小姐的意中人不是花花公子，"詹宁斯开心笑道，"因为他是我见过的人里头最谦逊、举止最得体的年轻人。至于露茜嘛，她是个狡猾的小家伙，我们弄不清楚她喜欢的到底是谁。"

"噢，"斯蒂尔小姐喊了一声，煞有介事地朝周围扫视一圈，"我敢说，露茜的心上人就像达什伍德小姐的那位一样谦逊正派。"

埃莉诺的脸不由红了。露茜咬着嘴唇狠狠瞪了她姐姐一眼。两人沉默了一阵。露茜首先打破沉默。这时玛丽安开始弹奏一首异常华彩的奏鸣曲，为她们提供了有力的掩护，但露茜开口时还是压低了声音：

"我最近想出一个解决办法，愿意推心置腹地告诉你。其实我非告诉你不可，因为这事你也有一份儿。我敢说，你经常见到爱德华，知道他不愿从事其他职业，只想当个牧师。我计划让他尽快当上牧师，然后呢，通过你的关系，说服你哥哥把诺兰教区的事给他去做。我相信，凭你们之间的友谊，也希望你对我也有些关心，你会帮忙的。我知道诺兰教区的那个职位非常好，现在任职的教区牧师将不久于人世。有了这份差事，我们就足够维持结婚后的生活，至于其他事情，就看时间和机会了。"

"要是能对费拉尔斯先生表示我的尊重和友谊，我一定义不容辞，"埃莉诺回答道，"不过你难道看不出，这事其实根本用不着我帮忙吗？他是约翰·达什伍德太太的弟弟，靠这一点就肯定能让她丈夫打定主意了。"

"可约翰·达什伍德太太不赞成爱德华搞教会工作。"

"要是那样,我的话就更没什么作用了。"

她们又沉默了几分钟。最后露茜长叹一口气说:

"我看最明智的办法就是立刻解除婚约,结束这桩事。我们俩好像在各个方面都困难重重,这么办虽然难过一时,可最终也许好过些。达什伍德小姐,你不能给我点儿什么忠告吗?"

"不能,"埃莉诺掩饰住激动不已的心情,微笑着说,"在这种问题上我确实不好说。你很清楚,除非我说的话附和你的愿望,否则在你心里不会有什么分量的。"

"你这可是错怪我了,"露茜一本正经地回答道,"在我心里,谁的看法也没你的重要。我这说的是真心话。要是你对我说:'我建议你无论如何也要解除跟爱德华·费拉尔斯的婚约,那样对你们俩都好,'我会马上打定主意那样做的。"

埃莉诺替爱德华的未婚妻言不由衷感到羞愧,她回答道:"就算我原来心里对这事有点儿什么想法,听了你这番恭维,我也吓得不敢说了。你把我的影响提得太高,一个局外人哪儿有能力拆散一对热恋的情人呢?"

"正因为你是个局外人,"露茜说,她有点儿生气,特别加重语气说出这几个字,"所以你的看法才可能对我格外有分量。要是你偏袒某一方,那你的意见才不足取呢。"

埃莉诺觉得不理睬这些话才是明智的,免得刺激对方开口过于随便,结果变得越来越不含蓄。她甚至开始暗自打定主意,以后不再提这件事了。于是,在这之后两人又沉默了很久,最后还是露茜打破了沉默。

"达什伍德小姐,你今年冬天要去伦敦吗?"她的口吻像她通常讲话时一样神气。

"当然不去。"

"那真遗憾,"对方回答道。不过,她听了这话眼睛忽然明亮了,"要能在那儿见到你我会很高兴的!不过照我看,你虽然嘴上这么说,可最后还是要去的。你哥哥嫂嫂肯定会邀请你跟他们一道去。"

"就是他们邀请,我也不能自作主张接受。"

"那可太糟了!我原以为你肯定会去的。安妮和我要在一月下旬去看几位亲戚,他们几年来一直催我们去拜访!可我去只是为了见爱德华。他二月份在那儿,要不是为了这事,我们才不喜欢去伦敦呢,我对那地方没兴趣。"

牌桌上第一局打完了,人们便招呼埃莉诺过去,两位小姐的密谈就此结束,两人都不觉得有什么可惜,因为两人都没说出什么新东西来减轻相互的厌恶。埃莉诺坐在牌桌旁后,心里感到忧郁,认为爱德华与这个即将作为妻子的女人之间不仅没有爱情,而且结婚后不会得到起码的幸福,因为只有男女方真心相爱才会让他感到幸福。然而,这位女子似乎完全意识到他已经厌倦了,却仅仅为了自己的利益坚持要一个男人维持婚约。

从此之后,埃莉诺再也没提起过这个话题。露茜却不失时机地总要对她提起,尤其是爱德华写来信时更要把自己心中的幸福告诉她。每逢这种时候,埃莉诺就以镇静和谨慎的方式对待,在不失礼貌的前提下尽快打断她的话,她认为不值得与露茜做这种谈话,因为这种谈话对露茜是一种宽容,而对自己却是危险的。

两位斯蒂尔小姐在巴顿庄园的拜访时间远远超出了最初邀请中

含蓄提出的期限。她们受到的款待延长了,无法脱身。她们提出要走,但约翰爵士就是不听。虽然她们在埃克塞特有许多早已约好的活动,尽管她们需要立即回去赶赴每个周末的约会,但不能成行。她们在庄园里被迫住了近两个月,为欢庆佳节助兴,因为在节日期间理应举办更多家庭舞会和盛大的宴会。

# 第二十五章

虽然詹宁斯太太习惯于一年大部分时间都在儿女和朋友家度过,但自己并非没有固定住宅。她丈夫曾在伦敦城不太高雅的地段做生意赚了钱。他去世后,她每年冬天都住在波特曼广场附近一条街道上的一座房子里。一月份将至,她开始打算回那个家了。一天,她突然询问达什伍德家两位年纪较大的小姐,是不是愿意陪她一道回去。她们俩颇感意外。埃莉诺马上对她的好意表示感谢,但代表两人谢绝了她的好意。埃莉诺相信自己表达的是姐妹俩共同的愿望,可她并没有注意到妹妹愉快的表情变化,妹妹显然并不讨厌那个计划。埃莉诺说,她们不能在一年中这个季节离开母亲。詹宁斯太太听了觉得吃惊,立刻再次表示邀请。

"噢,天哪!我能肯定你母亲会放你们走的,我真心请求你们给我个面子陪我去,因为我心里已经打算好了。别以为你们去了对我有什么不方便,我不会为你们改变生活习惯的。只需要打发贝蒂坐驿车走就行了，那点儿钱我还花得起。我们三个坐我的马车会很舒服的。等我们到了城里，要是我去的地方你们不愿去，完全没问题，我有几个女儿，总有一个会陪你们出去。我肯定你母亲不会反对，因为我这人运气好，女儿们全都不拖累我，她会觉得有我照顾你们很合适。要是我费了心却不能至少让你们中的一个嫁得称心如意，那不能算我的错，因为我会对所有年轻男子说你们的好话，这你们就放心好了。"

"照我看，"约翰爵士说，"要是姐姐赞成，玛丽安小姐不会反对这个计划。要是因为达什伍德小姐不愿意，就不让妹妹享受点乐趣，那可太严厉了。所以我建议，你们俩在巴顿住腻了就一起出发去伦敦，什么也别跟达什伍德小姐说。"

"不，"詹宁斯太太嚷道，"有玛丽安小姐作伴，不管达什伍德小姐去不去我都高兴死了，不过人越多我越喜欢，她们俩要是都能来，我觉得更舒服。要是她们对我厌烦了，就能相互说说话，背地里笑话我的老作派。不过，要是不能一道来，我也一定要她们中间有一个陪着我。我的老天！你们想，我怎么能一个人孤零零过日子呢？往年冬天都是夏洛特陪着我。行啦，玛丽安小姐，咱们击掌成交了，要是达什伍德小姐过后能改变注意，那就更好啦。"

"我谢谢你，夫人，真诚地感谢你，"玛丽安口吻热烈地说，"你的邀请让我感激不尽，不错，要是能接受你的邀请，我觉得愉快极了。不过要是我们走了，我亲爱的好妈妈会觉得不愉快不舒服的，我觉得埃莉诺说得对。啊！不行，无论如何我不能离开她。这种事不该也千万不能勉强的。"

詹宁斯太太再次肯定说，达什伍德太太一定会同意放她们走的。埃莉诺这时理解了妹妹的心意，知道她渴望与威洛比在一起，其他事情都不会在意,于是自己不便直接反对,便将这事推给母亲去做决定。不过她知道,要想得到母亲支持,阻止这次访问,那简直是毫无指望。埃莉诺不赞成玛丽安去,自己也有特殊理由避免去伦敦。不过,玛丽安的一切愿望总是得到母亲的支持,埃莉诺不能指望影响母亲,让她在从未起过疑心的事情上谨慎从事,也不敢解释自己不愿去伦敦的原因。玛丽安向来讨厌詹宁斯太太的态度,然而为了一个目标却对种种烦扰漠不关心,也不考虑詹宁斯太太的做法会刺伤她敏感而急躁的感情,这就充分证明了她的目标对她多么重要。尽管如此,埃莉诺见了妹妹的变化还是感到十分意外。

达什伍德太太听说这次邀请后,相信这次旅行能给两个女儿带来很多乐趣,另外,她从玛丽安对自己表示出的关心和敬爱中,体会到玛丽安多么向往这次旅行,就不愿让她们为她自己的缘故而谢绝邀请,执意要她们俩立即接受邀请。她还像往常一样乐观地预料到,这次分离会让她们得到各种益处。

"这安排让我高兴,"她大声说,"我正希望有这种活动。这对你们有益处,对玛格丽特和我也一样有益。你们和米德尔敦一家走后,我们就能读书弹琴,既安逸又高兴!等你们回来后,会发现玛格丽特有了很大长进!我还有个改造你们卧室的小计划,这下子可以动手了,不会有任何妨碍。你们应该去伦敦,这样做非常正确。我认为,每一位生活条件与你们相仿的年轻女子,都应该去伦敦,熟悉那里的各种礼数和娱乐活动。你们会有一位母亲般的好女士照顾,她肯定会好好待你们,这一点我丝毫也不怀疑。你们很有可能见到你们的哥哥,不管他和他妻子有什么缺点,可我一想到他是谁的儿子,就不忍心让你们这样相互疏远了。"

"虽然你总是对我们的幸福操心,"埃莉诺说,"你消除了这次安排中一切能考虑到的障碍,不过,照我看,有一个阻碍却并不容易排除。"

玛丽安的脸沉了下去。

"我亲爱的谨慎女儿埃莉诺有什么建议?"达什伍德太太说,"她要提出什么不可克服的障碍?让我听听需要付出什么代价吧。"

"我有个反对理由。虽然我真心认为詹宁斯太太心肠非常好,不过她的交往圈子并不能给我们带来欢乐,她的监护也不会让我们得到多少益处。"

"这话没错,"她母亲说,"要是仅仅局限在她那个小圈子里,不跟其他人交往,你们很难有什么收获,再说,你们几乎总得跟着米德尔敦夫人参加交际活动。"

"要是埃莉诺不喜欢詹宁斯太太,自己不敢去,"玛丽安说,"至少用不着阻止我接受她的邀请吧。我可不那么谨小慎微,我肯定不费什么力气就能忍受种种不快。"

埃莉诺听了不禁微微一笑。平时她尽力劝说玛丽安,要妹妹对这位太太以礼相待,如今妹妹却表现得对人家的态度并不介意。埃莉诺暗自打定了主意,如果妹妹执意要去,她也得去。她不能放任玛丽安自行其事而不受到她的指导,也不能任凭玛丽安随意打乱詹宁斯太太的家庭生活。她记起,照露茜的说法,爱德华·费拉尔斯要等到二月份才去伦敦,而她们自己的旅行如果没有什么耽搁的话,也许在那之前就能结束,于是她便乐于顺从这种决定了。

"我要你们俩都去,"达什伍德太太说,"这些阻碍全都无所谓。你们去了伦敦能享受到很多乐趣,尤其是两人在一起就更好。要是埃莉诺能迁就一下,她能在那里找到各种不同的乐趣。也许她还能增加对嫂子家人的了解呢。"

埃莉诺常常想找到个机会，在爱德华和她自己的关系上，让母亲别太当真了，以免将来真相大白对她是个太大的打击。现在母亲正面挑明这事，虽然她知道自己的努力几乎不可能成功，但还是迫使自己开始实行计划，便尽量保持着平静说："我非常喜欢爱德华·费拉尔斯，任何时候见了他我都高兴，至于他家其他人，认识不认识对我完全没什么关系。"

达什伍德太太微微一笑，什么也没说。玛丽安惊讶得睁大了眼睛。埃莉诺心想，这话还不如不说的好。

她们没多商量便最后决定，完全接受那个邀请。詹宁斯太太得知后兴奋得要命，一再保证要好好照顾她们。为这事高兴的不只是她一个人，约翰爵士也兴奋不已。他这个人一辈子最怕孤独，让伦敦增加两个居民，对他来说是桩了不起的事。就连米德尔敦夫人也为这事感到了很少有的高兴。斯蒂尔家两位小姐听了这消息，一辈子从来没这么高兴过，最高兴的当数露茜了。

埃莉诺顺从这种安排虽然有点违心，可她发现结果并不像原来想象的那么勉强。她自己是不是去伦敦本来是个问题，但是她见母亲对这计划完全赞成，妹妹从表情、声音和举止上都显得兴高采烈，不但恢复了往日的活泼，而且比平时更快活，她也就不能对这事的原因感到不满，对后果也不能表示怀疑了。

玛丽安迫不及待地要走，激动和欢乐几乎超过了幸福的程度。只因为不愿离开母亲的缘故，她才平静下来。离别时，她因此便特别悲伤。她母亲的伤心也不亚于她。三位女士中，只有埃莉诺似乎没有把这次分别当成永别。

她们是在一月份的第一个星期出发的。米德尔敦一家要在一星期后才到。斯蒂尔家两位小姐继续住在庄园上，要随家人一道去伦敦。

# 第二十六章

　　埃莉诺不禁为自己竟然坐在詹宁斯太太的马车里感到奇怪。她们相识时间这么短，在年龄和性格方面的差异又这么大，而且仅仅在几天前她对这种安排还持有许多反对意见，可现在却要作为她的客人，在她的保护下起程去伦敦！由于玛丽安愉快的青春热情和母亲的支持，她的反对意见被忽视，被撇在了一边。虽然埃莉诺偶然怀疑威洛比的忠实是不是能持久，但她见了玛丽安熠熠放光的神情和满怀期待的愉快眼神，不禁感到自己的未来相形之下是空虚的，自己的心情十分凄凉。假如她能拥有玛丽安那样乐观的前景和那样的希望，该觉得多么幸福。不过，用不了多长时间，就能看清楚威洛比的真实意图了，他很可能在伦敦。玛丽安急着动身，显然她知道能在城里找到他。埃莉诺打定了主意，不但要根据自己的观察或者别人可能告诉她的情况，也要密切注视妹妹的举止，以便用不着见几次面就弄清楚他是个什么样的人，有什么意图。如果她对观察不满意，她决心无论如何也要让她妹妹看清事实。如果事情正相反，她便会做出截然不同的反应——她会避免任何自私的对比，打消自己的一切消极情绪，免得削弱玛丽安的幸福满足心情。

她们旅行了三天，玛丽安在旅途上的举止愉快而得体，可以预料她未来在詹宁斯太太府上做客会对她同样彬彬有礼。一路上，她很少讲话，几乎完全沉浸在沉思之中，难得主动开口讲话，只有眼前的美好景物吸引了她的注意，她才会发出一声赞叹，可她只对姐姐讲话。埃莉诺连忙担负起礼仪方面的职责，对詹宁斯太太更加热情周到，与她交谈，陪她放声大笑，随时倾听她的唠叨。詹宁斯太太则对她们姐妹俩体贴入微，时时让她们舒适愉快，只有一件事让她感到不安，那就是到了客栈她们说什么也不愿自己点菜，她们也不愿说自己喜欢的是鲑鱼还是鳕鱼，到底喜欢炖鸡还是小牛肉。第三天下午三点钟，她们抵达了伦敦。大家很高兴经过漫长的旅途终于走出了憋屈的马车，期待着炉火边的舒适。

詹宁斯太太的宅子十分漂亮，室内陈设也很堂皇。两位年轻小姐很快便在一个非常舒适的房间里安顿下来。这个房间以前夏洛特住过，壁炉架上仍然挂着她亲手绣出的彩色风景画，这证明她在伦敦一所著名学校就读七年并未完全虚度光阴。

她们抵达后两小时内还不会开饭，埃莉诺便打算利用这段时间给母亲写封信，于是坐下来写信。没过多大会儿，玛丽安也动笔写信。"玛丽安，我正在给家里写信，"埃莉诺说，"你过一两天再写不好吗？"

"我不是给妈妈写，"玛丽安回答道。她有点儿慌张，好像不愿受到盘问似的。埃莉诺便没有多说，她脑子里马上闪过一个念头，妹妹准是给威洛比写信，由此她得出结论，不论他们在这桩事情上举止多么神秘，两人肯定已经订了婚。虽然这个想法不能让她十分满意，可她仍然感到愉快，便在极为愉快的心情中给妈妈写信。玛丽安的信几分钟后便写完了，要论长度，那只能算短简。她匆匆折起信纸，装进信封，写上地址。埃莉诺瞥了一眼，只看见地址栏有个写得很大的字母W。玛丽安一写完信就拉铃叫仆人，吩咐把这封信投进本地邮筒。这样，事情马上便明白无疑了。

她的情绪一直很高涨，不过其中夹杂着烦躁，让她姐姐感到不愉快。随着时间临近傍晚，她显得越来越烦躁。她几乎吃不下晚饭，回到客厅后，一听到马车辚辚声，她便竖起耳朵倾听。

埃莉诺感到十分欣慰的是，詹宁斯太太正在自己的屋子里忙活，没有留意到这边发生的事情。玛丽安已经一再为听到邻居家的敲门声感到失望了。茶具送上来后，突然听到一阵响亮的敲门声，这次可不是敲邻居家的门，埃莉诺认定准是威洛比来了。玛丽安惊得跳起身，朝门口走去。下面一片沉寂，她耐不住了，打开门朝楼梯走了几步，又倾听了半分钟，然后激动不已地返回屋里，禁不住叫出了声："啊，埃莉诺，是威洛比，准是他！"她几乎准备好要冲出去投进他的怀抱，结果出现在面前的人却是布兰登上校。

这个震动实在太大了，她无法默默承受，立刻跑出了房间。埃莉诺也感到失望，不过她向布兰登上校问候，对他表示欢迎。她也感到十分难过，因为一个如此爱她妹妹的人却受到如此冷遇。她马上就看出，他并不是没有察觉到，他的目光一直追随着离开屋子的玛丽安，脸上露出吃惊和关切，甚至没想到该对自己的问候做出回答。

"你妹妹是不是病了？"他问道。

埃莉诺有点儿苦恼，回答说她是有病，然后说起诸如头疼、精神不佳、过度疲劳和与妹妹举止有关的种种其他不适。

他听了显得非常担忧,不过似乎很快便镇定下来,不再提起这个话题,转而表达在伦敦见到她们的喜悦,对她们的路途经历嘘寒问暖,也询问起她们家乡的朋友们。

两人在平静气氛中不在焉地交谈着,相互没有多少兴趣,都在想着各自的心事。埃莉诺很想了解威洛比在不在城里,可她又害怕这问题会让他难过,因为威洛比毕竟是他的情敌。后来,为了设法维持交谈,她问他是不是自从分手以来一直住在伦敦。"是的,"他回答道,态度显得有点儿尴尬,"基本上是在伦敦,我去过德拉福德庄园一两次,住了几天,不过总是没机会去巴顿庄园。"

他的这番话以及他交谈时的神情,立刻让她回忆起他当时离开那个地方的情况,詹宁斯太太当时曾起过疑心。她担心自己的问题恐怕会显得对人家过分好奇,其实她本来并没有这样的意思。

詹宁斯太太很快就进来了。"哎呀呀!上校,"她像往常一样欢乐,一样吵闹。"见到你我真心是高兴死了,真是抱歉,我没能早点来见你,请你原谅啦,我回来到处看了看,把各种事情安顿安顿,你知道的,我离开家已经好久了,许多事情都需要料理,再说还得跟卡特赖特结结账目。我的天哪,吃过饭我就一直忙个不停!不过,请你告诉我,上校,你是怎么知道我今天要回家的?"

"我在帕尔默先生家吃饭时,有幸从他那里听到的。"

"噢,是吗?哎呀,他们一家全都好吗?夏洛特也好吗?我想,她这阵子肚子已经挺大了吧。"

"帕尔默太太看上去非常好,他们要我告诉你,明天你就能见到他们了。"

"啊,当然是的,我也这么想。嗳,上校,我带来了两位年轻小姐,你瞧,不过你现在只看到一位,另一位不知在什么地方。还是你的朋友呢——玛丽安小姐,你听了准不会生气的。我不知道你和威洛比先生和她之间的关系该怎么处理。嗨,年轻漂亮真是桩美事。我以前也年轻过,可我长得不漂亮,真是倒霉。不过我的丈夫很好,我还不知道哪位漂亮女子有过我的运气呢。啊!可怜的人儿!他死了有八年多了。不过,上校,我们分手后你一直在哪儿呢?你的生意怎么样啦?行啦,行啦,朋友之间就别保密了。"

他一一回答了她的种种问题,口吻像平常一样和蔼,不过,她听了一概感到不满意。埃莉诺动手准备茶点,玛丽安不得不再次露面了。

她走进来后,布兰登上校显得比刚才更加沉默寡言了。詹宁斯没能让他久留。这天晚上没有客人来访,女士们便同意早点上床睡觉。

玛丽安第二天早上起床后恢复了精神和愉快的面容。她对今天会发生的事满怀期待,似乎完全忘却了前一天晚上感到的失望。她们吃过早饭不久,帕尔默太太的马车就停在了门外,几分钟后,她便笑吟吟地走进了房间,她见了大家高兴得跟什么似的,让人们分辨不出她是为见到母亲高兴,还是为再次见到达什伍德家的两位小姐而喜悦。虽然她一直盼望她们能来伦敦,真的在这里见了面,又觉得十分意外。她们接受她母亲的邀请,却拒绝自己,这让她感到生气。不过话说回来,要是她们不来,她可绝对不能原谅她们!

"帕尔默先生见了你们会非常高兴的,"她说,"你们想得出他得知你们陪妈妈来了是怎么说的吗?我也忘记他的原话了,不过特别滑稽!"

她们就这样度过了一两个钟头,她母亲把这叫作舒适的闲聊。

其间，詹宁斯太太把所有熟人的情况问了个遍，帕尔默太太常常无缘无故地放声大笑。后来，帕尔默太太建议大家都陪她去几家商店，她这天上午有不少事情要办。詹宁斯太太和埃莉诺爽快地答应了，因为她们自己也要买点东西。玛丽安起初不愿去，后来也让大家劝着一道去了。

不论她们到什么地方，玛丽安总是保持着警惕。在邦德大街上，她就显得愈发警觉，她们在那里有许多事情要办，可她的眼睛却一直四处观察，不论她们走进哪家商店买东西，其他人感兴趣长时间注意的东西，她都显得心不在焉。她到了哪里都显得烦躁不安，什么都不能让她满意，她姐姐想买的任何东西她都不发表意见，不论那样东西是不是对两人都有用。她只急着要回家，可帕尔默太太见了什么精美新奇的昂贵商品都想买，却又总是拿不定主意，在惊喜中白白耗费掉她的时间，让她厌烦得要命，她好不容易才克制住自己，没有怒形于色。

她们临近中午时分才回到家。玛丽安一回家就飞奔上楼，埃莉诺跟在她身后，发现她坐在桌子旁边，满脸愁容。显然威洛比没有来过。

"我们出去后，有没有人给我留下信件？"她问一位拿着一包包东西进门的仆人。她得到的是否定的回答。"你肯定吗？"她再次追问，"你能肯定没有什么仆人或脚夫送来过便条？"

那人回答说没有。

"真奇怪！"她的声音低沉而失望，从窗户旁转过身去。

"的确奇怪！"埃莉诺自忖，情绪不安地望着妹妹。"要是她知道他不在城里，就不会给他写信，那样的话，她就会把信寄到康比·玛格纳；要是他在城里，既不来又不写信可就太奇怪了！啊！

我亲爱的妈妈,你真的错了,不该让一个这么年轻的女儿和一个这么不了解的人这么神秘可疑地订婚!我倒是想查问一下的,可我又怎么能过问这种事呢。"

她稍作考虑后,打定了主意,如果目前这种不愉快的情形继续维持许多天,她就要态度坚决地要求母亲追问这件事。

帕尔默太太和另外两位上了年纪的夫人一道陪她们吃饭,这两位夫人是詹宁斯太太的老熟人,她们上午外出时相遇,被邀请到家里来。帕尔默太太在茶点过后不久便离去了,因为要去赴晚间的约会。埃莉诺不得不陪剩下的三位夫人打惠斯特牌。玛丽安在这种场合毫无用处,因为她从来不愿学打牌。这天晚上她倒是能自由支配自己的时间,过得却并不如埃莉诺愉快,因为她整个晚上是在焦急等待和失望的痛苦中度过的。有时候,她努力静下心来读几分钟书,但不久便把书抛在一旁,重新在屋子里来回踱步,显然踱步比读书更让她好过些。她每次走到窗前便停下脚步,希望听到盼望已久的敲门声。

# 第二十七章

"要是天气总这么晴朗,"詹宁斯太太第二天吃早饭时说,"约翰爵士下个礼拜也不会离开巴顿。喜欢打猎的人一天不打猎作乐就觉得不舒服。可怜的家伙!他们打猎的时候,我总是可怜他们,他们那副痴迷模样真可怜。"

"说得对,"玛丽安嚷道,她的声音欢快,边说边走向窗前,看看天色。"我以前没想到这一点。这种天气的确会让许多喜欢运动的人待在乡下。"

幸亏有了这么个念头,她才恢复了勃勃兴致。"对他们来说,这的确是个迷人的季节,"她继续说着,并在早餐桌旁坐下来,脸上带着愉快神色。"他们一定高兴得要命!不过,"她又稍稍有了点儿焦虑,"好天气不会太持久的。每年这个季节,下过一场又一场雨以后,好天气肯定不多。不久就要降霜了,很可能是严霜呢。或许再有一两天就变天,天太暖和了,维持不了多久。说不定今天晚上就要上冻！"

"不管怎么说，"埃莉诺不愿詹宁斯太太像自己一样看破妹妹的念头，"我敢说，约翰爵士和米德尔敦夫人下个礼拜就能进城来。"

"噢，我亲爱的，我敢保证这话没错。玛丽总是由着性子来。"

"现在，"埃莉诺暗自想道，"她今天会把信寄到康比去了。"

但是，假如她真的这么做了，结果写信和寄信都背着她，不让她得知实情，那又怎样呢？不论事实真相如何，不论埃莉诺对此多么不满意，只要看到玛丽安情绪好，自己就不会非常不舒服。而玛丽安的确精神勃勃，天气好她高兴，天要降霜她更高兴。

上午大半时间都花在向各家送卡片上，通知熟人詹宁斯太太回到城里来了。玛丽安在整个这段时间里一直在看风向，观察天空的变化，猜想可能要变天。

"埃莉诺，你没觉得早上比较冷？我觉得已经有了明显变化。就是戴着暖手筒，双手都不觉得暖和。我觉得昨天就不是这样。云彩好像散开了，太阳马上就出来啦，下午天要晴了。"

埃莉诺时而高兴，时而难受，但是玛丽安却一直是好心情，每天晚上望着明亮的炉火，每天早上观察天空的变化，总能从中发现降霜的迹象。

达什伍德姐妹没理由对詹宁斯太太的生活方式和交往的熟人感到不满，也不会抱怨她对她们的态度，因为她对她们从来十分亲切慈祥。她家里的一切安排都极为开明自由，有几位城里的老朋友让米德尔敦夫人觉得遗憾，可她并没有跟她们断绝往来，除此之外，凡是她的年轻同伴不喜欢的人，她一概不去拜访。埃莉诺觉得这一点比先前预料的更可心满意，便愿意参加她们晚间的许多聚会，不过，无论是待在家里，还是外出拜访，主要活动只有打牌，她觉得没什么大兴趣。

布兰登上校是家中的常客,几乎每天晚上都跟她们在一起。他来看玛丽安,跟埃莉诺谈话。埃莉诺觉得跟他谈话比其他日常活动都有趣,但是他对她妹妹表示出的关注却让她担忧。她担心他的关注会越来越深。她留意到,他常常凝视玛丽安,眼睛里带着热情,可他的情绪比在巴顿时还低沉,这让她感到难过。

她们到伦敦一周以后,显然威洛比也来了。她们这天早上乘车兜风回来后,看到他的名片留在桌子上。

"天哪!"玛丽安嚷道,"我们出去的时候他来过。"埃莉诺得知他在伦敦也十分欢喜,贸然说了句:"放心吧,他明天还会来的。"可玛丽安显然没听见她的话,詹宁斯太太一进门,她便揣起那张宝贵的名片溜了出去。

这件事让埃莉诺的情绪提高了,妹妹却恢复了原先的心神不定,而且愈发严重了。自从这一刻起,她的心就再也没有平静下来过。她一整天每时每刻都盼望他来,什么事都没心思做。第二天早上,别人外出时,她坚持要留在家里。

埃莉诺一心挂念着她们出门后,伯克利街可能发生的事情,回家后只瞥了一眼,就明白威洛比没来过。这时正好有人送来一个短简,摆在桌子上。

"是我的!"玛丽安叫着冲上前去。

"不,小姐,是给女主人的。"

玛丽安还不相信,立刻抓起来看。

"真是给詹宁斯太太的,真气人!"

"这么说,你在等一封信?"埃莉诺不能再这么沉默下去了。

"对,有可能,也不一定。"

停顿片刻后，埃莉诺说："你信不过我，玛丽安。"

"什么，埃莉诺？你这是在责备我。你可是什么人都信不过的！"

"我！"埃莉诺有点摸不着头脑，"说实话，玛丽安，我没什么好说的。"

"我也没有，"玛丽安怒气冲冲地说，"看来我们一样，都没什么好说的，你是不愿说，我是没什么好说。"

这是指责她不坦率，埃莉诺感到苦恼。她不能贸然开口，在这种情况下，她也不知道该说什么，才能让玛丽安变得开朗些。

没过多久，詹宁斯太太来了，短简交给她，她大声念出来。是米德尔敦夫人写来的，说是他们已经于昨晚抵达康迪特街，请母亲和表妹们明晚去参加聚会。由于约翰爵士要办事务，她本人着了凉，难受得厉害，不能来伯克利街拜访。她们接受了邀请。出于一般的礼貌，姐妹俩都该陪詹宁斯太太一道去，但是，临到动身的时候，玛丽安却不愿去了，因为她直到现在还没见着威洛比，不愿因为去外面玩儿让他来了扑个空。埃莉诺好说歹说才劝得妹妹一起走。

晚会过后，埃莉诺发现，人改变住所并不能让性情发生什么变化，因为约翰爵士进城后还没有安顿好，就不知从哪儿召集来将近二十个年轻人，为他们办了个舞会。可米德尔敦夫人并不赞成这种事。在乡下随意举办舞会没什么妨碍，但是在伦敦，高雅和荣誉十分重要又不容易获得认可，为了取悦几位姑娘，就让人知道米德尔敦夫人举办了个只有八九对舞伴的小舞会，伴奏的只有两把小提琴，舞场旁边只有一个餐柜，那可太不谨慎了。

帕尔默先生和帕尔默太太也来参加晚会。她们来到伦敦后还没有见过帕尔默先生。他十分谨慎，想避免显得注意他岳母，就根本没到她身边来，她们进门的时候，他也装作不认识她们。他匆匆扫视她们一眼,似乎没认出她们,仅仅从屋子另一头朝詹宁斯太太点了点头。玛丽安进门的时候朝屋子里扫视一周,见"他"不在其中,便坐下来。她心绪恶劣,不愿与人交往取乐。大家相聚大约一个钟头之后,帕尔默先生闲逛到达什伍德姐妹身旁,说是在城里见到她们感到很惊讶。然而,布兰登上校说过,是在他家最先听说她们要来,而且他对她们的到来还说过点很滑稽的话。

"我还以为你们俩都在德文郡呢。"他说。

"是吗?"埃莉诺说。

"你们什么时候回去?"

"我也不知道。"他们的交谈就这样结束了。

玛丽安一辈子从没像这天晚上一样跳舞时缺乏兴致,也从来没这么疲惫过。她们回到伯克利街的时候,她满腹牢骚。

"哎呀,"詹宁斯太太说,"我们很清楚是什么缘故。要是某一个人在的话,你可是一点儿都不会觉得累。他的名字我就不提了。说实在话,请他来他却不露面,真不够意思。"

"请了他!"玛丽安嚷道。

"我女儿米德尔敦是这么说的,说是约翰爵士今天上午在街上遇见过他。"玛丽安缄口不语了,看样子伤心极了。在这种情况下,埃莉诺急于设法减轻妹妹的痛苦,决定第二天早上给母亲写封信,希望唤起她对玛丽安健康的担心,进而弄清楚早该查问清楚的事情。第二天早饭后,她注意到,玛丽安又在给威洛比写信,她认为绝不可能是写给其他人的,因此她更加打定主意,要给妈妈写信。

中午时分,詹宁斯太太自己外出办事,埃莉诺开始写信。玛丽安什么事都做不到心上,烦躁得不愿交谈,只是从一扇窗子走到另一扇窗子,要不然就满面愁容坐在炉火旁沉思。埃莉诺口吻非常恳切地向母亲求助,她讲述了这里发生的一切,表示自己怀疑威洛比的诚意,敦促她为了对女儿的各种义务和慈爱,一定要让玛丽安讲出她跟他之间的真实关系。

她的信还没写完,就听见有敲门声,有客人来了。仆人通报说布兰登上校到。玛丽安已经从窗户上看到他了,她不喜欢跟任何人交往,没等他进门就离开了房间。他的神色比往常更严肃,发现屋子里只有达什伍德小姐一人,似乎感到满意,仿佛他有什么特别的事情要告诉她,可他坐了很长时间都没开口。埃莉诺相信他准是有什么关于她妹妹的事要说,急着等他开始。她对这类谈话有这种感觉已经不是第一次了。以前他不止一次在开始谈话时说:"你妹妹今天看上去不舒服,"要不就是"你妹妹似乎精神不佳,"他显然要透露某些情况,或者要询问有关她的什么事情。沉默几分钟后,他们之间的沉默打破了,他的声音显得不安,问道,什么时候该为她得到一位妹夫向他道喜?埃莉诺没料到他会提这么个问题,也没有做好回答的准备,只得用通常的应酬话,问他这是什么意思?他回答的时候勉强微笑一下:"你妹妹与威洛比先生订婚的事已经是人所共知了。"

"这是不可能的,"埃莉诺说,"连她自己家人都不知道呢。"

他显出吃惊的样子说:"请你原谅,我恐怕问得唐突,不过我原以为并不是什么秘密呢。因为他们公开通信,而且大家都在谈论他们的婚事。"

"怎么会这样?你听什么人说的?"

"听许多人说,有些人你不认识,有些人你非常熟悉,詹宁斯太太、帕尔默太太和米德尔敦一家。要不是今天一位用人开门请我进来的时候,我偶然看见他手里拿着你妹妹写给威洛比先生的信,我还不相信呢。凡是心里不愿相信的事情，恐怕总能找到某种东西证明自己的怀疑有道理。我来这里原打算询问的，可我还没问已经相信是真有其事了。一切都最后确定了吗？难道不可能……？不过我根本没这个权利，我也不可能成功。请你原谅，达什伍德小姐。我相信不该说这么多话，可我几乎不知道该怎么办了，我最信赖你的慎重。告诉我实话，这一切都已经定下来了吧，现在如果可能的话只是暂时保密，对不对？"

这番话在埃莉诺听来完全是直截了当向她妹妹表达爱情，她听了深受感染。她一时不知道该怎么说，即使她后来情绪恢复镇定后，也在内心中斗争了一番，想给他个最恰当的回答。她自己对威洛比和她妹妹间的真实关系也不了解，要想做出解释，唯恐会说得过头或不及。不过，她相信玛丽安爱着威洛比，无论他们的爱情会有什么变化，布兰登的上校都不会有希望。可她又想保护妹妹免遭非议，考虑再三后，她认为最谨慎最合适的办法，是把妹妹的事说得比自己相信的范围稍稍过头一点儿。因此她承认说，尽管他们自己并没有把两人的关系告诉过她，可她对两人的恋情毫不怀疑，他们相互通信她听了并不感到奇怪。

他默默听完她的话，立刻离座起身，声音激动地说："对你妹妹，我祝愿她获得各种幸福；对威洛比，但愿他尽自己努力配得上她。"说完就告辞离去了。

这次谈话让埃莉诺感到不舒服，也没有减轻她在其他问题上的不安。相反，布兰登上校的不幸给她心里留下了阴郁的印象，她对那种必将证实的事情感到担心，甚至让她无法抹去这种印象。

# 第二十八章

接下来的三四天里，什么事情也没发生。埃莉诺后悔不该写信向母亲求助，因为威洛比既没来，又没写回信。大约在这个时候，米德尔敦夫人约她们去参加一个晚会。詹宁斯太太因为小女儿生病不能去。玛丽安根本打不起精神参加这次晚会，也不梳妆打扮，似乎对去留都觉得无所谓，不做什么准备。她脸上一点儿希望的神色都没有，也没有愉快的表情。茶点之后，她就一动不动地坐在客厅的炉火旁，姿势没有一点儿变化，沉浸在沉思中，甚至对姐姐就在身边都没察觉到，直到米德尔敦夫人来了，有人通报说米德尔敦夫人在门外等她们，她才猛然醒悟过来，仿佛全然忘记是在等人。

她们准时到达目的地，前面的一串马车渐渐散开，她们下了车，登上楼梯。每一层楼梯平台上都有人大声通报她们的姓名，一层一层往上传，最后她们走进一个灯火辉煌的大厅，只见里面有许多人，热得让人受不了。她们向女主人行屈膝礼致敬后，便得到允许挤在人群里，分享那份闷热和不适，她们的到来必然增添了这种不适。这样熬了一会儿，既没多少话可说，又没什么事可做，米德尔敦夫人就在牌桌旁坐下打牌，玛丽安没精神到处走动，她和埃莉诺幸好找到了椅子，就在牌桌不远处坐下来。

她们这样坐了没多长时间，埃莉诺忽然看见威洛比就站在离她们几码之外，正在与一位模样非常时髦的年轻女子热情交谈。她很快便与他四目相对，他立刻微鞠一躬，不过既没打算跟她交谈，也不想靠近玛丽安，但是他不可能没看见玛丽安。他继续与那位女子交谈着。埃莉诺不由自主朝玛丽安转过脸去，看她是不是注意到他了。就在这时，玛丽安正好看见他，脸上顿时发出熠熠光彩，要不是她姐姐拉住她，她肯定马上会冲到他身边。

"天哪！"她嚷道，"他在那儿……他在那儿……噢！他为什么不看我！我为什么不能跟他说话？"

"求求你，请你镇静点，"埃莉诺喊道，"别在众人面前丢丑。也许他还没看见你呢。"

可她自己决不相信，要在这种时刻保持镇定，玛丽安绝对做不到，也不愿意。她不耐烦地坐着，面部表情扭曲着，显得十分痛苦。

最后，他又一次转过脸来，朝她们俩致意。她突然跳起身，充满深情地叫他的名字，向他伸出手去。他朝她们走过来，与埃莉诺谈话，而不是跟玛丽安交谈，似乎想要避免看她的眼睛，也决意不去注意她的态度。他匆匆问候了达什伍德太太，问她们进城已经有多久了。他这种话让埃莉诺惊呆了，她一个字也答不上来。但是她妹妹的感情却马上喷涌而出。她的脸立刻变得通红，声音激越地大

声问道:"上帝呀!威洛比,你这是什么意思?我写了那么多信你没收到?你不愿跟我握握手?"

他躲不过了,但她的接触似乎让他感到疼痛,他的手与她碰了一下便马上缩回去。在整个过程中,他似乎竭力保持着镇静。埃莉诺注视着他的面孔,见他变得比较平静了。沉默片刻后,他镇静地开口了。

"上个星期二,我有幸去伯克利街拜访,很遗憾你们和詹宁斯太太都不巧出去了。我希望我留的名片没有遗失吧。"

"可你难道没收到我的那几封信?"玛丽安气急败坏地嚷道,"准是出了什么岔子,我敢肯定,准是什么可怕的岔子。到底是怎么回事?告诉我,威洛比,看在老天的分儿上,告诉我,到底是怎么了?"

他没有回答,脸色又变得十分尴尬。他扫视一眼刚才交谈的那位年轻女子,仿佛觉得有必要马上离开,便恢复了镇定,说了声:"不错,我有幸收到你们来到伦敦的消息,谢谢你们的好意。"说完便微鞠一躬匆匆离开,去跟他的朋友交谈。

玛丽安脸色变得非常苍白,几乎站不住,跌坐在椅子上,埃莉诺觉得她马上要晕倒了,一面挡住别人的视线,一面让她闻薰衣草香水,帮她清醒过来。

"埃莉诺,去找他,"她再次能开口说话时,嚷道,"逼他来我这儿。告诉他我必须再次见到他,必须马上跟他说话。我不能等,一刻也不得安宁,必须得到解释,不论是可怕的误解还是什么其他事情。噢,马上去找他。"

"哪能这么做呢?不行,我最亲爱的玛丽安,你一定得等等。这不是个解释的地方。等明天再说。"

她费了好大的劲才把妹妹劝住,没让她自己追着找他,但是,却无法劝妹妹克制自己的激动,至少等到自己情绪镇定下来再与他单独交谈,以便交谈有实际效果。玛丽安不断地低声痛苦呻吟着。不久,埃莉诺见威洛比离开屋子,朝楼梯走去,就告诉玛丽安说,他已经走了,让她知道今晚已经不能再找他谈话,想用这个理由让她平静下来。她立刻求姐姐请求米德尔敦夫人带她们回家,因为她难受得一分钟也待不下去了。

米德尔敦夫人的一局牌刚打到一半,听说玛丽安不舒服,立刻礼貌地表示同意,将自己的牌让给一位朋友,找到马车后立即起程回家。返回伯克利街的途中,她们几乎没说什么话。玛丽安痛苦得一句话也说不出来,情绪压抑得连眼泪都流不出来了。幸好詹宁斯太太还没回家,她们径直回了自己的房间,玛丽安闻了闻氨水,才稍稍回过点儿神来。她很快就脱去衣服上了床。姐姐见她不愿让人打扰,就把她单独留在屋子里,自己等候詹宁斯太太,这才得空考虑过去发生的一切。

她丝毫也不怀疑,威洛比与玛丽安之间是有婚约关系的,同样清楚的是,威洛比厌倦了这种关系,不论玛丽安如何痴情,可她自己并不认为这种行为有什么错或者有什么误解。只有一个解释,那就是感情发生了彻底的变化。如果她没从威洛比脸上看到尴尬神色,证明他对自己的行为感到愧疚,而不是品质恶劣到一开始就玩弄她妹妹的感情,而并无认真的打算,她的愤慨会更加强烈。分离削弱了他的恋情,利益关系或许让他变了心,但是她不能怀疑他们以前曾有过恋情。

至于玛丽安,这次不愉快的会面肯定让她感到极度的痛苦,等待她的结局可能更加严峻,她想到这些不能不为妹妹深感担忧。相比之下,她自己的处境还算差强人意,虽然爱德华与她将来或许要分手,可她总算保持了对他的敬意,她的心或许永远有所寄托。但是,各种能加重这种不幸的情形都集中在了一起,在玛丽安与威洛比很快就要不可避免地最后决裂时,会加剧她的痛苦。

# 第二十九章

第二天早上,女仆还没生上火,太阳还没有驱散一月份早晨的寒冷和阴霾,玛丽安衣服也没穿好便跪在一个窗座上,借着窗外的微光,泪流满面挥笔疾书。埃莉诺被她的啜泣和抽噎惊醒,见她这般模样,不出声地观察了一阵,心里感到焦虑,就尽量以体贴温和的声音说:

"玛丽安,我可以问……"

"别,埃莉诺,"她回答道,"什么也别问。你很快就知道了。"

她说这话的时候,竭力克制住自己的情绪,但话音刚落,就再也忍不住了,立刻痛苦抽泣不止。过了几分钟,她才稍稍平静一些,接着写信,但写信的手不时让悲声打断,这足以证明,她这是最后一次给威洛比写信。

埃莉诺默默关注着她,尽量不打扰她。她本打算尽力安慰她,让她平静下来,但玛丽安恳求姐姐千万别再说了,她的口气急切,情绪激动,埃莉诺就不好再说什么。在这种情况下,两人最好不要待在一起。玛丽安心绪烦乱,穿好衣服后,一刻也不能在屋子里多待,早饭前就在宅子里到处走动,避免见人。

早饭时,她什么都不吃,也不想吃。埃莉诺尽全力设法吸引住詹宁斯太太的注意力,所以既不劝她,也不怜悯她,仿佛并不注意她。

詹宁斯太太最喜欢早上这一餐,所以拖了很长时间。饭后,大家在平常做针线活的桌子旁刚刚坐下,就有人送来一封给玛丽安的信。她急不可耐地从用人手中夺过信,看了一眼,脸色变得惨白,立刻跑出了屋子。埃莉诺虽然没看见信封上的内容,但立刻明白是威洛比写来的。她心里马上觉得十分难受,坐在那里浑身颤抖,几乎抬不起头来,恐怕这次逃不过詹宁斯太太的注意了。然而,那位好心的太太感兴趣的只是威洛比写来信这件事,显然这又是她的一个好笑料,就笑了笑说,希望她喜欢刚收到的信。她根本没留意到埃莉诺的沮丧神情,正忙着测量织小地毯用的绒线长短,玛丽安一走,她便接着说:

"说实在话,我一辈子还没见过这么痴情的姑娘呢!我的女儿们没一个比得上她,不过,她们以前也都够傻的。话说回来,玛丽安的模样变得厉害。我真心希望,他别让她等得太久,因为看了她孤零零的伤心模样,让人不好受。告诉我,他们什么时候结婚?"

这是埃莉诺最不愿意开口的时候,听了这话又不能不应酬,就勉强微笑一下,说:"夫人,你真的相信我妹妹跟威洛比先生订了婚?可我认为这不过是个玩笑而已。不过,你这么当真就显得不仅仅是个玩笑了。因此我求你别再把它当真了,那不过是个误解。我向你保证,我听了他们要结婚的话比什么都吃惊。"

"达什伍德小姐！多让人吃惊，太让人吃惊了！你这话是怎么说的？大家都知道他们是一对，这不是真的吗？他们俩一见面不就耳鬓厮磨，爱得难舍难分吗？难道我自己在德文郡没有见他们每天在一起，整天在一起吗？我还知道你妹妹进城为的是买结婚的衣服，这还有假吗？得了吧，得了吧，这可不应该。你自己要滑头，就当别人都是傻瓜，我告诉你吧，其实不是这么回事，因为这事全城早已知道了。我把这事告诉了所有的人，也告诉了夏洛特。"

"说实话，夫人，"埃莉诺一本正经地说，"你错了。你散布这种消息是很不好的。你现在可能不相信我的话，可你以后自己会知道的。"

詹宁斯太太又笑了，可埃莉诺不愿多说，她急着想知道威洛比在信上写了什么，就匆匆走向自己的屋子。开门后，见玛丽安躺在床上泣不成声，手里抓着一封信，身旁还放着两三封。埃莉诺走过去，一句话也没说，坐在床边，抓起她的手亲热地吻了一遍又一遍，自己也忍不住放声大哭，起初的伤心不亚于玛丽安。妹妹说不出话来，不过似乎感到了这种举动中的全部柔情。两姊妹一起伤心了许久，妹妹把所有几封信都塞到埃莉诺手里，自己用手帕捂住脸，难过得几乎惊叫起来。埃莉诺清楚，这种悲伤看上去挺吓人的，却只有任其发展，就在旁边照看着她，等她极度的痛苦稍稍消退，这才急切地开始读威洛比的信。信上的内容是这样的：

亲爱的小姐：

刚刚有幸收到您的来信，十分感谢。得知您对我昨晚的举止颇为不满，感到非常担忧。虽然我对竟然不幸冒犯您的缘故茫然不知，不过我仍然要恳请您原谅，因为我这一方纯属无意。每逢回忆起在德文郡与您家人结识，无不令我由衷喜悦感激，但愿对我的行为产生的任何误解不致破坏这种情谊。我对您全家的尊敬是非常真诚的，不过，如果不幸造成对我原意的曲解，我会为自己表达敬意不慎而悔恨。如果您了解我已有婚约在先，几个星期后即将履行此婚约，您必能原谅我不能再有其他婚约。我虽深感遗憾，但遵从您的命令归还我曾荣幸地收到的您的信函，以及您亲切惠赐的头发一束。

您最顺从的<br>约翰·威洛比<br>一月于邦德大街

可以想象得出，达什伍德小姐读了这样一封信，心里有多么愤慨。她读信之前就估计到，这封信肯定要坦白他已经变了心，两人从此将永远分手，可她没料到他竟会用这么冷漠的语言，她也没想到威洛比如此厚颜无耻，全然抛弃荣誉和文雅的外表——这与一位正人君子应有的礼貌真有天壤之别！信中不但没有对自己的愿望表示羞愧，没有承认自己背信弃义，反而否认有过超乎寻常的感情。整个信字里行间都充满了侮辱，证明写信的人是个铁石心肠的无耻之徒，是个十足的恶棍。

她捧着那封信，心里翻腾着，感到又愤慨又惊讶。接着她把那信读了一遍又一遍，每读一遍，心中对这个人的憎恶就增加一分。她太厌恶这个人了，简直不屑于开口说话，她唯恐自己评论他们解除婚约会加重玛丽安的感情创伤。她想说，这事丝毫没有伤害妹妹的情操，反而让她幸免了最丑恶最无可救药的灾祸，避免一辈子跟这样一个无情无义的人生活在一起，真是实实在在的解脱，是最大的福气。

她在沉思中，从信的内容想到这个写信人的恶劣品质，又想到一个与之完全不同的心灵，那个人与他毫无关联，不过因为对比而引起了她的联想。冥想中，埃莉诺忘记了妹妹目前的痛苦，忘记了她腿上还放着三封没有读过的信，完全忘记了她在这屋子里已经待了多久。听到门外的马车声，她走到窗前，看看是谁会这么早就来拜访，她看见那是詹宁斯太太的马车，这才吃了一惊，她知道马车本来定好一点钟才来的。虽然这时候不能指望让妹妹平静下来，可她打定主意不能撇下玛丽安，连忙过去向詹宁斯太太解释说，因为妹妹不舒服，不能陪她出去。好心的詹宁斯太太非常体贴，立刻一口答应，埃莉诺目送她平安离开后，返回玛丽安身边。妹妹又饿又乏，头昏眼花，正想起床，她回来的正是时候，连忙上前搀扶，才没有让她摔到地板上。她已经有许多天没胃口吃饭，许多个夜晚没有真正睡过好觉，此刻，心中失去了悬念产生的高度兴奋，一切后果都接踵而至。她脑袋生疼，腹中空空，头晕眼花。埃莉诺连忙给她拿来一杯葡萄酒，她喝了才觉得舒服些，终于能对姐姐的关怀表示点儿谢意了。

"好埃莉诺！我闹得你好苦哇！"

"但愿我能做点儿事，"她姐姐回答道，"让你好过些。"

听了这话，玛丽安再也忍不住了。其实她听了什么话都会感到一样痛苦。她只痛苦地喊了一声："噢！埃莉诺，我多悲惨哪。"便泣不成声了。

看着她毫无节制地大放悲声，埃莉诺不能保持沉默了。

"亲爱的玛丽安，"她大声说道，"要是你不愿这么毁了自己也害了所有爱你的人，就必须打起精神来。想想母亲吧，想想她为你的痛苦该多难受，为了她，你也得打起精神。"

"我不能，我不能，"玛丽安哭道，"我让你难过了，别管我，走开吧，让我独自待着，别管我，恨我吧，忘掉我吧！别这么折磨我了。啊！自己不伤心的人嘴上说打起精神多容易！埃莉诺，你自己无忧无虑，根本体会不到我的痛苦。"

"玛丽安，你说我无忧无虑？啊！要是你能懂我的心多好！我看着你这可怜样，你以为我能无忧无虑！"

"原谅我，原谅我，"她伸出双臂搂住姐姐的脖子，"我知道你替我难过，我懂你的心，可你肯定是幸福的，爱德华爱你，什么能减轻这样的幸福呢？"

"许许多多事情都能。"埃莉诺沉下脸来。

"不，不，不会的，"玛丽安放声喊起来，"他爱你，只爱你。你不会有悲伤。"

"看着你这副模样，我不可能高兴。"

"你永远不会看到我的其他模样了。什么也不能消除我的悲哀。"

"玛丽安，不许这么说。你的生活不舒适？你没有朋友？没有人在你苦恼时安慰你？现在你难过，可是你想想吧，要是以后才看出他的人品，要是你们的婚约照这样拖下去，很久以后他才宣布毁约，苦苦熬下去，你们关系告吹的时候，对你的打击就更大。"

"婚约！"玛丽安嚷道，"根本就没什么婚约。"

"没有婚约！"

"对。他并不像你想象的那么坏。他并没有对我背信弃义。"

"可他对你说过，他爱你。"

"对……不……从来没有，绝对没有。每天都是这样暗示的，可他从没说过。有时候我觉得他说过,可从来没听见过这话。"

"可你还给他写信?"

"对……有过那么多事情,还有什么不对吗?……不过我不能说了。"

埃莉诺没有再说什么,转而看那三封信。她对这些信的好奇心比刚才更强烈了,立刻把信全都看了一遍。第一封信是她们刚到伦敦的时候她妹妹写的。

威洛比,你收到这封信准会觉得吃惊。你得知我就在城里,也许感到的还不止是吃惊。虽说是跟詹宁斯太太一起来的,可我们不忍放弃这次机会。但愿你及时收到这封信,今晚就能来,可我不敢保证。无论如何我明天会等着你。就此道再会。

玛丽安·达什伍德
一月份于伯克利街

她的第二封短简是在米德尔敦家舞会之后。

前天你来我不在,我心里真有说不出的失望。一星期前我给你写了信却没收到答复,我非常吃惊。我整天期待着收到你的信,每时每刻都盼望见到你。求你尽快再来,告诉我为什么让我失望。下次最好早点来,因为我们一般在一点钟外出。昨晚我们参加米德尔敦夫人家的舞会。我听说邀请过你。真的吗?我们分别后,你一定变化很大,所以才没参加舞会。可我不相信这是真的,我希望很快能听你说这不是真的。

玛丽安·达什伍德

她的最后一封短简内容是这样的:

威洛比,我真不敢想象你昨晚的举止是真的!我再次要求你做出解释。我本来以为久别重逢自然会让我们喜悦,我们在巴顿亲密相处,再次见面理应亲热。结果我遭到的却是冷遇!我整夜痛苦难熬,想替你的行为开脱。你的行为简直是对我的侮辱,我无法为你的举止找到合理的借口,但我随时愿意听你的辩解。或许有人对你说了我什么坏话,让你对我产生误解和蔑视。告诉我实话,解释你为什么那样做。我也会让你得到满意的答复,那样我才会感到满意。要让我把你想得很坏,我会感到痛心,但是,如果我得知你并不是我们一直相信的那个人,你对我们表示的好意并非出于真心,你对我的行为只是一场欺诈,那也尽快说清楚。我现在心里乱得很,但愿不是由于你的过错,但是不论你的答复如何,都能让我减轻目前的痛苦。如果你变了心,请归还我的信函,以及你保存的我的那束头发。

玛丽安·达什伍德

如此充满爱情和信任的信竟然得到那样的答复,埃莉诺即使替威洛比着想,也不愿相信这是真的。然而,尽管她在感情上谴责他,却看出写这些信是不恰当的。她心里默默感到悲伤,没想到妹妹竟然如此轻率,事先没有得到任何保证,却一厢情愿表达自己的爱情,还不知道是在冒险,结果遭到最严厉的回报。玛丽安见她已经看完那几封信,就对她说,任何人处在自己的地位都会这么说的。

"我觉得,"她补充说,"与他的关系就像经过最严格法律程序缔结婚约一样严肃。"

"我不相信,"埃莉诺说,"可惜他跟你想的不一样。"

"埃莉诺,他的确有过同样的感觉,一连好几个星期,他都是这样想的。不论他现在因为什么缘故变了心,他以前可是像我爱他一样爱过我的。准是什么迫害我的恶毒诡计让他变了心。他现在随意归还我的这束头发,是他热烈恳求我给他的。要是你亲眼看见他当时的表情,听见他当时说的话,你准会相信!你还记得我们在巴顿相聚的最后一个晚上吗?当时他对我说,我们可能要等许多个礼拜才能再次相见,他当时神情沮丧——我怎能忘记他那种难过的样子啊?"

她激动得一时说不下去了。但是激动过后,她又用原先的声调说:

"埃莉诺,有人把我害得好苦,可那人不是威洛比。"

"最亲爱的玛丽安,除了他还能有谁?他能受谁的蛊惑呢?"

"谁都可能,但不是出自他的本意。我几乎要相信,周围的所有人都勾结起来让他相信我不是个好姑娘。可我不相信他本性这么残忍。他信上提起的这个女人,不论她是个什么人,也不管她是谁,反正除了我亲爱的姐姐、妈妈和爱德华之外,谁都会野蛮地侮辱我。除了你们三个人外,难道我不能相信世界上所有的人都可能干出卑鄙勾当,却要怀疑如此熟悉的威洛比吗?"

埃莉诺不愿与她争辩,只是回答道:"我亲爱的妹妹,不论谁这么可恶专门跟你作对,我们应该让他们邪恶的胜利喜悦落空,让他们看到你多么高尚,你的精神受到自己纯真的意识和善意的支持。这才是合理而值得称赞的自豪,这才是抵抗这种恶意的最好武器。"

"不是的,不是的,"玛丽安嚷道,"像我这样悲惨的人没什么可自豪的。我不在乎别人知道我是个可怜虫。让世人都得意扬扬看着我这副样子吧。埃莉诺,埃莉诺,没受过苦的人可以随心所欲感到骄傲,不受人摆布,可以抵抗侮辱,或者反唇相讥,可我不能。我不可能不感到悲伤,我只能感到悲伤,那些幸灾乐祸的人,随他们的便吧。"

"不论替妈妈着想还是为了我……"

"我不会只考虑自己的。但是要在痛苦中强颜欢笑——啊!谁该这样要求我呢?"

两人再次陷入沉默。埃莉诺思索着,从壁炉踱步到窗前,又从窗前走回壁炉,既没有感到炉火的温暖,对窗外的景物也视而不见。玛丽安坐在床的一角,脑袋抵在一根窗柱上,再次拿起威洛比的信,每看一句就会哆嗦一下,惊叫道:

"太过分了!啊,威洛比,威洛比,你能说出这种话吗!狠心,狠心啊,你罪不可恕。埃莉诺,什么也不能替他开脱。不管他听到什么坏话,难道不想想就轻信?'您亲切惠赐的头发一束',"她读着信上的这句话,"真是不可饶恕呀。威洛比啊,你写这些话的时候,你的心到哪儿去了?啊,粗暴的侮辱!埃莉诺,他该得到原谅吗?"

"不该,玛丽安,无论如何不该。"

"还有这个女人——谁知道她耍过什么手段?她到底蓄谋有多久了,她的阴谋策划得多阴险啊!她到底是谁,她到底是个什么人?他说起过的女性中,有谁这么年轻迷人?啊!没有,一个也没有——他对我只谈过他自己。"

接着又是一阵沉默。玛丽安激动得厉害,最后她说:

"埃莉诺,我一定要回家去。我必须回家去安慰妈妈。我们不能明天就走吗?"

"明天?玛丽安!"

"对,我们干吗得待在这里?我只是为了威洛比才来的——现在谁还在乎我?谁还关心我?"

"可明天就走是不可能的。我们欠詹宁斯太太的情,就是为了最起码的礼节也不该这么匆匆走掉。"

"好吧,也许再待一两天,我可不能长住了。我不能待在这里忍受这么多人的询问和闲言碎语。米德尔敦家和帕尔默家的人——我怎么受得了他们的怜悯?受米德尔敦夫人那种女人的怜悯!要是让她知道了会怎么说呢!"

埃莉诺劝她躺下,她听从了,可翻来覆去怎么都不舒服,心灵的痛苦加上身体的难受,让她在床上辗转反侧,不得安宁,渐渐变得歇斯底里。她姐姐怎么也不能让她安静地躺在床上,一时觉得非找人来帮忙不行了。不过,她最后劝她用了几滴熏衣草香水,才让她平静下来,直到詹宁斯太太回家时,她平静地躺在床上一动也没动。

# 第三十章

詹宁斯太太一回来就直接来到她们的房间,没等她们请她进来就推门而入,显得忧心忡忡。

"你还好吗,我亲爱的?"她的声音充满了对玛丽安的极大同情,玛丽安转过脸去,不想回答。

"她怎么样,达什伍德小姐?可怜的孩子!她的脸色真难看。难怪。唉,没想到这是真的。他很快就要结婚了——那个混账家伙!真让人受不了。泰勒太太半小时前把这事告诉了我,她是从一个好朋友格雷小姐那儿听来的,否则我绝对不会相信这是真的。我听了险些晕倒。唉,当时我就说,这要是真的,我就认为他是卑鄙地玩弄了一个我认识的年轻小姐,我真心真意地但愿他老婆让他一辈子不得好过。亲爱的,相信我的话吧,我会永远这么说的。我从没想到一个男人竟然这么无礼,要是我见了他,一定要狠狠责难他,让他受不了。不过,我亲爱的玛丽安小姐,好在他并不是世界上唯一值得交往的男人。有你这么漂亮的脸蛋儿，你不会缺少崇拜者的。唉，可怜的孩子！我不再打扰她了，最好让她一次哭个痛快，了结这回事。幸好帕里家和桑德森家的人今晚要来拜访，会让她高兴的。"

说完她便蹑手蹑脚离开屋子，仿佛觉得弄出声音来会加剧这位小朋友的痛苦。

玛丽安决定陪他们一道吃饭，让她姐姐吃了一惊。埃莉诺甚至还劝她别去呢。可她说："不，我要下楼去，我会承受这一切，不会有问题的，这样人们就不会大惊小怪了。"埃莉诺虽然认为她不可能坚持到吃完晚饭，不过这种动机显示出她能镇定下来，让她心里觉得高兴，就没再多说。玛丽安仍然躺在床上，埃莉诺就为她整理衣服，准备等到叫她们吃饭的时候扶她进餐厅。

到了餐厅，她虽然样子显得非常可怜，不过吃得不少，情绪也相当平静，超出了她姐姐的预料。假如她开口讲话，假如她意识到詹宁斯太太对她善意却不合时宜的照顾，她的平静也许无法维持下去，不过她什么话都没说，脑子里想着心事，对眼前发生的一切事情都漠不关心。

虽然詹宁斯太太的善意流露得有些过分，有时几乎显得滑稽可笑，埃莉诺不但认识到她的真诚，还因为妹妹不能自己表示，代替她向詹宁斯太太表达谢意，为受到的各种礼遇做出答复。她们的这位好朋友知道玛丽安难过，觉得自己有责任尽量减轻她的痛苦，就像母亲在假期最后一天宠爱最喜欢的孩子一般纵容她，溺爱她。炉边最好的座位让给玛丽安坐，家里最好的美味食品拿出来哄她吃，当天所有新闻都告诉她，让她高兴。埃莉诺见妹妹一脸伤心模样，不敢取笑，可她觉得詹宁斯太太用甜点、橄榄和炉火治疗失恋症的努力十分逗人。不过，玛丽安一再受到这种对待，终于意识到其缘故，又勾起伤心事，再也待不下去了，悲哀地叫了一声，做了个制止姐姐跟随的手势后，立刻起身离开房间。

"可怜的孩子！"她一走，詹宁斯太太就嚷道，"看她那样子真让我伤心！她酒都没喝完就走了！樱桃脯也没吃完！天哪！看来什么都不管用。要是我知道她喜欢吃什么，我说什么也要打发人跑遍全城找到那东西。唉，一个男人竟然卑鄙地玩弄这么漂亮的姑娘，我从来没听说过比这更奇怪的事情！但是，一方那么富有，另一方几乎什么都没有，老天哪！他们就什么也不顾了！"

"这么说，你说的那个格雷小姐非常富有？"

"五万镑，我亲爱的。你没见过她？人们说，她是个精明时髦的姑娘，不过并不漂亮。我清清楚楚记得她姑妈比迪·亨肖，那女人嫁了个非常有钱的男人。不过她们家的人都有钱。五万镑哪！这可真是想什么就有什么，人们都说，他已经穷得叮当响了。也难怪！整天坐着马车带着猎狗到处乱闯！咳，这种事情就不值得提了，不管是哪个年轻人，只要爱上个漂亮姑娘，还保证要结婚，就不该因为自己的钱越来越少随便毁约溜掉，投入一个愿意嫁他的富有姑娘怀抱。他为什么不能卖掉马匹，出租房子，辞掉用人，立刻彻底让生活变个样呢？我向你们保证，要是那样的话，玛丽安准会等他，等待情况好转。不过世道变了，如今的年轻人不愿放弃寻欢作乐喽。"

"你知道格雷小姐是个什么样的姑娘吗？人们说她和蔼可亲吗？"

"我从没听人们说过她什么坏话。其实我从没听人家提起她，泰勒太太今天上午才第一次对我说起，她说，沃尔克小姐一天向她暗示说,她相信埃利森夫妇想让她快点儿出嫁,因为她跟埃利森夫妇合不来……"

"埃利森夫妇是谁?"

"她的监护人,我亲爱的。不过她现在已经成年,能自己做主啦,她这选择做得可真够瞧的!"沉默片刻后,她接着说,"我看,你可怜的妹妹独自回屋去伤心了,是不是有什么办法安慰安慰她呢?乖孩子,让她独自待着太难为她了。过一阵子,我们会有几位朋友来,能让她高兴一点。咱们打什么牌?我知道她不喜欢惠斯特,难道没有一种她喜欢的打法?"

"亲爱的夫人,我看不必这么替她操心了。我敢说,玛丽安今晚不会离开她的房间了。我想尽力劝她早点上床休息。我知道她需要的是休息。"

"哦,我看那样对她最好。晚餐让她自己点,然后就让她睡吧。天哪!怪不得她一两个星期都显得那么难过,我猜,这么长时间里她一直为这事操心。是今天来的信摊了牌!可怜的孩子!要是我早知道,说什么也不会拿那封信开玩笑。可我怎么猜得出这种事呢?我还以为是一封普通的情书,你也知道年轻人喜欢让人家拿他们的情书取笑。我的老天!要是约翰爵士和我女儿得知这事,该多么难过呀!我要是想得周到些,本该在回家的路上经过康迪特街,把这事告诉他们。不过我明天就要见他们了。"

"我看你不必提醒帕尔默太太和约翰爵士,免得他们当着我妹妹的面说起威洛比先生的名字,或者暗示有关他的事情。他们天性仁慈,肯定心里清楚,当着她的面流露出了解这事的样子是对她的不仁。亲爱的夫人,你也一定相信,这种事越少对我提起越好,免得我想着就难受。"

"噢！天哪！是的，我当然相信是这样的。你听人家谈论这种事肯定难过极了，至于你妹妹，我保证绝对不对她提一个字了。你看我在整个吃饭时间里都没有提过。约翰爵士和我的女儿们也都是细心体贴的人，只要我暗示他们一下，他们就不会当着她的面说这事，我会告诉他们的。至于我自己，我认为这事说得越少越好，人们很快就把它忘掉了。可不是嘛，闲话什么时候有过用处呢？"

"闲聊这种事只有坏处，也许比谈论许多类似的事情更有害，因为这事跟许多情况有关联，为了有关的每一个人着想，就不适于让它成为公开谈论的话题。我得替威洛比先生说句公道话，他并没有毁约，因为他跟我妹妹根本就没有订婚。"

"哎哟，我亲爱的！别找借口替他打掩护了。没有订婚！他都带她去看过艾伦汉姆庄园，还定好了将来要住的具体房间，还说什么没有订婚！"

为了妹妹的缘故，埃莉诺不便多谈，她希望，为了威洛比的缘故，她也不必多说。虽然说出真相会让玛丽安有很多损失，可对他也没有多少好处。两人沉默片刻后，詹宁斯太太又现出她乐呵呵的本色，打破了沉默。

"哎哟，我亲爱的，恶风①的说法还真有道理，因为现在对布兰登上校有利啦。他终于能得到她啦，不错，他会得到她的。记着我的话，要是他们到了仲夏还不结婚才怪呢。我的天哪！他听了这消息准会乐得咯咯发笑！我希望他今晚能来。这门亲事对你妹妹要好得多。年金两千镑，既没债务又用不着退税，当然，那位可爱的

---

① 恶风：谚语："除非是恶风才对所有人都不利。"即，任何事情都对有些人不利，对有些人有利。——译注

小娃娃是个例外。哎哟,我险些把她给忘了。不过,可以少花点钱把她送出去当个学徒嘛,那有什么要紧的?告诉你吧,德拉福德庄园是个好地方,正是我说的那种老式庄园,既舒适又方便,大花园四面有围墙,里面长满了当地最上等的果树,园子一角还长着偌大一棵桑树!天哪!夏洛特和我只去过一次,当时我们吃得好饱哇!另外,那儿还有鸽子窝,几处让人喜欢的鱼塘,还有一条非常漂亮的小水渠,总之,凡是人们希望有的那儿都有。除此之外,那庄园离教堂挺近,距离大路只有四分之一里,所以住在那儿从来不会厌烦,只要坐在屋后一座紫杉木凉亭中,就能看到过往的马车。啊!真是个好地方!旁边的村子里就有肉店,庄园离牧师家也很近。照我看,比巴顿庄园要好上千倍,在他们那里,要买肉还得打发人到三里以外去,除了你妈妈外,附近根本没邻居。对了,我一看见上校就会鼓动他。瞧,一个走了一个来。我们只要让她忘掉威洛比就行了!"

"是啊,夫人,但愿我们能让她忘掉他,"埃莉诺说,"要是那样,有没有布兰登上校都行。"说完便起身去找玛丽安。不出她所料,妹妹正默默俯身面对壁炉的余烬暗自神伤。埃莉诺开门前,炉中的火星便是屋子里唯一的亮光。

"你最好离开我。"姐姐得到的就是这么一句话。

"我会离开的,"埃莉诺说,"不过你先上床睡觉。"起初,她不耐烦,赖着不肯上床。不过她姐姐温和诚恳地劝她,很快就让她顺从了,埃莉尹诺见她顺从地躺在床上,头疼的脑袋靠在了枕头上,看着她平静地休息了,这才离去。

她回到客厅,动手做针线活儿。不久,詹宁斯太太拿着一只酒杯来了,杯里装得满满的。

"我亲爱的,"她一进门就说,"我刚刚想起,家里还有些陈年的康斯坦莎葡萄酒,这是口味最好的葡萄酒,就给你妹妹端来一杯。我可怜的丈夫!他当年多喜欢这种酒呀!只要犯了痛风老毛病,就说喝这酒比什么都管用。快给你妹妹送去吧。"

"亲爱的夫人,"埃莉诺对这种不对症的药微微一笑,"你真是太好心了!可我刚刚安顿玛丽安上了床,我看她大概睡着了,再说,什么也不如休息对她更好,要是你允许的话,我自己倒愿意喝了这杯酒。"

詹宁斯太太后悔自己晚来了五分钟,不过对这种安排也感到满意。埃莉诺喝了大半杯酒,心想,这剂药能不能治痛风病对她没什么要紧的,如果它对失意的心有疗效,她跟妹妹都一样需要。

大家吃茶点时,布兰登上校进了门。埃莉诺从他环顾四周寻找玛丽安的神色猜出,他既没料到能遇上玛丽安,也没想跟她见面。他肯定已经了解她不在场的原因了。詹宁斯太太的想法却不同,因为他一进门,她就穿过屋子,走到埃莉诺安顿茶点的桌子旁,压低声音说:"上校还是以往那副一本正经的神色。他什么都不知道,告诉他吧,我亲爱的。"

没过多久,他便拉了把椅子坐在她旁边,询问她妹妹的情况,他的神色明显透露出他是个知情者。

"玛丽安不舒服,"她说,"她整天情绪不好,我们劝她上床睡觉了。"

"那么,"他迟疑道,"也许我今天上午听说的事情……比我起初相信的还要真实。"

"你听说什么了?"

"那位先生,我有理由认为……总之,那个我确实知道已经订了婚的男人……可我该怎么对你说呢？如果你已经知道，我相信你一定知道的，就不用我说了吧。"

"你是说，"埃莉诺强作镇静回答道，"威洛比先生与格雷小姐的婚事吧。不错，我们都知道了。看来今天是个大家都恍然大悟的日子，我们也是在今天早上才得知的。威洛比先生真是深不可测！你是从哪儿听来的？"

"在蓓尔美尔街一家文具店，我去那儿办事。正巧有两位夫人在等她们的马车，其中一位夫人对另一位说了这桩即将举行的婚礼，她说话的声音一点儿也不避讳别人听到，我在旁边不可能听不见。她说的那人姓威洛比，叫约翰·威洛比，而且不止说了一遍，这才引起我的注意。后来她们断言说，一切有关他与格雷小姐的婚事终于都安顿好了，已经不再是个秘密，而且再过几个星期就要举行婚礼。她们还说了许多准备活动和其他事情的细节。我尤其记得一桩事，因为它能证明她们说的人是谁。她说，婚礼一过，他们就要去康比·玛格纳住，那是他在萨默塞特郡的住宅。我真是太吃惊了！简直无法形容自己的情感。因为我在文具店一直待到她们离开，我打听到，那位善谈的夫人是埃利森太太，后来有人告诉我说，她是格雷小姐的监护人。"

"的确是。不过，你是不是也听说，格雷小姐有五万镑财产？如果需要解释，这就是我们可能找到的解释。"

"也许是这样，不过威洛比是个有能力的人——至少我这样想，"他停顿片刻，然后结结巴巴地说，"那么，你妹妹……她怎么……"

"她痛苦极了。我只能希望时间短些，短得合情合理。这向来是一种最残酷的折磨。我相信，直到昨天之前，她绝对没有怀疑过他的爱情,直到现在,也许……不过我基本上相信,他从来没有真正爱过她。他一直在欺骗!从某些方面讲,他似乎有一副铁石心肠。"

"啊!"布兰登上校说,"不错,他正是这样!可你妹妹没有……我记得你这么说过……她跟你的想法不大一样吧?"

"你了解她的脾气,可以相信,如果情况许可,她还愿意替他辩解。"

他没有回答,后来,茶具收走,牌桌摆好了,这个话题也就断了。他们交谈的时候,詹宁斯太太在一旁满意地观望,等着观察达什伍德小姐交谈的效果,渴望看到布兰登上校马上对幸福充满希望,立刻像个年轻人那样变得喜气洋洋。不料他整个晚上比平时更加一本正经,而且更加心事重重,这让她感到非常惊讶。

# 第三十一章

玛丽安没想到自己一觉睡了这么长时间,可第二天早上醒来后,心中的悲苦依然像睡觉时一样深沉。

埃莉诺尽量鼓励她说说自己的感受,早饭准备好之前,姊妹俩已经把这事说了一遍又一遍。埃莉诺看法明确,口吻亲切地劝说妹妹;玛丽安依然感情冲动,态度多变。有时,她觉得威洛比就像自己一样不幸,而且是无辜的,过一阵子,她又觉得他不可饶恕。她时而绝对不在乎世人的看法,时而又打算永远不跟人们交往,再过一会儿她又能精神勃勃地面对世界了。不过,有一桩事她的态度却是始终一致的,只要有可能,她总是设法避免见詹宁斯太太,如果无法避免,她也会缄口不语。她绝不相信詹宁斯太太对她的悲伤有丝毫的同情。

"不,不,不,不可能,"她嚷道,"她不可能有感情。她的好意不是同情,她的好心也不是温柔。她想要的就是闲谈的材料,现在喜欢我是因为我的事给她提供了闲谈的材料。"

埃莉诺不用听这些话也早知道妹妹对其他人的看法不公正,这是因为她自己心灵高雅纯洁,容易冲动,过分看重强烈情感的细致微妙和文雅的举止风度。如果说世界上的人大半都聪明善良,玛丽安就跟剩余的人一样,他们才能出众,也具有优秀的气质,但是既不理智,又对别人抱有偏见。她指望别人拥有跟她一样的情感和看法,仅仅凭自己对别人的看法判断别人的动机。早饭后,姐妹俩待在自己屋子里的时候发生了一桩事,这使詹宁斯太太在她心目中的地位更低了。尽管那是詹宁斯太太出于极端的善意,却由于玛丽安感情脆弱,结果反而给她造成了新的痛苦。

詹宁斯太太面带微笑,走进她们的屋子,伸出的手里拿着一封信,说:

"看哪,我亲爱的,我给你带来一样东西,我肯定对你有好处。"

玛丽安听到这话,恍惚中仿佛觉得放在面前的信是威洛比写来的,其中充满了柔情与悔恨,他对发生过的一切做出满意而令人信服的解释,又想象出威洛比本人紧接着来到屋子里,亲自说明情况,只见他跪倒在她脚下,一双会说话的眼睛望着她,向她保证说,信里说的都是真情。片刻的幻觉马上便消散了。她看到信封上是妈妈的笔迹。在此之前,母亲的信从来不会不受欢迎的,但是心中那场想象的狂喜没得到满足,便感到钻心的失望,一时让她觉得从来没遭受过这样的打击。

詹宁斯太太的残忍简直无法用语言来表达了,即使是在她最幸福,最善言辞的时刻,也无法形容这种残忍。此时,她只能以涌出的热泪表达心中的责备。然而,该受责备的对象对此却全然没有察觉，詹宁斯太太一再表达自己的同情后离去了，心里仍然以为这封信对她是个安慰呢。等到她平静下来能读信的时候，却发现这封信对她并没有多少安慰。每页信纸上都满是威洛比的名字。她母亲对她们的婚约仍然满怀信心，照旧热心地信赖他的忠实，由于埃莉诺的请求，她要求玛丽安对她们俩更坦率些。母亲在字里行间对她流露出柔情，对威洛比表达了慈爱，对他们俩的幸福未来坚信不疑，这些让她看了却更加痛苦，一直不停地伤心落泪。

她又急不可待地要回家了。她感到母亲比任何时候都亲，因为妈妈过分相信威洛比所以才更亲，她要回家，再也不能等了。埃莉诺自己无法决定留在伦敦还是返回巴顿对玛丽安更好，就没有提出任何意见，只说应该耐心等妈妈来信决定。后来妹妹总算同意了。

詹宁斯太太离开家的时间比平时早，她不让米德尔敦家和帕尔默家的人分享她的伤心说什么也安不下心。埃莉诺提出陪她一道去，被她一口回绝。她独自出去，在外面待了一上午。埃莉诺坐下来给母亲写信，她感到心情沉重，知道自己要写的内容会带给妈妈怎样的痛苦，从妈妈写给玛丽安的信上她察觉到，妈妈对此毫无精神准备。她在信中将事情经过仔细讲给妈妈听，求母亲对未来拿个主意。玛丽安见詹宁斯太太走了，就来到客厅，待在埃莉诺身旁，盯着她的笔尖看她写信，心里为姐姐承担如此艰难的任务感到悲痛，更为母亲收到信以后的反应而难过。

姐妹俩在这种状态下持续了一刻钟，突然传来一阵敲门声。玛丽安这段时间神经有些过敏，突然发生的噪声让她吃了一惊。

"这是谁呢？"埃莉诺嚷道，"而且这么早！我以为没人会打扰呢。"

玛丽安走到窗前：

"是布兰登上校!"她恼火地说,"我们永远也躲不开他这个人。"

"他不会进来的,因为詹宁斯太太不在家。"

"我可不信这个,"她说着返回自己房间,"一个人自己的时间打发不完,就意识不到会打扰别人。"

虽然她的想法不公正也不正确,但判断却没错。因为布兰登上校还是进来了,埃莉诺相信,他是为安慰玛丽安而来。从他烦躁忧郁的表情上,她看出了他的热情,他简短地问候玛丽安的情况,显得十分焦急。埃莉诺觉得,妹妹对他如此轻率,如此不尊敬实在是不可原谅的。

"我在邦德大街见到詹宁斯太太了,"寒暄过后他说,"是她劝我来的,我很愿意听从她的意思,因为我想我可能在这儿单独见到你,我渴望跟你单独谈谈。我的目的……我的愿望……我渴望这样做的唯一愿望……我希望,我相信是这样的……是为了表示安慰……不,千万不能说是什么安慰……至少不是眼下的安慰……应该是信念……是你妹妹心中持久的信念。我对她,对你本人和你母亲……请你允许我说点情况,证明我真诚的关心……其实是我一片真心,希望对你们有用处……我认为我是公正的……不过,我花费了许多个钟头来证明我是对的,可我还是担心或许有错。"他打住了话头。

"我了解你,"埃莉诺说,"关于威洛比,你有些情况要告诉我,好让我更加看清他的本质。你能把它说出来,就是对玛丽安表示极大的友谊。凡是能让我清楚一切内幕的消息都会让我感激不尽的。以后她也会感激。请你说出来吧。"

"好吧。我尽量简明扼要。去年十月,我离开巴顿……不过这么说你搞不懂的……我必须从更早些时候说起。你可能觉得我嘴太笨,达什伍德小姐。我几乎不知道该从哪儿说起了。我看需要简单说说我自己,这话很短。这种话,"他长叹一声,"我不会多啰唆的。"

他停顿下来思索片刻,接着又叹了一口气,这才接着说下去。

"也许你完全忘掉了一次谈话,恐怕那事不会让你留下任何印象,那是一天晚上在巴顿庄园的交谈,那天晚上举行舞会,我提到一位我以前认识的女子,说她与你妹妹在某些方面相仿。"

"其实,"埃莉诺回答道,"我没有忘记。"他听了显得愉快,便接着说:

"如果我记得不错,而且没有因为柔情而抱有偏见,我感觉她们两人实在非常相像,外表和内心都十分相似。两人都有同样的热情,同样富有想象力和激情。这位女士是我的一位近亲,因为自幼成为孤儿,所以由我父亲做她的监护人。我们年龄差不多相同,从小就是玩伴,也是好朋友。我不记得是什么时候爱上伊莱扎的,随着我们渐渐长大,我对她的爱也日益加深。也许从我现在郁郁寡欢的沮丧模样,你不好想象我能有那样的感情。至于她对我的爱,我相信就像你妹妹对威洛比先生的爱情一样热烈,最后的结果虽然原因不尽相同,却同样不幸。她十七岁那年,我永远失去了她。她结了婚……嫁给了我哥哥,可那桩婚事违背了她的意愿。她有很大一笔财产,我家的产业却有限。我恐怕这就是原因,也是她的监护人、她舅舅的动机。我哥哥配不上她,甚至不爱她。我本来希望,她对我的爱情能让她顶住任何困难,她的确抵挡了一时,但后来她遭受了严酷的虐待,她不堪忍受屈服了。可她曾经向我保证说,什么也……哎呀,你瞧我的话说得没头绪了!我还没告诉你这是怎发生的呢。当时，我们只差几个钟头就要出发私奔到苏格兰去了。我这位表妹的女佣愚蠢地出卖了我们。我被驱逐到很远的地方，住在一位亲戚家里，她被剥夺了自由，不准参加社交活动，不准享受娱乐，最后我父亲的目的达到了。我过分信赖她的坚强，所以最后遭受的打击也非常残酷。不过，我那时还年轻，假如她婚后生活幸福，我过几个月也就挺过去了，至少现在也用不着为此悔恨。结果却并不如此。我哥哥不爱她，他自己寻欢作乐行为不检点，从一开始就对她无情无义。布兰登太太年轻活泼，对此毫无经验，结果就可想而知了。起初，她对一切都听天由命，把对我的恋情深深压在心底。要是她没有活着承受这些遗憾，那倒也算是件好事。但是，身边有那么一位丈夫，反复无常地刺激她，又没有一位朋友规劝她（他们婚后没过几个月，我父亲便去世了，而我当时随军队去了东印度群岛），她后来变得堕落，也就不足为奇了。假如我当时在英格兰，也许……不过我当时的打算是多年离开他们，以便促进他们之间的幸福，我也是为了这个目的才设法更换了驻地。"他情绪非常激动地接着说，"她的婚事给我的震动远不及两年后听说她离婚的消息。后来我变成这种忧郁模样，即使现在回想起当时遭受的……"

他说不下去了，连忙起身在屋子里走动了几分钟。埃莉诺听了他的叙述，受他情绪的感染，什么话也说不出来。他看出她的关心，走到她身旁，抓起她的手紧紧握住，怀着感激和尊敬亲吻一下。几分钟沉默过后，他恢复了镇定，继续讲述下去。

"这段痛苦时期后过了三年，我才回到英格兰。我一回国，第一件事就是找她，但是毫无结果，寻找过程让我非常伤心。我仅仅打听到第一个勾引她的人，后来线索就断了。我有充分理由证明，她在堕落的道路上已经越陷越深。她的法定生活费与她自己的财产不相称，无法维持自己舒适的生活。我从我哥哥处得知，几个月前，她领取生活费的权利就转让给了另一个人。照他猜想，由于她挥霍无度，结果导致贫穷，不得不为某项急需卖掉了领取生活费的权利。让我吃惊的是，我哥哥居然能心平气和地猜想这事。不过，我回到英格兰六个月后，终于找到了她。我以前的一位仆人欠债被拘押，我出于同情去看望，结果在同一所监狱见到我那位不幸的表妹，她也是因为同样的原因被拘押起来的。她完全变了样……非常憔悴……饱尝了各种苦难，竟然瘦得皮包骨头！我简直不敢相信眼前这个病弱的人就是原来我热恋过的那个容貌可爱、丰满健康的姑娘。看着她那副模样，我心里多么痛苦啊……不过我不能再描绘她来伤你的感情……我已经让你太难过了。从她的模样看得出，她害痨病已经到了晚期。不错，她这种情况对我倒也是极大的安慰。生命对她已经毫无意义，死前只剩下不多时间，我尽量让她过得舒适些。我把她安排到一个舒适的住所，让她得到适当的照顾，在她死前那段短暂的日子里，我每天都去看望她。在她生命的最后一刻，我陪在她身边。"

他再次停顿下来，努力恢复镇静。埃莉诺不禁对他那位不幸朋友的厄运充满同情，感慨得轻声惊叫起来。

"我说你妹妹和我那位可怜而堕落的人有相似之处，"他说道，"希望不至于冒犯你妹妹。他们的命运和运气不可能相同。假如那位本性善良美好的女子一直受到一位性格更坚强的人保护，或者婚后生活比较幸福的话，本来可能像另外一位那样幸福的。但是现在说这些还有什么用？我好像在无端惹你难过。啊！达什伍德小姐……这种话题……已经有十四年没提起过了……说这种事总是难以控制自己！我尽量说得紧凑些，简短些吧。她把唯一的一个女孩留给我照顾，那是她第一次非法结合的私生孩子，当时只有三岁左右。她爱这孩子，一直把她带在身边。这是对我的宝贵信任，如果条件允许的话，我本来很高兴亲自照顾她，关照她的教育，可我没成家，也没有固定的家，我的小伊莱扎便住进寄宿学校。我只要有空就去那儿看她，我哥哥死后（那是五年前的事，结果我得到了家庭财产），她就上德拉福德庄园来看我。我把她称作自己的远房亲戚，可我意识到，人们一般认为我们的关系要近得多。三年前她十四岁时，我把她从学校接出来，让多塞特郡一位非常可敬的女士照管，她同时照管着四五位年龄相仿的姑娘。有两年时间，我在许多方面对她的处境感到满意。但是，去年二月份，也就是差不多十二个月以前，她突然失踪了。她的一位女伴要去巴斯照顾生病的父亲，她渴望一同去，我便允许了（后来证明这事办得太不谨慎了）。我知道他是个非常善良的人，就对他女儿有同样的看法——可她其实并不值得我赞扬，因为她肯定知道实情，却顽固地保密，什么也不愿说。她父亲倒是好意，不过目光并不敏锐，我相信他什么也不知道，因为他的活动范围通常限制在自己屋子里，而两位姑娘却在城里到处跑，随意结识自己喜欢的人。他努力让我相信，他女儿与整个事情毫无瓜葛，我看他自己绝对相信这是真的。总之，我什么也没打听到，只知道她出走了，其他情况就只能猜想。这种情况持续了八个月之久。也许你想象得出，我当时是如何思索，如何恐惧，如何受煎熬。"

"我的天哪！"埃莉诺嚷道，"这难道是……威洛比干的！"

"有关她的第一个消息，"他接着说，"是去年十月她自己写信告诉我的。信从德拉福德庄园转给了我，那封信是在大家准备去惠特维尔庄园游览那天早上收到的。这便是我突然离开巴顿的原因。我相信,当时我的样子让大家见了肯定觉得非常奇怪,恐怕还让有些人生了气。威洛比先生对我破坏了聚会表示责怪,可我猜想,他并不知道我是去应付一位让他害得又可怜又悲惨的人。不过,即使他知道,又有什么用处?难道他对你妹妹微笑的时候,表情会不那么愉快欢乐吗?肯定不会,他做的那种事情,凡是同情别人的人都做不出来。他诱骗了那位年轻天真的姑娘,撇下她让她遭受极度的痛苦,没有可靠的家人,没有帮助,没有朋友,连他的地址都不知道!他离开她的时候许诺要回去,可他既没回去,又不写信,更不给她安慰。"

"这简直让人无法置信!"埃莉诺嚷道。

"现在,他的品格都揭示在你面前了,他是个挥霍无度、行为放荡的人,还有其他事情比这两样更糟糕。我了解到这一切,而且我已经知道好几个星期了,我见你妹妹照样爱他,还得知要嫁给他,你可以猜得出我为你们家着想,心里多么不安。上个星期,我来看你,见你独自在家,我决定弄清真相,不过至于弄清真相后该怎么办还没拿定主意。我当时的举止一定让你觉得奇怪,可现在你终于知道了。眼看着你们都受骗,看看你妹妹……可我该怎么办呢?我就是干预也不可能成功。有时候,我甚至心怀侥幸,说不定你妹妹真能让他改邪归正呢。现在,他无耻耍弄了她,谁知道他原先的图谋是什么。不过,无论如何,她现在毫无疑问该为自己的处境感到万幸。相比之下,我可怜的伊莱扎处境悲惨绝望,要是你妹妹想一想曾经热爱过他的那位姑娘,现在对他的爱还像她自己一样强烈,心里却受到自责的折磨,一辈子都忘不了这种惨痛教训。这样一对比,她将来也肯定觉得万幸。她会觉得自己遭受的苦难其实微不足道。由于不是自己行为不检点，因此没有蒙受耻辱。她的朋友们反而对她更加友好，对她的不幸感到关心。她遭受痛苦时的坚强，必然加强别人对她的热爱。不过，如何将这些话转达给她，就请你自己拿主意吧。你肯定知道怎样说效果最好。假如我没有真心认为这番话对她有益处，可以减轻她的悔恨，就不会忍痛讲出家庭的痛苦经历惹你难过，这么说出来好像故意抬高自己压低别人似的。"

埃莉诺对他这番话表示了诚挚的感激，还表示说，她相信把这一切都转达给玛丽安，对妹妹会大有益处的。

"最让我苦恼的，"她说，"是她设法为他开脱罪责。因为这让她心里更烦恼，倒是让她完全相信他是个卑鄙无耻之徒对她更好些。这样一来，虽然她开始的时候难过些，可我能肯定，她很快就会轻松下来。"短暂的沉默过后，她接着说，"你在巴顿离开威洛比先生后，见过他没有？"

"见过，"他一本正经地说，"见过一回。有一次无法避免。"

他的神色让埃莉诺吃了一惊。她望着他急切地说：

"怎么？你见他是为了……"

"我不能以别的方式见他。伊莱扎虽然勉强，不过还是向我坦白了她情人的名字，他回伦敦比我晚两星期，我们约好见面，我惩罚他的行为，他为自己的名誉辩护。结果我们俩都没有受伤，因此决斗的事没有张扬开。"

埃莉诺叹息一声，觉得这种事没有必要，不过对于一个男人和一位军人，她猜想，也许还是不责怪的好。

沉默片刻后，布兰登上校说："母亲与女儿的不幸命运竟然如此相似！我对我的嘱托履行得实在太差劲了！"

"她还在伦敦吗？"

"不在。当时我发现她就要生产了，产后恢复过来，我就把她和她的孩子一起迁到乡下，她们现在还住在那里。"

说完后不久，他觉得自己在这里妨碍埃莉诺与妹妹在一起，便起身告辞。她再次向他表示感激，对他充满了同情和敬意。

# 第三十二章

达什伍德小姐很快将这番谈话详细讲给妹妹听,却发现妹妹的反应与原先自己的预料不尽相同。玛丽安没有显出对哪一部分内容不相信的样子,她听姐姐讲述的时候情绪非常稳定,态度也十分顺从,既没有表示反驳,没有做任何评论,也没有试图为威洛比辩护,她只是默默地流着眼泪,似乎觉得不可能为他辩护了。埃莉诺从她的表现看得出,她心里已经确信他是有罪过的,这位姐姐对谈话效果感到满意。布兰登上校来访时,她也不再回避,而且开始与他交谈,甚至是主动交谈,口吻中带着同情和敬意,她的情绪已经不像以前那样烦躁不安,但是她的痛苦并没有显得稍有减轻。她的心情比较镇定了,不过那是一种阴郁的沉静。威洛比丧失道德比他的负心更让她心情沉重。他先引诱又抛弃伊莱扎小姐,那位可怜姑娘的悲惨遭遇,以及他可能对自己的图谋,等等,这一切都在蹂躏着她的心灵,让她打不起精神来对埃莉诺说出自己的感受。她的沉思和默默的悲哀让她姐姐非常难过,比她尽情坦白自己的心事,频频倾诉自己的悲哀时更让姐姐不安。

如果我们叙述达什伍德太太收到埃莉诺的信和复信时的感情和词语,那就是重复她女儿们先前的情感和语言。她的失望不亚于玛丽安,她感到的愤慨比埃莉诺的更甚。她写了一封又一封长信,述说自己的痛苦心情和想法,为玛丽安感到焦虑和担忧,恳求她在这种不幸中要坚强。母亲居然谈论起了坚强,可见玛丽安的痛苦的确非同小可!她本人也希望女儿不要沉湎于悲哀,足见悔恨的根源多么令人痛心,多么让人蒙受羞辱!

达什伍德太太决定违背自己的意愿,要玛丽安别急着回巴顿去,因为那里的一切景物都能勾起她对过去强烈的回忆,一再让她看到威洛比的影子,会给她带来更深重的心灵痛苦。因此,她建议两个女儿不要缩短在詹宁斯太太家的拜访。虽然原先并没有说定拜访的时间,但大家都预料到至少应该有五六个礼拜。伦敦有各种活动,各种事物,许多陪伴的人们,这些都是巴顿所没有的。她甚至希望不久以后能吸引玛丽安对外界发生兴趣,甚至忘情地娱乐,尽管她现在可能对这两样都不感兴趣。

至于再次见到威洛比的危险,她母亲认为在城里跟在乡下同样安全,因为凡是称得上她朋友的人们肯定都不会再让她跟他见面。大家绝对不会故意让他们相遇,绝不会由于疏忽而让他们意外相见,再说,伦敦人多,相遇的机会甚至比退居巴顿还要小。要是在巴顿,遇上他婚后到艾伦汉姆拜访,两人反倒难免狭路相逢。达什伍德太太起初预料这种事只是可能而已,到后来,她自己竟相信有必然性了。

她还有另一个理由希望孩子们留在伦敦。她的继子写信告诉她说，他和妻子要在二月中旬到伦敦去，她认为她们应该不时见见自己的哥哥。

玛丽安答应过要按母亲的意思办事，所以并没有表示反对，顺从地答应了，不过，她自己有完全不同的想法。她觉得让她们长时间待在伦敦是完全错误的，因为这让她失去了得到母亲抚慰同情的机会，而那是缓和她可悲处境的唯一机会，让她待在这种环境里，必然让她的心情一刻也不得安宁。

不过，她也因此获得极大的慰藉，因为这对她自己虽然是坏事，对姐姐倒是桩好事。埃莉诺却怀疑这样是不是能避免见到爱德华，不过她觉得，多待一段时间虽然让自己不快活，对玛丽安却比立刻返回德文郡要好得多，因此心里觉得是一种安慰。

她小心翼翼地防止妹妹听到人们提起威洛比的名字，时时不敢掉以轻心。玛丽安虽然不知究竟，却从中大受益处。詹宁斯太太、约翰爵士，甚至帕尔默太太本人都从来没有当着她的面说起过他。埃莉诺希望大家当着自己的面也别提起那个名字，然而这是不可能的，她不得不一天天忍受大家激愤的慷慨陈词。

约翰爵士没想到会有这种事："一个我向来器重的人怎么会这样！他本来是个脾性挺好的人呀！我看全英格兰都没有比他更大胆的骑手了！真是莫名其妙。我真心愿他见鬼去。我就是见了他，无论如何也不跟他说一句话了！就是他到巴顿树林去打猎，我们一道狩猎两个钟头，我也不理他。这个无赖！这个骗子！上次见面，他还提出要送我一只福莱生的小狗呢！这肯定是我最后一次跟他打交道！"

帕尔默太太以自己的方式表示同样的愤怒："我决定再也不跟他交往了，好在我从来就不认识他。我但愿康比·玛格纳离克利夫兰庄园远点儿，不过这并不打紧，因为两个地方距离其实很远，不便相互拜访。我实在太痛恨他了，以后再也不提他的名字了，我还要告诉所有认识的人，让大家知道他是个多坏的家伙。"

帕尔默太太的同情还表现在她尽力打听到即将举行的婚礼细节，回来全都告诉埃莉诺。她不久便打听到新马车是哪家车行造的，威洛比先生的画像出自哪位画家的手笔，在哪家服装店能看到格雷小姐的服装，等等。

在这种情况下，米德尔敦夫人表现出的是平静和不失礼貌的漠不关心，这对埃莉诺的情绪倒是一种愉快的安慰，因为她的心情常常被其他几位喧闹的好意弄得十分烦乱。在她的朋友圈子中，至少还有一位对此事不感兴趣，这对她不啻是个极大的安慰，这个人见了她不会对她妹妹的琐事问长问短，也不会为她妹妹的健康操心，能够确信这一点对她的确是个极大的慰藉。

由于情况不同，各种品质也变了味儿。过多的慰问有时让她苦恼不堪，她便认为安慰人的时候，好教养比好脾气更不可或缺。如果大家非常频繁地重提这个话题，米德尔敦夫人为了表示自己意识到大家说的是什么，就每天附和一两遍："真是让人震惊！"她抒发自己的情感时非常文雅，不但能在起初见到达什伍德姐妹时没有任何情绪波动，而且很快就能在见到她们的时候把那桩事完全抛在脑后。她就这样维持着自己的女性尊严，并谴责男性的错误，认为自己可以自主确定交往的圈子，并且打定了主意（虽然稍稍有些违背约翰爵士的立场），既然威洛比太太是个高雅富有的女人，等她结婚时要给她送张卡片致贺。

达什伍德小姐从来不会讨厌布兰登上校细致谦恭的问候。他友善热情地设法缓解她妹妹的失意，因此获得一种特权，他们常常能推心置腹地交谈。他坦白了痛苦的往事并讲述了目前的屈辱,这些让玛丽安看他的时候目光中时而流露出同情,偶尔参与交谈的口吻中也带着温柔,这对他便是最大的补偿。这些情况让他产生了信心,认为她对他的好感有所增强,这些情况也让埃莉诺产生了希望,认为这种好感未来可进一步增强。但是詹宁斯太太却毫无察觉,她只觉得上校仍然像以前一样严肃刻板,既不能指望劝他自己求婚,也不能指望他请她说媒。过了两天,她开始感到,他们不可能在米迦勒节前结婚,一周结束时,她干脆认为他们俩根本就不匹配。上校与达什伍德小姐之间相处十分融洽,在詹宁斯看来,似乎桑树、水渠和柏木凉亭是专为她准备的。詹宁斯太太一时不再考虑硬给她安个费拉尔斯太太的头衔了。

二月初,在收到威洛比那封信以后还不到两个星期,埃莉诺便面临着将他结婚的消息通知给妹妹的痛苦任务。她一直留心着这事,一旦得知婚礼结束,就要由自己告诉妹妹。她不希望玛丽安从报纸上得知此事,但是她发现妹妹每天早上都急切地翻阅着报纸。

她得知这消息后强作镇定,未加评论,起初也没有流泪。但是过了一会儿泪水便夺眶而出了,后来,她一整天都可怜兮兮的,模样比其最初知道这种结局时好不了多少。

威洛比夫妇结婚后立刻离开了伦敦。既然妹妹没有与他遭遇的危险了,埃莉诺此时便希望她能像以前那样到外面走动走动,因为她自从遭受到第一个打击后,还从来没出过家门呢。

斯蒂尔家两姐妹最近来到亲戚家,住在霍尔本区巴特利大厦,再次在康迪特街和伯克利街显赫的亲戚面前露面,受到主人们的热情欢迎。

埃莉诺见了她们心里只觉得遗憾，感到难过。露茜发现她仍然待在伦敦，显得乐不可支，可她实在不知道该如何对此做出反应才算得体。

"要不是发现你仍然留在伦敦，我会感到非常失望的，"她一再重复这句话，还特别着重说"仍然"这个字眼。"不过，我一直有一种感觉，认为我应该在这里见到你。我原来就几乎能肯定，你一时半会儿还不会走。你在巴顿的时候告诉我说，你在伦敦住的时间不会超过一个月，可我当时就想，你到时候准会改变主意。不等你哥哥嫂嫂来就走，那真是太可惜了。现在，你当然不用急着走了。你在这件事情上没有说话算话真让我高兴极了。"

埃莉诺完全理解她的意思，她不得不运用全部自制力，假装糊涂。

"哎呀，我亲爱的，"詹宁斯太太说，"你们是怎么来的？"

"我向你保证，我们不是坐公共马车来的，"斯蒂尔小姐立刻兴冲冲地说，"我们是一路坐驿车来的，一路上还有位帅哥陪着。戴维斯大夫要进城，所以我们就想，我们可以搭他的驿车一道来，他非常高尚，比我们多付了十个先令，要不就是十二先令。"

"啊，啊！"詹宁斯太太嚷道，"干得太漂亮了！这位大夫是个单身男人，这一点我可以向你们保证。"

"又来了，"斯蒂尔小姐痴笑道，"人人都拿大夫跟我取笑，我想不出是为什么。我的表亲们说，他们肯定我已经征服了他，可我心里从来没惦记过他，从来没有。有一天，我的表妹见他穿过马路要进家了，就说：'我的天哪！南希，你的情郎来了。'我的情郎，真是的！我就说，我想不出你说的是谁。大夫可不是我的什么情郎。"

"哎哟哟，说得可真漂亮——这话没用——我知道你心里只有大夫。"

"不是的，当真话！"她的表亲装出着急的模样，"求求你，以后再听有人这么说，你可得替我反驳呀。"

詹宁斯太太马上向她保证说，她当然不会这么说。斯蒂尔小姐听了心里美滋滋的，感到心满意足。

"达什伍德小姐，我猜想，你哥哥嫂嫂来了以后，你们要跟他们在一起待一阵子吧，"露茜刚才说过些暗示敌意的话，此时再次发动进攻。

"我看不会。"

"噢，我敢说你们会的。"

埃莉诺不愿凑趣进一步表示反对。

"达什伍德太太肯放你们姊妹俩离开这么久，可真是桩美事。"

"这么久！"詹宁斯太太打断她的话，"她们在这儿住才刚开了个头呢！"

露茜哑口无言了。

"达什伍德小姐，我很抱歉，可我们还没见过你妹妹呢，"斯蒂尔小姐说，"我听说她不舒服，真为她难过……"玛丽安是在她们进屋的时候离开的。

"你们真好心。我妹妹不能见你们也同样感到遗憾。可她最近常常头疼，不适于陪人谈话。"

"啊，我的天，那真可惜！不过像露茜和我这样的老朋友来了，我认为她总该见见我们才对，我们保证一句话也不说。"

埃莉诺非常礼貌地谢绝了这个建议，说妹妹可能已经上床了，或者正身穿睡衣呢，不适宜来见她们。

"要是那样，"斯蒂尔小姐嚷道，"我们可以去见她的。"

埃莉诺开始感到无法忍受这种唐突无礼了，幸好露茜语出尖刻地责备她姐姐，才省去了她的克制之苦。露茜的话像在许多其他场合一样，并不能让她姐姐的态度有所转变，却制止了对方更多的无礼言辞。

# 第三十三章

一天早上,玛丽安没有多加反对就接受了姐姐的恳求,答应陪她和詹宁斯太太出去散步一个钟头。不过,她提了个特别的条件,说是不拜访任何人,只陪她们上萨克维尔街的格雷珠宝店走一趟。埃莉诺要去那儿替母亲兑换几件老式首饰。

她们走到珠宝店门外时,詹宁斯太太记起,这条街的另一头有位老夫人,她该去拜访一下才对。她在格雷珠宝店没事好做,就决定把两位年轻的朋友留在这里,自己去拜访朋友,然后回来找她们。

两位达什伍德小姐上楼后,发现店里已经有很多人,没有空闲的店员接待她们,只得先等待。她们便傍着柜台的一头坐下,那里看来快些,因为只有一位先生站在那儿。埃莉诺心中希望,由于自己在等待,他可望出于礼貌尽快办完事。但那人眼光挑剔讲究,并不顾忌礼貌。他花费了一刻钟把店里的所有牙签盒看了一遍,然后才定做自己独特的盒子，规定盒子的大小、形状、装饰等，根本无暇关注两位小姐，只偶尔转过脸朝她们无礼瞪视了三四回。虽然他穿着时髦，可他的形象和那张面孔留给埃莉诺的印象却是鲁莽而无教养的。

那人无礼打量她们和审视各种牙签盒时表现的傲慢和挑剔丝毫没有让玛丽安感到恼火厌烦，她根本没注意到周围的一切，她在格雷珠宝店就像在自己的卧室一样，照样想自己的心事。

最后，那桩生意定了下来。象牙、金饰和珍珠装饰全都由他指定好了，这位先生限定了取牙签盒的日期，然后悠然自得地戴上手套，还朝两位达什伍德小姐瞥了一眼，不过那种目光不是对她们表示欣赏，倒像是要引起她们的羡慕，他带着得意自负的神色满不在乎地走开了。

埃莉诺连忙上前办自己的事，就快办完的时候，另一位先生来到她身边。她抬头望他的面孔，惊讶地发现竟是自己的哥哥。

他们见面时的喜悦让格雷珠宝店的人都看得出，这是兄妹相见。约翰·达什伍德见到两个妹妹一点儿不觉得遗憾，这让她们觉得满意，他问候她们母亲的口吻也显出敬意和关切。

埃莉诺得知，他和范妮到伦敦已经两天了。

"我本打算昨天去看你们的，"他说，"可没去成，因为我们说好要带哈利去埃克塞特交易所附近看野兽，哈利高兴得要命。昨天的剩余时间我们陪着费拉尔斯太太。今天上午，我打算好了要抽出半个钟头去看你们，可一进城就有干不完的事情。我是来给范妮定做一枚图章的。我想，明天我肯定能去伯克利街拜访，也见见你们的朋友詹宁斯太太。我知道她是位非常富有的女人。还有米德尔敦一家，你一定要介绍我认识他们。他们是我继母的亲戚，我很高兴向他们致敬。我知道,他们是你们在乡下最好的邻居。"

"的确是最好的邻居。他们关心我们的生活,在各个方面对我们十分友好,我简直没法用语言形容。"

"听你这么说我高兴极了,真的,我高兴极了。不过倒也是应该的,他们都是很有钱的人,跟你们是亲戚,当然应该尽到各种礼数和关照,让你们生活舒适。这么说,你们在小别墅住得很舒适,什么也不缺!爱德华回来对我们讲述说,那是个非常迷人的地方,别墅也无比的完美,设备一应俱全,还说你们看上去都很喜欢那儿。我们听了都感到极为满意。"

埃莉诺真有点儿替哥哥害臊,幸好詹宁斯太太的仆人到了,她才用不着回答他的问题。那位仆人告诉她说,他的女主人正在门外等待。

达什伍德先生陪她们下楼,在马车门外被介绍给了詹宁斯太太,再次表示希望第二天去拜访她们,然后便离去了。

他如约来访,还为她们的嫂嫂没能一道来找了个借口道歉:"她陪在母亲身边,忙得厉害,想去哪儿都抽不出空儿来。"詹宁斯太太却马上告诉他说,她不必客套,因为大家都是表亲,至少也沾亲带故,自己用不了多久便会去拜访约翰·达什伍德太太,还要带小姑娘一道去。他对她们姊妹俩的态度冷淡不过倒也算慈祥,可他对詹宁斯太太非常礼貌。他好奇地打量着随后进门的布兰登上校,好像在说,不知道这人是不是有钱,该不该与他礼貌相待。

他跟他们坐了半个钟头后,他请埃莉诺陪他步行到康迪特街去,把他介绍给约翰爵士和米德尔敦夫人。天气特别晴好,她一口应承下来。两人一走出房门,他便开始盘问了。

"布兰登上校是个什么人?很有钱吗?"

"是的。他在多塞特郡有份很大的产业。"

"这真让我高兴。这人一看就是个正人君子。埃莉诺,我看,我该向你道贺,你就要过上非常体面的生活了。"

"我!哥哥!你这是什么意思?"

"他喜欢你。我密切观察过,相信没错。他的产业有多大?"

"我想一年大概有两千镑的样子。"

"一年两千镑,"他说完打起精神补充说,"埃莉诺,为你着想,我但愿那笔财产能翻一倍。"

"我相信你的好意,"埃莉诺回答道,"不过我非常肯定,布兰登上校丝毫没有跟我结婚的意思。"

"你错了,埃莉诺。大错特错。你用不着费什么劲就能抓住他。也许他现在还没有打定主意,你的财产少,让他有点儿畏缩不前,他的亲戚朋友也许都会劝阻他。不过小姐们只要稍稍献点殷勤,鼓励一下,就能拴住他,让他不由自主。你也没理由不试试呀。你以前有过的恋情不能……总之,你知道那种恋情,是完全不可能的,来自各方面的反对根本无法克服……你很有理智,不可能看不出。但布兰登上校肯定是合适人选,我这方面一定对他礼貌周到,让他对你和你的家人感到满意。这桩结合肯定会让大家都满意的。总之,这种事,"他压低声音煞有介事地说,"是各方面都极其欢迎的。"他恢复了镇定,补充说,"就是说,我的意思是说,你的亲戚朋友都真心渴望看到你定下终生。范妮尤其是这样,因为她一心惦记着你,这我可以向你保证。她母亲费拉尔斯太太也是这样,那是个非常好心的女人,这件事肯定让她非常喜悦,她有一天还特别说起过你。"

埃莉诺可不愿对此做什么回答。

"要是范妮的一个弟弟和我的一个妹妹同时成了家,"他接着说,"那倒是桩了不起的大事,也是桩蛮有趣的事情。这并非不可能。"

"爱德华·费拉尔斯先生就要结婚了吗?"埃莉诺镇定地问道。

"还没有具体定下来,不过正在酝酿。他母亲是位了不起的女人。费拉尔斯太太极其开明,要是婚事定下来,就会给他每年一千镑年金。女方是尊贵的默顿小姐,是已故默顿爵士的独生女儿,有三万镑财产。双方都非常中意,我丝毫也不怀疑,他们早晚会结婚的。一位母亲每年给一千镑,真是一笔可观的数目,而且会永远给下去。费拉尔斯太太有一颗高贵的心。再给你举个例子,让你了解她的慷慨:那天我们刚进城,她觉得我们手头的钱可能不宽裕,就把一叠钱交到范妮手里,竟然有两百镑。这笔钱特别有用,因为我们住在这里开销一定很大。"

他打住话头,等她表示赞同。她不得不说点儿什么。

"你们在城里和乡下两地的开销肯定相当大,可你们的收入也很多呀。"

"并不很多,不像许多人猜测的那么多。我倒不是要抱怨,我们的生活无疑是舒适的,希望将来会更好些。现在正设法将诺兰公地圈进来,开销大得很。另外,这半年里我还买了一处小产业,是东金罕农场,你一定记得那个地方,就是老吉布森原来住的地方。那地方不论从哪方面讲都是我非常渴望得到的,它紧靠我的产业,我觉得非买下它不可。要是让别人弄走,我的良心会不安的。人要想过得舒适就得花钱,它让我花了很大一笔钱。"

"你是不是觉得比它自身的真正价值还要高。"

"这个嘛，我希望不是。我要想卖，第二天就能出手，比我买的价钱还要高。不过，要说我买的时候付出的价格，真是非常不幸，因为当时股票价格非常低，要是当时银行存款不够，卖股票可就大蚀本了。"

埃莉诺听了只能报以微笑。

"我们初到诺兰庄园时还花费了一大笔钱。你知道得很清楚，我们可敬的父亲把斯坦希尔带来的所有动产都遗赠给了你母亲，那都是非常有价值的东西。我当然不该责怪他，他有权按自己的意愿处置自己的财产，可结果呢，我们就不得不大量购买床单、台布、瓷器等东西，填补拿走的空缺。你想象得出，这么大笔花费之后，我们哪里谈得上什么富裕呢，所以费拉尔斯太太的好意就非常受欢迎了。"

"当然啦，"埃莉诺说，"有了她的慷慨帮助，我希望你们能生活得舒适。"

"再有一两年也许会有点儿起色，"他一本正经地回答道，"不过，还有许多事情要做。范妮的花房连一块石头还没建，花园也只有个规划。"

"花房要建在哪儿？"

"屋后的坡上。几棵老胡桃树都要砍倒，腾出空地来。那会是非常漂亮的景物，从庄园的许多地方都能看到它，花园就在它前面的坡地上，会非常漂亮的。我们已经把前面一片片杂草灌木丛都清理掉了。"

埃莉诺感到关心，又不赞成这些做法，可她嘴上什么都没说。她心里为玛丽安不在场感到庆幸，免得她听到这些让人恼火的事情。

既然他已经把目前的贫困状况说得很清楚了，就用不着下次到格雷珠宝店的时候惦记着给每一位妹妹买一对耳环了，他感到心情愉快，开始为埃莉诺有詹宁斯太太这样的朋友向她道贺。

"她看上去是一位非常可敬的人。她的宅子、她的生活方式，一切都说明她的收入极为可观，这种朋友不仅对你们目前很有用，而且最终肯定对你们有实惠。她邀请你们到城里来就对你们极为有利。其实，这就说明她非常喜欢车马费，很可能她将来死的时候都不会忘记你们。她肯定会留下大笔遗产。"

"我看根本不可能，她只有寡妇所得遗产，将来要遗留给她的孩子们。"

"可她不可能把收入全都花光。凡是谨慎的人都不会那么做，她有权处置节省下来的那笔钱的。"

"你觉得她不会把钱留给自己的女儿，反而会给我们？"

"她的两个女儿都嫁给了有钱人，我看不出她还需要为她们考虑。照我看，她对你们如此关心，如此无微不至地照顾，这就说明她对你们的未来有了考虑，一个有良心的女人不会忽视这种事的。她的举止不能再慈样了，她做出这一切不可能不意识到由此产生的期望。"

"可她最关心的人并没有任何期望。哥哥，你对我们的利益和财产操心的有些过分了吧。"

"可不是嘛，"他似乎镇定了下来，"人的能力实在太小太小了。不过，我亲爱的埃莉诺，玛丽安怎么了？她看上去气色很不好，脸上没有血色，人也瘦了不少。生病了吗？"

"她身体不好，几个星期一直心神不定。"

"这真让我难过。在她这种年纪上，一有了病，青春年华就永远毁了！她的青春非常短暂！去年秋天她还是个少有的漂亮姑娘，颇能吸引男人的。她的美貌很有特色，尤其能迷住男人。我记得范妮说过，她会在你之前嫁人，还会嫁给更有钱的人。这倒不是说她不是特别喜欢你，而是偶然有这么个念头罢了。不过她看错了。我现在怀疑玛丽安会嫁一个年金五六百镑的男人，可你嫁的男人不比她的有钱才怪呢。多塞特郡！我不了解多塞特郡，可我亲爱的埃莉诺，我很高兴多了解那个地方。我可以向你保证，最早愿意去拜访你们的人中间，就有我和范妮。"

埃莉诺非常认真地要他相信，她不能与布兰登上校结婚。可他的企盼太让他喜悦了，怎么也不愿放弃。他甚至打算与那位先生私下接触，以各种方式促成他们的婚事。他因为没有亲自为妹妹们做点儿什么事心里感到愧疚，因此极其渴望其他什么人能代劳。如果布兰登上校求婚或者詹宁斯太太给她们留下点儿遗产，那将是弥补他自己缺乏关心的最方便不过的事了。

他们很幸运，赶上米德尔敦夫人在家，约翰爵士也在他们就要结束拜访的时候回来了。双方都讲了许多客套话。约翰爵士见了任何人都马上是熟人，虽然达什伍德先生对马匹似乎不太熟悉，可他很快就认定他是个好心人。米德尔敦夫人从他的时髦外表很快便看出，这是个值得交往的人。达什伍德先生离开的时候认为他们夫妇俩都令人愉快。

"我要回去对范妮讲他们的好话，"他返回的路上对妹妹说，"米德尔敦夫人真是一位最高雅的女子！我肯定范妮很高兴与她结识。还有詹宁斯太太，虽然高雅不及她女儿，但也是一位举止有礼的女人。你嫂嫂即使是去拜访她，也完全用不着顾虑。说实话，她原先的确是有点顾虑的，这也很自然，因为我们知道，詹宁斯太太不过是位寡妇,她丈夫的钱是靠不太体面的生意挣来的。范妮和费拉尔斯太太对此都很有偏见,所以她们认为,不论是她还是她的女儿们,都不是范妮该结交的人。不过,现在我可以把情况告诉她,她们俩都会非常满意的。"

# 第三十四章

约翰·达什伍德太太完全信赖她丈夫的判断,第二天便去拜访了詹宁斯太太和她的女儿。她对丈夫的信赖没错。她发现即使是收小姑们住在家里的詹宁斯太太也并非不值得她结交,而米德尔敦夫人则更让她觉得是一位世界上最迷人的女子。

米德尔敦夫人见了达什伍德太太也同样感到喜悦。两方面都冷漠自私,一样的谈吐乏味,缺乏知识,因而谈起来便有共同语言。

虽然米德尔敦夫人对约翰·达什伍德太太有好感,詹宁斯太太却不喜欢她。老夫人觉得,她不过是个普通小女人,态度傲慢,言辞冷淡,见了自己小姑们一点儿感情都没有,而且几乎一句话都没跟她们说。她光临伯克利街访问时间只有一刻钟,倒有七分半钟沉默不语。

埃莉诺很想知道,爱德华是不是在伦敦,可她没开口询问。至于范妮,什么也休想让她当着小姑的面主动提起他的名字,除非他与默顿小姐的婚事已经敲定，才能告诉小姑，要么就是她丈夫对布兰登上校的期待已经有了结果才能告诉她。她知道埃莉诺和爱德华相互爱慕，所以不论说话还是办事，都得坚决把他们俩分开。然而，她不愿说的这一消息不久便从其他渠道传了过来。露茜很快就来寻求埃莉诺的同情，说是爱德华随达什伍德先生和达什伍德太太到了伦敦，可她却不能跟他会面。她不敢去巴特利特大厦，怕让人察觉，虽然他们俩都急于会面，但目前除了相互通信没别的办法倾诉感情。

爱德华自己来通知他已经到了伦敦，很短时间里就来伯克利街拜访了两次。她们每次都是上午外出办事，回来发现他的名片搁在桌子上。埃莉诺很高兴他来过，更感到高兴的是没见他的面。

达什伍德夫妇为结识米德尔敦夫妇感到特别兴奋，虽然他们没有给人任何东西的习惯，这次却决定请他们来吃饭。他们相识不久，便请米德尔敦夫妇来哈利街赴宴。他们在那里租了一所非常好的宅子，为期三个月。同时，他们的两个妹妹和詹宁斯太太也受到了邀请，约翰·达什伍德十分仔细，把布兰登上校也一并请来，而上校非常高兴陪两位达什伍德小姐去任何地方，虽然稍感意外，却非常乐意接受邀请。他们还要会见费拉尔斯太太，埃莉诺不知道她的两个儿子是不是也会在场，但是既然能见到她本人，埃莉诺就对这次安排非常感兴趣了。埃莉诺现在见她用不着像以前预料的那样不安，现在她可以非常坦然地见她，用不着担心她对自己有什么看法，不过她仍然怀有好奇心，像以前一样想见到这位费拉尔斯太太，看看她是个什么人物。

她满怀兴致地期待着这次聚会，她听说斯蒂尔家两位小姐也要参加，虽然她并不是非常喜悦，可她对这次聚会的兴趣越来越浓。

虽然露茜肯定算不得文雅，她姐姐甚至不能算是有上流教养，但她们对米德尔敦夫人百般献媚，赢得她的欢心，所以，约翰爵士提出邀请她们到康迪特街住一两个星期时，米德尔敦夫人立刻表示赞同。这对两位斯蒂尔小姐也特别有利，因为她们就在来这里的几天前，得知了达什伍德夫妇要请客。

约翰·达什伍德太太能让她们在宴会桌上占有一席之地，并非因为她们的舅舅曾多年照顾她的弟弟，而是由于她们是米德尔敦夫人的客人，她们因此自然受欢迎。露茜长期以来便渴望接触这个家庭，希望亲自观察他们的性格，估计自己未来的困难，并找机会努力取悦他们，收到约翰·达什伍德夫妇的请柬自然感到了少有的快乐。

请柬对埃莉诺产生的效果就完全不一样。她立刻就断定，既然爱德华与母亲住在一起，他们请母亲赴宴自然也会请他。经过这么多事情之后，第一次见面却有露茜在场！她几乎不知道自己是不是受得了！

也许，这些担忧并没有理性判断做基础，而且肯定没有事实根据。然而，后来让她不再担忧的原因并非自己的镇定，而是露茜透露的一个消息。露茜出于好意，告诉她说，爱德华星期二肯定不去哈利街，露茜原以为这消息一定会让她大失所望，甚至还想进一步刺痛她，告诉她说，他是因为对自己的热恋，害怕掩饰不住才不愿出席的。

星期二这个重大的日子到来了，两位年轻的小姐要跟这位可怕的婆婆见面。

"可怜可怜我吧，亲爱的达什伍德小姐！"露茜说。她们一道上楼时，米德尔敦一家紧跟着詹宁斯太太也到了，大家同时顺着仆人的引导进门。"这里除了你没人同情我了。哎哟,我简直要倒下了。天哪!我马上要见到我终生幸福所依的那个人了,她是我未来的婆婆!"

埃莉诺本来想马上让她感到安慰,说她们要见的是默顿小姐的婆婆,而不是她自己的婆婆,可她没这么说,反而极为平静地对露茜说,自己真的很同情她。这话让露茜大为吃惊,她虽然真的感到不舒服,却至少希望激起埃莉诺的切齿忌妒。

费拉尔斯太太是个瘦小的女人,她身子笔直,甚至近乎拘谨,表情严肃,几乎有点乖戾。她的皮肤略带浅棕色,小鼻子小眼,不漂亮自然也不生动,幸而她总是皱着眉头,让表情显出傲慢暴虐的强烈特征,这才避免了平淡。她与普通女人不同,是一个少言寡语的女人,有了想法才会开口。从她嘴里露出的几个字眼,没一个提到达什伍德小姐,她仅仅瞟了埃莉诺一眼,便断定自己无论如何也不会喜欢她。

她这种态度已经不再能引得埃莉诺不快了。如果时间是在几个月之前,这种态度肯定会让她特别伤心,但是现在费拉尔斯太太已经不能惹她难过了。这位太太对斯蒂尔家两位小姐的态度却不同,似乎要借这种差别进一步贬低她,伤她的心,可她只感到滑稽可笑。她只能微笑着旁观,见母女俩对露茜特别亲切。假如她们像她一样知道实情,肯定为此悔恨不已,而她自己相比之下并不会惹恼她们,却受到她们的故意冷遇。她一边对这种措施的恩惠报以微笑,一边不禁想到这种反应皆出自卑鄙和愚蠢。她看着两位斯蒂尔小姐故作殷勤,努力博得人家持续的欢心,心里对这四个人感到说不出的鄙夷。

露茜受到如此礼遇,得意极了。她姐姐斯蒂尔小姐也快乐得要命，就差有人拿戴维斯大夫取笑她了。

筵席丰盛，仆人众多，一切都说明，女主人想要卖弄，男主人花得起钱。尽管诺兰庄园要搞装修要扩建，尽管庄园主一度为了几千镑险些不得不亏本抛售股票，但是没有任何迹象显出他有过所谓的贫困，除了交谈显得贫乏之外，什么方面的贫困都没有。但是这种贫乏却非常明显。约翰·达什伍德自己没说出什么动人的话，他妻子的话就更少了。这倒并没有让他们丢脸，因为几位主要客人也是一个样，大家都努力说些恭维话，取悦别人，遗憾的是大家都缺少起码的知识，要么天生愚钝，要么不学无术，缺少文雅，缺少风趣，没有精神。

女士们饭后退到客厅，这种贫乏就更加明显了，因为先生们曾给谈话注入一些花样，他们谈论政治、圈地、驯马，但是这些话题已经谈完了，只有一个话题让女士们一直谈到端上咖啡，那就是比较两个孩子的身高，一个是哈利·达什伍德，另一个是米德尔敦夫人的次子威廉，而这两个孩子的身高几乎一样。

如果两个孩子都在场，立刻量量身高，这事就没得说了，可在场的只有哈利，两方便只能凭空想象，每个人都有权坚持自己的意见，于是说了一遍又一遍，一再重复个没完。

两方的成员如下：

两位母亲，虽然各自都相信自己的儿子个头高些，却都礼貌地说对方的儿子高。

两位外婆，没一个不是偏心眼儿，不过却更加当真，都热情地说自己的外孙个头高。

露茜两方都想讨好，认为以两个孩子的年龄论，都高其他孩子一截，至于这两个孩子，他们简直难分高下。斯蒂尔小姐的话更漂亮,也说得更快,她说两个孩子一般高。

埃莉诺说威洛比个头高,这话开罪了费拉尔斯太太,更伤害了范妮。她觉得没必要再坚持下去。人们问到玛丽安时,她说没想过这事,结果把两方都得罪了。

迁出诺兰庄园之前,埃莉诺曾为嫂嫂画过一对非常漂亮的画屏,这时正好装框送回家,摆在客厅里做装饰,约翰·达什伍德跟着其他几位先生进屋时,画屏吸引了他的目光,他连忙殷勤地递给布兰登上校,请他观赏。

"这是我大妹妹画的,"他说,"你是位有鉴赏力的先生,我敢说,看了准会感到愉快。我不知道你以前见过她的画作没有,大家都认为她画得特别好。"

上校虽然否认自己有什么鉴赏力,却热烈地赞扬这对画屏,凡是达什伍德小姐作的画,他一概赞不绝口。大家的好奇心被他激起来了,于是纷纷传递欣赏。费拉尔斯太太不知道是埃莉诺的杰作,也特意要看看,米德尔敦夫人看过后表示了赞许,范妮便将画屏递给母亲,同时特意告诉她说,是出自达什伍德小姐之手。

"哼,"费拉尔斯太太说,"很漂亮。"她看也没看就递回女儿手中。

也许范妮一时觉得母亲有点儿太粗鲁,脸稍稍有点儿发红,连忙说:

"妈妈,很好看的,是不是?"这话一出口,她又怕有点过分,反倒不礼貌,连忙补充道:

"妈妈,你看是不是跟默顿小姐的绘画风格有点儿像?她画的东西的确可爱极了!她最后那幅风景画多漂亮啊!"

"的确漂亮!她什么事干得不漂亮呢?"

玛丽安受不了啦。她已经对费拉尔斯太太极为不满,对另一个人这么不合时宜的夸奖,却贬低埃莉诺,她根本不了解其中的原因,立刻怒气冲冲地脱口而出:

"这种夸奖真是奇怪极了!默顿小姐跟我们有什么关系?谁了解她,谁在乎她?我们现在想的是埃莉诺,说的也是她。"

她嘴里这么说着,伸手从嫂嫂手里拿过画屏,自己像模像样地观赏起来。

费拉尔斯太太显得极为生气,更加挺直了腰板,说了这么句尖刻的话抨击她:"默顿小姐是默顿爵士的女儿。"

范妮也显得非常生气,她丈夫却被他妹妹的大胆吓呆了。玛丽安的热情比她说的话更让埃莉诺难过。但是布兰登上校的眼睛只盯着看玛丽安,只看到她的亲切善良,看到她对姐姐的爱心,看得出她不能容忍姐姐受到一点儿轻视。

玛丽安的心情并没有因此平静下来。费拉尔斯太太对姐姐的冷酷,让她看在眼里,她看出这预示着埃莉诺未来将面临怎样的重重阻碍和无尽的苦恼。她自己感同身受,不禁感到毛骨悚然,过了一会儿她走到姐姐椅子旁边,一阵激动让她情不自禁地搂着姐姐的脖子,脸贴在姐姐的脸上,压低声音热烈地说:

"亲爱的,亲爱的埃莉诺,别理会这些,别为这事难过。"

她心里一阵激动,把脸埋在姐姐肩膀里哭出了声。大家的注意全都转移过来,几乎人人都表示关心。布兰登上校站起身,不知不觉走到她们身边。詹宁斯太太同情地说了句"啊!可怜的孩子。"立刻把自己的嗅盐瓶子递给她,约翰爵士对造成这种痛苦的那个人深恶痛绝,立刻换了个座位,靠到露茜·斯蒂尔旁边,压低声音简要地告诉她那桩骇人听闻的事情。

不过，几分钟后，玛丽安便镇定下来，止住了这场忙乱，跟其他人坐在了一起。不过，刚才发生的事情让她整个晚上的情绪都受到了影响。

"可怜的玛丽安！"她哥哥一得到机会，便低声对布兰登上校说，"她身体不及姐姐那么好——她非常容易激动——没有埃莉诺那样的体质——一位年轻女子失去昔日的美貌可真是桩让人难受的事。也许你没想过，可玛丽安几个月前还差不多像埃莉诺一样漂亮，可现在你看，她的美貌全消退了。"

# 第三十五章

埃莉诺满足了想见费拉尔斯太太的好奇心,从她身上看得出,两个家庭的关系根本没指望有什么改善。她看够了这位夫人的傲慢卑鄙和对自己已经定型的偏见,心里十分清楚,即便爱德华在其他方面是自由的,她与他的婚约也必将困难重重,未来的婚事难免长期拖延。由于一个更大的障碍,使她心里为自己感到十分庆幸,因为她用不着受到费拉尔斯太太的刁难,自己的命运也不必受她反复无常的乖戾所摆布,也不必想方设法讨好她。即使她不会因为爱德华让露茜缠住不放感到欣喜,至少她能肯定,如果露茜比较可爱,自己会感到高兴。

露茜因为费拉尔斯太太对她客气,就欣喜若狂,这让埃莉诺感到十分奇怪。难道她受到利欲和虚荣的蒙蔽,竟然看不出,她受到礼遇仅仅因为她不是埃莉诺而已,她显得受宠若惊,或者自以为那是对她的偏爱,可这只不过是因为她的真实情况并没有败露而已。

当时露茜的眼睛已经流露出得意，而且第二天上午她便更加露骨了。在她的特意要求下，米德尔敦夫人让她在伯克利街下车，她希望见到埃莉诺独自在家，要把自己心中的惬意讲给她听。

机会也真巧，她刚到不久，帕尔默太太就送来口信，把詹宁斯太太请走了。

"我亲爱的朋友，"两人单独在一起后，露茜马上嚷道，"我来这里为的是告诉你我感到多么幸福。昨天费拉尔斯太太对我那么礼遇，还有什么比这更荣幸吗？她的和蔼可亲真是无与伦比！你知道我原来多怕见她，可人们一介绍，她就对我那么和蔼可亲，简直像是在公开说，她早已喜欢我了。难道不是吗？你全看见了，觉得吃惊吧？"

"她对你的确非常客气。"

"客气！你除了客气就没看出别的？我可看到了很多其他东西。那样的好意，没给别人，只给了我！没有傲慢，没有骄横，你嫂嫂也是一样，特别亲切和蔼！"

埃莉诺想谈点儿别的事情，可露茜还是逼着她承认，自己有理由感到幸福，埃莉诺不得不顺着她的话题谈下去。

"毫无疑问，如果她们得知你们的婚约，"她说，"要是还能这样对待你，那就再荣幸不过了，不过因为事情不是这样……"

"我料到你会这么说的，"露茜马上说，"不过，如果费拉尔斯太太不喜欢我，她根本没必要显出喜欢我的样子呀，她喜欢我就是最重要的事情。你的话不会减少我的满意。我肯定最终会如意的，我以前想过的困难全都不会有了。费拉尔斯是个迷人的女人，你嫂嫂也一样。她们俩都令人愉快，我说的是真心话！我觉得奇怪，以前怎么没听你说过达什伍德太太这么喜人！"

听了这话，埃莉诺没什么话好说，也不想回答。

"你不舒服吗，达什伍德小姐？你的情绪不佳，你不说话，肯定不舒服吧。"

"我从来没这么好过。"

"那我真心感到高兴，可你看上去不是这样。要是你生了病，我会难过的。你从来是我最大的安慰！天知道，要是没有你的友谊，我该怎么办呢……"

埃莉诺尽量说句客气话，可她自己也不知道是不是得体。可露茜听了却感到非常满意，她马上回答道：

"我完全相信你对我的关心，除了爱德华的爱情之外，这是我最大的安慰了。可怜的爱德华！现在还有一桩喜事，我们能相见了，而且能常常见面，因为米德尔敦夫人十分喜欢达什伍德太太，所以我们要常去哈利街。我敢说，爱德华有一半时间待在他姐姐家……再说，米德尔敦夫人和费拉尔斯太太也要去拜访……费拉尔斯太太和你嫂嫂真好，她们不止一次说过，任何时候都高兴见我。她们真是迷人的女人！我能肯定，要是你告诉你嫂嫂我对她的看法，你就是说什么好话都不会过头。"

但是埃莉诺不愿让她产生这种念头，让她以为自己会在嫂嫂面前说她什么好话。露茜接着说：

"我能肯定，要是费拉尔斯太太不喜欢我，我马上就能看出来。要是她只对我表示一下礼貌，点一点头，一句话也不说，以后再也不给我好眼色，要是我受到那样的冷遇，我准会死了心，再也不存什么希望了。你准知道我的意思。要是那样我可受不了。因为她要是不喜欢谁，我知道就完了。"

埃莉诺没来得及对这种得意扬扬的客气话作答，因为这时门开了，用人通报费拉尔斯先生到，爱德华马上就进了门。

这是个非常难堪的时刻，每个人脸上都显出窘态，大家都显得极为尴尬，爱德华似乎刚进门就想马上溜出去。这种不愉快的情景是他们从来都极力避免的，可现在却落到了他们头上。更糟的是，他们不仅三方对面，而且没有旁人在场解围。两位小姐最先恢复了镇定。露茜觉得不该由自己先打破僵局，因为表面上她必须继续保守两人的秘密。因此她只是表情里含情脉脉，打了个招呼就没再说什么。

但是埃莉诺不得不做许多事情，为了他和她自己，她必须把事情处理得不露蛛丝马迹。所以，稍稍镇定片刻后，她便对他表示欢迎，表情和态度基本上从容开朗，她刻意做了一点儿努力，便更加从容了。她不能因为露茜在场，或者自己受点儿委屈，就不敢说见了他感到很高兴，她表示道歉，因为他来过伯克利两次，自己都不巧出门在外。他本来是她的朋友，也还算得上是位亲戚，理应受到热情接待，她不会让露茜紧盯不放的目光吓住。虽然她很快就意识到那双眼睛在死死盯着她，可她照样向他热情致意。

她的态度让爱德华恢复了一点儿自信，他终于有了足够的勇气坐下来。可他仍然是一脸的窘态，远不及两位小姐镇定。虽然男人们很少像他这样的，可他的心既不像露茜那样满不在乎，又不像埃莉诺那样心安理得。

露茜的态度一本正经，好像打定主意不帮别人的忙，不让他们心情愉快。她一句话也不说，因此差不多每一句话都是埃莉诺说的。她主动介绍母亲的健康情况，说了她们是怎么来到伦敦的，还说了诸如此类的其他事情。这些事情本来该由爱德华询问的，可他什么也没问。

她为他们做的事情还不止于此,过了一会儿,一种超凡的毅力在她心中升起,便决定去找玛丽安,把他们两人单独留在一起。她果真这样做了,而且态度十分大方得体。她态度高尚地离开他们,在楼梯平台上徘徊了几分钟,然后才去找妹妹。然而,这么一来,爱德华的喜悦就此告终了。玛丽安立刻欢天喜地冲进客厅,她见到他后的喜悦就像她的各种感情一样强烈,感情本身很强烈,表达得也十分热情。她一见到他便向他伸出手让他握,说话的语气中表达出一个妹妹的爱。

"亲爱的爱德华!"她喊道,"这真是个最幸福的时刻!真能让一切不快都烟消云散。"

爱德华真想恰如其分地回报她的热诚,但是在这种场合,他连自己真实感情的一半也不敢表达出来。大家再次坐下,一时有点儿冷场。玛丽安一双会说话的眼睛时而温情地望着爱德华,时而望着埃莉诺,为露茜不合时宜待在这里妨碍他们的愉快而感到遗憾。爱德华先打破了沉默,说他注意到玛丽安的模样显得有点变了,恐怕她不适宜住在伦敦。

"噢,别为我操心!"她的回答又热心又生气勃勃,不过她说话的时候眼眶里滚动着泪花,"别替我的身体操心。你看,埃莉诺身体很好。这对我们俩就足够了。"

她说这话并不是想要爱德华或者埃莉诺感到轻松,也不打算博得露茜的好感。露茜望着玛丽安,眼神显得并不十分和蔼。

"你喜欢伦敦吗?"爱德华问道,他想随便找个其他话题。

"一点儿也不喜欢。本以为有许多乐趣,可什么也没有。只有见到你,爱德华,才是这里唯一让我高兴的事,谢天谢地!你还是老样子!"

她打住话头,谁也没接着说下去。

"我看,埃莉诺,"她马上补充说,"我们回巴顿的时候,一定要让爱德华送我们,一路照顾我们。我看一两个礼拜后我们就要走了。我相信爱德华不会反对这份差事吧。"

可怜的爱德华喃喃说了点儿什么,可谁也没听明白,就连他自己也不清楚。玛丽安见了他那副烦躁不安的模样,便按照自己的想法去理解,感到十分满意,很快便谈起了其他事情。

"爱德华,昨天我们在哈利街度过那么个日子!那么乏味,乏味死了!这事我还有许多话要对你说呢,可我现在不能说。"

她没有马上说出他们共同的亲戚比过去更加讨厌,也没讲出尤其对他母亲感到厌恶,她要等到单独在一起的时候才会对他说,这份谨慎可真令人钦佩。

"可你当时怎么没在呢,爱德华?你为什么不去?"

"我在别处有约会。"

"有约会!有这么多朋友要见,其他约会有什么要紧的?"

"玛丽安小姐,"露茜大声说,她急于报复她一下,"也许你认为年轻人定了约会,不管重要不重要,只要不愿意就可以不遵守。"

埃莉诺非常气愤,可玛丽安似乎完全没感到她话中带刺,只是平静地回答道:

"当然不是,说正经话,我能肯定,爱德华没去哈利街,只是出于好心。我真的相信他有一副最体贴人的好心肠。不论约会多么微不足道,也不论他多不感兴趣,他从来不会爽约。他最怕伤人的心,最怕让人失望,他是我认识的人中间最不自私的。爱德华就是这样,我不能不说。什么!你听不得人赞扬!那你就不是我的朋友了,你知道,凡是我热爱尊敬的人,都得接受我的公开赞扬。"

然而,在目前的情况下,她这番赞扬的性质让三分之二的听众感到不合时宜,爱德华听着尤其非常不舒服,他很快便起身要走。

"这就走!"玛丽安说,"我亲爱的爱德华,这可不成。"

她把他稍稍拉到一边,压低声音说,露茜待不了多久的。可这话也不管用,他还是要走。就是他这次拜访待上两个钟头,露茜也不会先走的。他走后不久,露茜也走了。

"露茜为什么常常来这儿?"玛丽安在她走后问道,"难道她看不出我们想要她走!真惹爱德华讨厌!"

"为什么?因为我们都是他的朋友,而露茜比我们认识他的时间更长。他自然想见她,就像他想见我们一样。"

玛丽安盯住她说:"埃莉诺,你知道这种话我可受不了。我看你一定是想听人反驳,可我不上你的当。我才不会说那种没用的废话呢。"

她说完就离开屋子,埃莉诺不敢追上去跟她多说。她答应露茜保守秘密,就得守约,不能靠泄露秘密来说服玛丽安,虽然妹妹的误解让她感到痛苦,可她只得继续承受下去。她只希望爱德华不要经常听到玛丽安因为误解而热情奔放的话,让他和她自己都感到难堪,也不至于重复这次会面带给他们的其他痛苦,她有许多理由认为,会有这些痛苦的。

# 第三十六章

这次会面后没几天,报纸便公布说托马斯·帕尔默先生的夫人为他生下一个儿子,产后母子平安。这是一条令人非常关心的消息,也非常令人满意,早已得知消息的家人亲戚更感到满意。

这是詹宁斯太太的大喜事,她的日常时间安排发生了变化,也对她年轻朋友们的交际活动产生相同程度的影响,她希望尽量陪着夏洛特,每天早上一穿戴好便离开家,直到晚上很晚才回来。两位达什伍德小姐在米德尔敦一家的特意邀请下,整天从早到晚都在康迪特街度过。如果为了自己的方便,她们宁愿待在詹宁斯太太家,至少想整个上午待在家里,但这种事不能违背大家的意愿。她们便只好陪着米德尔敦夫人和两位斯蒂尔小姐打发时光。其实那几位女士并不很重视她们,邀请也只是口头上敷衍罢了。

她们的知识过于丰富,不适于做米德尔敦夫人的伴侣,而两位斯蒂尔小姐则以忌妒的眼光看待她们,认为她们闯进自己的领地,瓜分了自己希望独自占有的善意。虽然米德尔敦夫人对埃莉诺和玛丽安的态度非常礼貌得体，可她绝对不是真心喜欢她们，因为她们既不奉承她本人，也不夸奖她的孩子们，因而她不能相信她们心怀好意。她们还喜欢读书，因此她便以为她们爱挖苦人，她也许并不知道挖苦的准确含义，可那并不重要，反正是平常使用的责难字眼，脱口就说得出来。

有她们俩在场，米德尔敦夫人和露茜都感到拘束。她不能过于懒散，而露茜的事情也不好太露骨。米德尔敦夫人不好意思当着她们的面显得无所事事，露茜在其他时间得心应手的殷勤奉承伎俩也不好当着她们的面搞，怕遭到她们的鄙视。当着她们两姐妹，斯蒂尔小姐是三位女士中最不怕难为情的，其实，她们本来能让她更加随便些。假如达什伍德姐妹俩有一位将玛丽安与威洛比先生间的事完整详细地讲给她听，她会认为是一种报偿，虽然由于她们的到来，饭后不得不把壁炉前最好的位置让给她们，可她也会认为这是值得的。但她并没有如愿。她尽管时常向埃莉诺流露出对她妹妹的怜悯，也不止一次当着玛丽安的面随意说上句谴责情人负心之类的话，但是没有产生什么效果，只得到那位姐姐的冷漠和妹妹的厌恶。如果姐妹俩稍加努力，就能让她成为自己的朋友。她们只消拿大夫取笑她就行了！但是她们跟其他两位一样都无意帮她满足这个愿望，所以，如果约翰爵士不在家里吃饭，她除了自寻开心之外，一整天都听不到拿这事取笑她的话。

不过，詹宁斯太太对这些忌妒和不满丝毫没有察觉，她以为这些姑娘们聚在一起是桩美事，所以每天晚上都要向她年轻的朋友们道贺，为这么长时间用不着跟一个愚蠢的老太婆待在一起替她们感到高兴。她有时也去约翰爵士家跟她们聚聚，有时把她们邀请到家里来，不论是在什么地方，她总是兴高采烈，精神勃勃，自以为夏洛特身体恢复得很好是自己悉心照顾的功劳。她随时愿意详细讲述女儿的状况，只有斯蒂尔小姐有足够的好奇心愿意听这些话。不过，有一桩事倒是让她感到担忧，她于是每天都唠叨这事。帕尔默先生像所有男人一样，认为每个婴儿长得全都一样，这话简直不像出自一位父亲之口。虽然她有时觉得孩子长得像父亲，有时又觉得像母亲，可他父亲硬是不信，她也无法让他相信这孩子跟任何同龄婴儿长得都不一样。他甚至不愿承认自己的孩子是世界上最漂亮的娃娃。

现在我该叙述降临在约翰·达什伍德太太头上的一桩祸事了。就在她的两位小姑陪詹宁斯太太第一次上哈利街拜访她的时候，她的另一位熟人碰巧也去拜访——本来这事本身不会带给她什么灾祸。但是，别人的想象歪曲了真相，对活动产生错误看法，而且抓住表面的一鳞半爪就做出结论，人在一定程度上就要靠命运的摆布了。当时的情况便是个例子。最后光临的那位夫人任凭自己的想象超越事实与可能，仅仅听到达什伍德小姐们的名字，认为她们是达什伍德先生的妹妹，便立刻做出结论，想当然地断定她们住在哈利街。由于这种误解，她一两天后送来了请柬，邀请她们和她们的兄嫂出席在自己家举行的小型音乐会。结果让约翰·达什伍德太太感到十分不便，她极其不快，不但需要打发马车接两位达什伍德小姐，更糟的是还得强装出对她们亲热的样子。谁说得准，她们是不是因此期待着以后还要陪她出门？不错，拒绝权把握在她手里。但这并不够，因为人们一旦对某种行为方式打定了主意，尽管明知不对，要想逼他们改变，他们总是觉得难过。

玛丽安这时已经逐渐习惯了每天都出去参加交际活动，结果这些活动让她感到淡漠，觉得出去或不出去都无所谓，她心情忧郁，动作机械，为每天晚上的活动平静地做准备，并不指望会享受到什么乐趣，常常直到最后一刻还不知道人家要带她上哪儿去。

她对衣着和外表渐渐变得完全不在意，梳妆打扮过程中，她心不在焉，甚至不及事后与斯蒂尔小姐在一起的最初五分钟更让她专注。什么都逃不过斯蒂尔小姐过细的关注和全面的好奇。她什么都能注意到，什么都要问个明白，不问出玛丽安每一种服饰的具体价格绝不罢休。她猜得出玛丽安有多少套礼服，甚至比玛丽安自己还清楚。而且她恐怕还希望在她们分手前搞清楚，玛丽安每周要花费多少用来洗衣服，每年为自己要花费多少开销。在这种无礼审查之后，她总是以一句恭维话画上句号，这种话的本意虽然是为了表示亲近，可玛丽安却认为无礼之极。因为她每次鉴别过玛丽安的服装价值及其出自何人之手，审查过她的鞋子的颜色，研究过她的发式，最后总要说上句："我敢担保，你的模样美极了，肯定能征服许多男人。"

那次出门前，她也是听了这句奉承话后才被放过，出门上了哥哥的马车，马车已经在门外等候了五分钟之久，嫂嫂对她们如此守时实在不能满意，已经提前去了熟人家，在那里暗自希望她们耽搁时间，既让她自己为难也让车夫着急。

晚会的节目并不非常引人瞩目。就像其他音乐晚会一样，其中有许多真正有音乐品位的人，更多的人则对音乐一窍不通。按照演奏者们和他们亲密的朋友们的评价，他们向来是英格兰第一流的演奏家。

埃莉诺不爱好音乐，也不装作喜爱的样子。她的目光随意离开钢琴，也并不在意眼前的竖琴和大提琴，她到处张望，观看屋子里让自己喜欢的任何东西。她就这样四处顾盼，有一次，她从一群年轻人中间看到一个男人,她辨认出,正是在格雷珠宝店见过的那个人,这人曾给她们上过一课,让她们知道该如何定做牙签盒。此后,她发觉这人正在盯着她看,还跟她哥哥亲热地交谈。她刚刚打定主意,要弄清楚这人叫什么名字,这时他们俩一道朝她走来,达什伍德先生向她介绍说,这是罗伯特·费拉尔斯先生。

他态度随便地向她致意,脑袋向旁边一扭就算是鞠躬。这就像听到露茜原来用语言描绘的一样,让她看出他完全是个花花公子。如果露茜爱慕爱德华主要是因为看中了他家人的优点,而不是他本人的品格,那该多幸运哇!要是那样的话,他母亲和姐姐的坏脾气开的头,就能让他弟弟这一鞠躬画上个句号了。她对这弟兄俩的差异感到奇怪,却并没有因为这一位的空虚自大而对那一位的充实谦逊失去好感。他们为何如此不同?罗伯特在一刻钟的交谈中亲自做了解释,他说起自己的哥哥,为他特别不善交际感到惋惜,他认为这是哥哥不能融入上流社会的真正原因,他公正坦诚地认为,这并非哥哥的天生缺陷,而是因为哥哥不幸上过私塾的缘故,而他自己虽然并没有什么突出的地方,天生也没什么特别优越之处,仅仅因为上的是公立学校,所以能像其他人一样融入社会。

"我敢说,"他补充说,"我相信没有其他原因,所以我母亲为此伤心时,我常常对她说,'我亲爱的夫人,'我总是这样称呼她,'你必须想开点。这种错误是不可挽救的,结果完全是你自己造成的。你干吗要听信叔叔罗伯特爵士的话,却不自己拿主意,硬逼着爱德华上私塾,要是你像对待我一样送他去威斯敏斯特公学,而不是送他去普拉特先生那里,这一切不就完全避免了吗?'这是我对这事的一贯看法,我母亲也完全相信是她自己的过错了。"

埃莉诺不愿反驳他的看法,因为,不论她对公立学校的优点有怎样的看法,一想到爱德华住在普拉特先生家,她便感到说不出的难过。

"我想,你是住在德文郡,"他接着说,"在道里什附近的一座别墅中。"

埃莉诺纠正了他所说的别墅位置。他好像为德文郡不在道里什附近感到吃惊。不过他对她们住的那种房子热情赞扬了一番。

"我本人就特别喜欢别墅,"他说,"住在别墅总是那么舒适,周围又那么雅致。要是我有多余的钱,就会买一小片土地,在距离伦敦不远的地方自己建一座别墅,想什么时候去,就自己驾着马车去,找几个朋友一块去作乐。凡是打算盖房子的人,我都劝他盖一座别墅。有一天,我的朋友科特兰德爵爷来找我,专门来征询我的意见,在我面前摆出三种波诺米的设计方案,要我挑选一种最好的。'我亲爱的科特兰德,'我立刻把那三种方案都丢进炉火中,对他说,'哪样也别选,千万要建座别墅。'照我看,他最后准是选定了别墅。

"有人以为别墅里不够大,没地方住,这完全是误解。上个月我就到我的朋友艾略特家待过,是在达特福德附近。艾略特夫人打算举办舞会。'可我们该怎么办呢?'她说,'我亲爱的费拉尔斯,一定要请你出出主意。这别墅连十对舞伴都容不下,晚餐又该在哪儿举行?'我立刻就发现这根本不是什么难事,就对她说,'我亲爱的艾略特夫人,别担心。餐厅容纳十八对舞伴也很宽裕,牌桌可以摆在客厅里,书房可以敞开变成吃茶点和小吃的房间,晚饭可以在大厅里吃。'艾略特夫人听了我的想法十分喜悦。我们量了量餐厅,发现正好能容纳十八对舞伴,后来那场舞会就完全按照我的计划举办。所以嘛,只要人们懂得安排,在别墅里一样能享受各种舒适，与最宽敞的住宅里没什么两样。"

埃莉诺表示完全赞同，因为她认为不值得据理反驳，那样做反而是对他的恭维。

约翰·达什伍德像他大妹妹一样，也不喜欢音乐，所以他也同样在想着心事，考虑着其他事情，当晚他的脑子里忽然闪过一个念头，回家后告诉妻子，征求她的同意。他想起丹尼森太太误以为他妹妹待在他家里做客，便觉得由于詹宁斯太太有事不在家，真的把妹妹们接过来住比较得体。至于花销，那简直算不得什么，也没有多少不便，他细致的良心让他感到，这是他完成对父亲所做承诺必不可少的一种关照。范妮听了他的建议大吃一惊。

"我看，这么做免不了会得罪米德尔敦夫人，"她说，"因为她们每天都陪着她，要不是那样的话，我倒非常乐意照办。你知道我从来愿意尽力照顾她们，今晚就是我带她们出去的。不过她们是米德尔敦夫人的客人。我怎么能要求她们离开她呢？"

她丈夫态度非常谦恭，却没看出她的反对有多么强烈。"她们已经在康迪特街待了一个星期，米德尔敦夫人放她们在自己亲人家住同样长的日子不会不高兴的。"

范妮沉默片刻，接着又劲头十足地说：

"我亲爱的，要是我能接她们来，肯定会全心全意邀请她们。可我刚刚打定了主意，要请两位斯蒂尔小姐来陪我们待几天的。她们举止得体，是两个好姑娘。我觉得应该款待她们，因为她们的舅舅原来悉心照顾过爱德华。我们再过几年请你妹妹们来不迟。而两位斯蒂尔小姐以后再也不会来伦敦了。我能肯定你会喜欢她们的，其实你已经喜欢她们了，我母亲也喜欢她们，有她们跟哈利在一起多好！"

达什伍德先生被说服了。他终于明白需要立即邀请斯蒂尔小姐们，由于决定以后几年再请他妹妹来住，他的良心也平静了下来。不过，与此同时他不禁产生了一个狡猾的念头，觉得再过一年就用不着请妹妹们来了，因为到时候埃莉诺就是布兰登上校的妻子，玛丽安会上姐姐家做客的。

范妮为自己摆脱出来感到庆幸，也为自己随机应变的机智而得意。她第二天早上写信给露茜，向她和她姐姐发出邀请，说一旦米德尔敦夫人同意她们离开，欢迎她们来哈利街家里作几天客。这个邀请让露茜有理由感到真心的快活。达什伍德太太看来真的在亲自为她操劳，让她心怀希望，还促成她的心愿！跟爱德华和他的家人待在一起的机会是她实质性的利益所在，这样的邀请正是她求之不得的！这样的有利条件她怎样感激也不觉得过分，再快利用也不觉得过早。在米德尔敦夫人家做客原本没说定多长时间，可现在她立刻发现，本来的意图不过是待两天就走的。

请帖送到后不出十分钟，她便拿给埃莉诺看。埃莉诺这才第一次与露茜产生了同感，因为嫂嫂跟她相识时间这么短，便向露茜表示出如此非同寻常的善意，这似乎不仅仅是故作姿态表示对她自己的恶意，似乎还宣告了对露茜的特殊偏爱。时间长了，加上露茜的甜言蜜语，或许露茜能如愿以偿。她的奉承已经征服了高傲的米德尔敦夫人，也打开了约翰·达什伍德太太紧锁的心。这些都对更大的可能性敞开了大门。

两位斯蒂尔小姐搬到哈利街以后，埃莉诺听到她们的情况让她加强了对未来的期望。约翰爵士不止一次去拜访过，回来后对大家说她们在那里非常得宠，人人听了都觉得惊讶。达什伍德太太一辈子从来没像对待她们那样喜欢过其他年轻女子，还送给她们每人一个移民制作的针线盒。她以教名亲切称呼露茜，简直觉得离不开她了。

# 第三十七章

两个礼拜以后,帕尔默太太的身体好多了,她母亲便觉得不需要整天陪着她,每天去探望一两次也就放心了。于是,她结束了那段忙碌,回到自己家,恢复了自己的习惯,还发现达什伍德姐妹俩也非常高兴恢复跟她在一起的生活。

她们在伯克利街重新开始这样生活后的第三四天,詹宁斯太太照例看望帕尔默太太回来,走进客厅时,见埃莉诺独自坐在那里,便露出煞有介事般的匆忙神色,仿佛要告诉她什么了不起的大事,刚刚让她心里有了这种准备,便连忙开口讲述:

"天哪!我亲爱的达什伍德小姐!你听说了吗?"

"没有,夫人。什么事啊?"

"这事可真是太奇怪了!我整个给你讲一遍吧。我到了帕尔默家,见夏洛特为孩子大惊小怪的,说是孩子肯定生病了——孩子又是哭,又是闹,浑身长满了小疙瘩。我赶紧看孩子,说:'天哪！我亲爱的，'我说，'根本没什么大不了的，不过是些疹子罢了。'保姆也是这么说的。可夏洛特还是不放心，所以就去请多纳万先生，幸好他刚从哈利街回来，所以直接就来了，他看过孩子后，说的跟我们一样，根本不是什么了不得的事，只是些红疹子罢了。夏洛特这才放下心来。他正打算走呢，我脑袋里突然想起个事，我真的不知道怎么会想起这种事，不过当时我忽然有了个念头，问他听到什么消息没有。听我这么一问，他装模作样地笑了笑，露出一本正经的模样，好像知道什么事似的，最后，他压低声音说：'这种糟糕消息传到你照顾的两位小姐耳朵里，我恐怕她们会替嫂子的身体担忧，可我想还是告诉你的好，因为我看没什么值得惊慌的。我希望达什伍德太太会好的。'"

"什么！范妮生病了？"

"我亲爱的，我当时也是这么问的。我说：'天哪！达什伍德太太生病了吗？'接着他就把事情都讲出来了。长话短说吧，我听到的事情大概是这样的：说的是爱德华·费拉尔斯先生，就是我以前开你的玩笑说的那个人，不过我很高兴事情不是那样的，我为此别提有多高兴了。好像是说，爱德华·费拉尔斯先生一年前跟我这个远房亲戚露茜订了婚！这事我只告诉过你一个人，我亲爱的！除了南希以外，没一个人知道这事！你能相信会有这种事情吗？他们相互爱慕倒没什么值得大惊小怪的，奇怪的是他们有了这种关系，却没一个人起过疑心！这可太奇怪了！我从来没见他们在一起过，要不然我马上就能发现。他们就这么严守秘密，害怕费拉尔斯太太知道，结果她和你哥哥嫂嫂对这事丝毫没有起过疑心。可今天上午，可怜的南希，你知道她心肠很好，可心里藏不住事儿，今天上午一股脑儿全说出来了。她自己想，'天哪！他们这么喜欢露茜，肯定没什么问题的。'就这样,她去找你嫂子。你嫂子当时正独自织毯子,丝毫没怀疑她要说什么,因为她五分钟前刚刚对你哥哥说过,要给爱德华做媒,女家是一位什么爵士的女儿,我忘记那位爵士的名字了。你想象得出那对她的虚荣心和高傲派头是多大的打击。她立刻歇斯底里大发作。你哥哥当时正坐在楼下的更衣间,打算给乡下的管家写信,听到惊呼呐喊声,连忙快步跑上楼,他看到一幕可怕的景象。露茜这时也正好朝她们走过去,根本没料到会发生这种事。可怜的孩子!我真可怜她。我不能不说出,我觉得这事对她太残酷了,因为你嫂子疯了似地骂人,没过片刻就把她骂得昏死过去。南希跪在地上哭得死去活来,你哥哥在屋子里走来走去,说是不知道这事该怎么办了。达什伍德太太声称,不准她们在宅子里多待一分钟,结果闹得你哥哥也向她下跪了,劝她准许她们收拾起衣服再走。紧接着,你嫂子再次歇斯底里大发作,他吓坏了,连忙打发人去找多纳万先生,多纳万先生去的时候,正巧他们宅子里乱作一团。马车停在门外,准备接走我那两位可怜的亲戚,他离开的时候,正好看见她们登上马车。他说,可怜的露茜几乎不能自己走路,样子很可怜。南希的情况差不多也是一个样。我要说,你嫂子这个人真让人受不了。我真心希望他们别理睬她,自己结婚好了。天哪!可怜的爱德华先生听了这事会多么难受啊!这样轻蔑对待他爱的人!据说,他爱她爱得要命。要是他听了这事大动起肝火,我一点儿都不会奇怪的。多纳万先生也是这么想的。他和我为这事谈了很多,最妙的是,他还得返回哈利街,等费拉尔斯太太得知此事后,他可以随叫随到。据说,我那两位表亲离开宅子以后,你嫂子就打发人去接她,你嫂子能肯定,她听了也准会歇斯底里发作。让她去发作吧,我才不在乎呢。我才不同情她们俩呢。真想不出,有人会为钱和地位这么胡闹。爱德华先生跟露茜没理由不结婚,我相信费拉尔斯太太有能力好好照顾她的儿子,虽然露茜差不多什么都没有,可她比谁都懂得应付各种事情。我敢说,只要费拉尔斯太太一年给他五百镑,她会过得就像有八百镑的人一样体面。天哪!他们也许会住在像你们一样的别墅里,或许稍稍大一点儿,过得舒舒服服,雇两个女佣,两个男佣。我想我能替他们找个女仆,因为我在贝蒂有个姐姐没事做,正好适合他们。"

詹宁斯太太说到这里住了嘴,埃莉诺这才得了空整理一下思路,好做出个得体的回答,这桩事自然需要她做点儿评论。她很高兴没人疑心她对这事特别感兴趣,詹宁斯太太已经不再想象她与爱德华有什么关系了(可她近来常常希望是这种情况)。最让她高兴的是,玛丽安不在跟前,她可以随意谈论这桩事而用不着感到为难。她相信可以对有关各方的行为做出不偏不倚的评价。

她很难说得准自己希望这事有怎样的结局。不过她最后还是努力撇开了爱德华或许不该娶露茜的念头。至于费拉尔斯太太会怎么说怎么做,都根本用不着猜,可她还是很想知道,她更渴望了解爱德华本人会做出怎样的反应。她对他本人怀着深深的同情,对露茜却没有多少怜悯,就是那仅有的一点点怜悯也是搜索枯肠才找到的,至于其他人,她压根儿就不同情。

因为詹宁斯太太一开口就必然谈论这个话题,所以埃莉诺很快便明白,必须让玛丽安心里有所准备。必须让她了解真相,而且刻不容缓,这样她才能在听到别人谈论时不至于显出为姐姐感到难过的样子,也不至于因此怨恨爱德华。

埃莉诺面临的是一项痛苦的任务。她相信爱德华对妹妹的心灵本来是个极大的安慰,可她现在要让妹妹失望,要把关于爱德华的种种事情告诉妹妹，毁掉他在妹妹心中的种种良好印象。两人的类似处境会让想象力丰富的玛丽安再次感到自己失意的痛苦。虽然这项任务让埃莉诺非常不快，但她还是必须去完成，而且事不宜迟。

她绝对不愿详细讲述自己的感情，也不愿显得痛苦无比，她从最初得知爱德华的婚约以来，一直能控制自己，她希望自己的举止能暗示玛丽安该怎么对待此事。她的讲述简单清楚，虽然不能完全不带感情，却没有强烈的感情波动，也没有悲伤哭泣。倒是玛丽安听了这番话又惊恐又气愤，大哭不止。埃莉诺反倒为了自己的悲伤去安慰妹妹，好像遭遇到不幸的是妹妹。她一再说自己心情很平静，并且诚恳地为爱德华开脱各种罪责，只是他办事有些轻率。

但是在挺长时间里，玛丽安不听她的安慰，认为爱德华就是第二个威洛比，既然埃莉诺承认真诚地爱过他，难道姐姐感受到的痛苦会比她自己少？至于露茜·斯蒂尔，玛丽安认为她是个最不可爱的人，完全不该得到一个有感情的男子爱慕，她起初绝对不相信爱德华会爱露茜，后来又觉得爱德华是不可原谅的。她甚至不愿承认他们之间的感情是真实自然的。埃莉诺对她说，对人要有更多的了解才行，最后她终于相信这是真的。

她先把他们订婚的事情和订婚已经有多长时间告诉妹妹，玛丽安听了立刻感情冲动地打断她的话，让她不能正常讲述下去，她一时只得安慰妹妹，平复她的激动情绪，让她不至于太惊慌太气愤。妹妹提出的第一个问题才使她谈起了更多的细节：

"埃莉诺，你得知这事已经有多久了？他给你写信了？"

"已经有四个月了。是去年十一月露茜到巴顿的时候，露茜私下告诉我她订婚的事。"

玛丽安听了这话瞪大了眼睛，惊得说不出话来。沉默片刻后，她惊叫起来：

"四个月了！你知道这事已经有四个月了？"

埃莉诺向她肯定这是真的。

"怎么！在我痛苦的时候，你一直照顾我，心里还藏着这事？可我还反驳你说你自己处在幸福之中！"

"当时让你知道这事对你不好！"

"四个月了！"玛丽安又哭了，"你那么镇静！表现得那么快活！你靠什么支撑得住呢？"

"靠我的感觉，我认为自己做了应当做的事。我向露茜保证说要替她保密，说到就得做到。因此，我不能把事实真相说出去，也不能让亲人替我担心。我反正不可能让大家对这事感到满意。"

玛丽安听了这话简直惊呆了。

"我一直渴望让你和妈妈了解真相，"埃莉诺补充说，"有一两次我做过尝试。但是，看来要是我不违背自己的诺言就不可能让你们相信。"

"四个月了！可你还爱着他！"

"是的。可我爱的不仅仅是他。其他人的舒适对我是非常珍贵的，我很高兴不让他们感受到我的痛苦。现在，我不论想起还是说起这事都不会动感情了。我不愿让你们替我难过，现在我可以向你保证，我已经不再为这事难受了。许多事物能给我力量。我自己明白，并不是我自己做了什么不谨慎的事惹出这番失望，我自己尽量默默忍受，不让别人得知。我也原谅爱德华犯的主要错误。我愿他幸福，我肯定他向来是个能履行责任的人，不过他现在也许有点儿愧疚，可到头来他肯定会幸福的。露茜并不是个没头脑的人，有了这个基础，可能会产生种种好的结果。不管怎么说，玛丽安，从一而终的爱情观念虽然非常迷人,尽管可以奢谈个人幸福完全仰赖某个人,但它并不合情理,并不恰当,也不可能。爱德华要跟露茜结婚,要跟他结婚的女人在容貌和观念上比半数女人都好,时间和习惯会教会他忘记另一个他以前认为比她还好的女人。"

"如果这是你的思想方法,"玛丽安说,"如果损失掉最珍贵的东西可以如此简单地用其他东西来弥补,你的决心和你的自制能力大概就不那么让人奇怪了。这些让我比较容易理解了。"

"我懂你的意思。你以为我没有感受过痛苦。四个月啦,玛丽安,我把一切都藏在心里,不能对任何人诉说,因为我知道,一旦说出来会让你和妈妈感到极大的痛苦,我还不能事先给你们起码的心理准备。这事是以强迫的方式告诉我的,正是那个订了婚,把我的一切希望都毁掉的人得意扬扬地把这事告诉我的。结果,我不得不设法对自己深切关心的事情显出冷漠,为的是对抗她的猜疑。而且还不止是一次,我不得不听她讲述她的希望和得意,听了一遍又一遍。我已经知道自己将永远与爱德华分手,虽然没有哪一桩事不让我更加渴望结合。没有任何事证实他不是高尚的,也没有任何情况说明他对我漠不关心。对他姐姐的恶意和他母亲的傲慢,我不得不逆来顺受,我从爱情中得到的是折磨,却丝毫没有取得进展。你非常清楚,这一切都发生在我并非仅仅遭受到一桩灾难的时候。要是你觉得我还有感情,现在肯定认为我受过苦难。现在我考虑到这事可以保持镇定,我愿意接受别人的安慰了,可这是经过长时间痛苦努力的结果,并不是一下子冒出来的,起初我并不能这样宽慰自己。玛丽安,起初并不是这样的。当时,假如我没有受到约束,不需要保持沉默,难免会显出非常痛苦的模样,恐怕连我最亲爱的朋友们也无法安慰我的。"

玛丽安完全折服了。

"啊！埃莉诺，"她嚷道，"你让我一辈子痛恨自己了。我对你太野蛮了！在我悲伤的时候，你一直是我唯一的安慰，好像完全在为我难过！就因为你的长处远远超过我，我就想方设法贬低你。这难道就是我的感激？这难道是我对你唯一的报答？"

如此自责后，姐妹俩亲密地拥抱在一起。她已经有了这样的心情，埃莉诺便毫无困难地得到了自己要求她的保证。玛丽安在姐姐的要求下，答应无论任何人谈起这事，都不表现出痛苦模样，见了露茜一丁点儿也不显露出增加对她的怨恨，即使有机会与爱德华相聚，也不让平常对他的热情稍有减退。这些都是很了不起的让步。玛丽安意识到自己让姐姐感到了伤心，就是做出任何补偿也不算过分。

她履行了自己的诺言，举止谨慎得让人佩服。不论詹宁斯太太就这事说些什么，她都面不改色，什么也不加反对，还说过三次"是的，夫人"。她默默听她赞扬露茜，只是换了个座位而已。詹宁斯太太谈起爱德华的爱情，她只是喉头抽搐一下。埃莉诺见妹妹的表现如此坚强，便觉得自己什么考验都能经受得住。

第二天上午又来了新的考验。哥哥来看望她们，一本正经地谈起那桩可怕的事情，把他妻子的事情讲给她们听。

"我猜，你们已经听说了吧，"他刚坐下就表情严峻地说，"就是昨天在我家发生的那桩惊人的事情。"

她们的表情都显出了解那桩事，当时的气氛太可怕了，谁都不敢开口说话。

"你们嫂子真是遭了大难啦，"他接着说，"费拉尔斯太太也是一样，总之，那是个痛苦难堪的局面。可我希望风暴过后，我们谁也别受什么伤害。可怜的范妮!她昨天一整天都歇斯底里,神经兮兮的。我也不让你们过于惊慌。多纳万说,用不着太着急。她的体质好,性格坚强,什么都顶得住。她已经承受了这一切,坚强得就像个天使!她说,以后再也不相信有什么好人了。上了那么大的当,也难怪!她那么好心待人,信任人家,却遭到忘恩负义的回报!她邀请那两个年轻小姐去家里做客,完全是一片好意,因为她觉得她们值得受到她的关心,因为她们是两个举止规矩没有恶意的姑娘,会成为她的愉快伴侣,要不是这样的话,我们本来很希望趁你们好心的朋友照顾女儿的时候,邀请你和玛丽安陪我们住一段的。结果受到了这样的报答!可怜的范妮特别动情地说:'但愿我们原先邀请的是你的妹妹们,而不是她们。'"

说到这里,他停顿下来,等着听她们表示感谢。她们表示谢意后,他才接着说下去。

"可怜的费拉尔斯太太一听范妮告诉她这事,难受得简直无法形容。她满怀真诚的母爱,一直为他筹划最门当户对的亲事,不料他竟跟另一个人私定终身!她可从来没起过这种疑心哪!就算她起过什么疑心的话,也没想到是那个人。'那个人,'她说,'我原以为是十分安全的。'她痛苦得不得了。不过,我们还是凑在一起,商量这事该怎么办,最后她决定把爱德华找来。他来了。可我说起后来发生的事就觉得难过。费拉尔斯太太苦口婆心说了很多,你们也可以想得出,还加上我和范妮极力相劝,可是,这些全都不顶用。孝心、爱心他全都不顾。我以前从没想到爱德华那么固执,那么无情。他母亲对他讲述了跟默顿小姐结婚的话,自己有怎样的慷慨打算,告诉他说她会把诺福克郡的那份产业给他,那里缴纳土地税后,每年有一千多镑的收益;如果他还不同意,甚至愿给他一千二百镑的年金。如果他反对这个安排，如果他硬要坚持那桩低贱的婚事，她宣布说，他婚后必然穷困潦倒。她说，他自己的两千镑就是自己全部的财产，她再也不见他的面，丝毫也不会帮他，就是他想改善生活打算找个职业，她也会想方设法阻碍他的升迁。"

玛丽安听了这话，顿时感到怒不可遏。她双手啪地一拍，嚷道："我的好上帝呀！竟然有这种事！"

"玛丽安，"她哥哥回答道，"你肯定觉得奇怪，他竟然那么固执，这样的话都听不进去。难怪会惊得叫起来。"

玛丽安正打算反驳，可她记起自己的许诺，便忍住了。

"不过，这些劝说全都白费了，"他接着说，"爱德华很少开口，可他开口说话时，态度却无比死硬。什么也不能让他放弃婚约。他要坚持婚约，任何代价在所不惜。"

"这么说来，"詹宁斯太太再也不能保持沉默了，脱口说道，"他的表现就像个诚实的男人！我请你原谅，达什伍德先生，不过，假如他的行为正相反，我倒会认为他是个无赖。在这桩事情上，我跟你一样，多少都沾点儿边，因为露茜·斯蒂尔是我的亲戚，我相信世界上没有比她更好的姑娘了，也没有谁比她更该得到个好丈夫。"

约翰·达什伍德听了大吃一惊，不过他的天性向来平静，不会被人激怒，从来不愿冒犯任何人，尤其不愿得罪有钱人。所以，他回答的时候口气非常温和：

"夫人，我绝对不愿说你任何亲戚的坏话。我敢说，露茜·斯蒂尔小姐肯定该嫁个好丈夫，不过在这桩事情上，他们俩的婚事是根本不可能的。再说，跟一个受她舅舅监护的年轻人私自订婚，而且他还是大财主费拉尔斯太太的儿子，这种关系总的来讲大概有点儿非同寻常吧。总之，詹宁斯太太，对你关心的人的任何行为，我并不想指责。我们都希望她无比幸福，总的来讲，任何一位慈母在相同情况下都会采取费拉尔斯太太那样的措施。那可是又体面又大方的。爱德华自作主张，恐怕他要吃苦头的。"

玛丽安叹息一声，表示自己的焦虑。埃莉诺为爱德华感到痛心，因为他竟然为一个根本配不上他的女人跟母亲对抗。

"先生，"詹宁斯太太说，"事情后来是怎么了结的？"

"夫人，我很难过，因为最后彻底闹翻了。爱德华的母亲宣布从此跟他一刀两断。他昨天搬出了她的宅子，我也不知道他究竟是走了，还是仍然待在城里。因为我们都不能过问这事了。"

"可怜的年轻人！他会发生什么事呢？"

"夫人，真不知道！想起来让人伤心。本来生在那么个富豪人家！我简直想象不出更可悲的处境了。两千镑的利息——靠那么点儿钱怎么活呢？回想起来，要不是他自己犯傻，不出三个月，他每年就能拿到两千五百镑，因为默顿小姐有三万镑财产呢。我简直想象不出更可悲的情况了。我们都该同情他，想到我们都帮不上他的忙，我们就更同情他。"

"可怜的年轻人！"詹宁斯太太嚷道，"我会非常欢迎他到我家做客，在这儿吃住，要是我见了他，一定要对他这么说。他不该靠自己那点儿钱到处找地方住，不该租房子、在酒店吃饭。"

埃莉诺打心底感谢她对爱德华表示出如此的好意，不过听了她的想法，不禁想笑。

"要是他能按照朋友们的希望行事，"约翰·达什伍德说，"他现在的处境会很不错，什么都不会缺乏。可事情已经至此，谁也帮不上他的忙了。还有一件事情对他不利，这事更糟——他母亲在那种心情下自然做出了决定,将本来属于爱德华的那份产业立刻转到罗伯特名下。我今天早上离开的时候,她正跟律师谈这桩事呢。"

"哎呀!"詹宁斯太太说,"她这是报复呀。人人都有自己的报复方式。我可不会因为一个儿子惹恼我,就让另一个儿子独享遗产。"

玛丽安站起身,在屋子里来回踱步。

"对于一个男人来说,还有什么事更让他恼火吗?"约翰接着说,"眼看着他弟弟占有原来属于自己的产业。可怜的爱德华!我真心替他难过。"

他又说了几分钟类似的话,便起身告辞。临走时一再向妹妹们保证说,他真的相信范妮的身体没什么大危险,她们不必过分担心,说完就走了。对于费拉尔斯和达什伍德夫妇的行为,以及爱德华的反应,三位女士的看法完全一致。

他一离开屋子,玛丽安的愤怒便爆发出来,她的激情让埃莉诺也不可能再保持沉默,詹宁斯太太则没有必要持保留态度,三位女士全都猛烈谴责那帮家伙。

# 第三十八章

　　詹宁斯太太对爱德华的行为赞不绝口,但是,能理解其真正价值的只有埃莉诺和玛丽安。只有她们才懂得他不服从母亲命令的态度有多么坚决,也懂得他因此会遭受怎样的后果,他失去了亲人和财产,聊以自慰的只有没做错事的良心。埃莉诺赞扬他的正直,玛丽安同情他的遭际,原谅了他冒犯的罪过。这次公开暴露的事件虽然让姐妹俩恢复了正常状态,但是两人单独相处时谁也不愿意谈论这个话题。埃莉诺避免谈论是为了维持自己的原则,因为谈论起来就不免让玛丽安过分热情,确信爱德华继续爱着姐姐,可她宁愿打消妹妹的这种念头。玛丽安不久便没有勇气再谈论这个话题,因为谈论时难免让她对比埃莉诺和自己的行为,她便愈发对自己感到不满。

　　她完全感到了这种对比的压力,但是她却不能像姐姐希望的那样振作起来。她感到的压力让她不断地自责,为自己过去没有振作起来而痛苦无比,但是,压力仅仅让她受到悔恨的折磨,却并没有给她补救的希望。她的意志太消沉了，觉得不可能从此振作起来，于是比以前越发沮丧了。

接下来的一两天里，她们没听到哈利街或者巴特利特宅子的什么新消息。她们对这事已经了解到不少情况，詹宁斯太太用不着再多打听便能散布这方面的消息，她一开始就打定主意要尽快拜访她的两位亲戚，既安慰她们，也询问情况。但是，这两天来客的人数超过往常，阻碍了她及时去看望她们。

她们得知此事后的第三天是个晴朗的星期天，虽然当时仅仅是三月份的第二个星期，可是许多人都被吸引到室外，去肯辛顿公园游园。詹宁斯太太和埃莉诺也去了。不过，玛丽安得知威洛比夫妇又回到伦敦了，一直害怕遇到他们，就待在家里不愿冒险在公共场合露面。

她们刚进公园，便遇到詹宁斯太太的一位熟人，那人与詹宁斯太太没完没了地交谈。埃莉诺倒并不觉得有什么不便，因为她因此得了空，可以平静地想心事。她没有见到威洛比夫妇，也没见到爱德华，起初没见到一个熟人。后来却看到斯蒂尔小姐在招呼她，让她稍感吃惊。斯蒂尔小姐显得有点儿难为情，不过还是热情地跟她们嘘寒问暖，詹宁斯太太特别热情地要她陪自己，她便暂时离开同行的伴侣们，来到她们身边。詹宁斯太太立刻低声对埃莉诺说：

"我亲爱的，让她全都讲出来。你只要问她，她什么都会告诉你的。你知道，我不能撇下克拉克太太。"

不过，詹宁斯太太和埃莉诺的好奇心都交了好运，因为斯蒂尔小姐没等人问就什么都说了出来。如果不是这样的话，恐怕两人什么都不会了解到。

"我真心高兴见到你们，"斯蒂尔小姐说着热情地挽着埃莉诺的胳膊，"我真的太想见到你们啦。"接着，她压低了声音，"恐怕詹宁斯太太全都听说了吧。她生气了吗?"

"我相信她根本没有生你们的气。"

"那可真是桩好事。那么米德尔敦夫人呢?她生气了吗?"

"我想她不可能生气的。"

"我真是太高兴了。我的天哪!我经历了这么一段倒霉时光!一辈子从没见过露茜发那么大的火。开头,她发誓说,以后再也不帮我收拾新帽子,一辈子再也不帮我做任何事情了。可她现在已经平静多了,我们又像以前一样,像一对好朋友。瞧,我帽子上这个蝴蝶结就是她昨晚扎的,还在上面插了这根羽毛。哎哟,你也笑话我了。可我为什么就不能扎粉红色丝带?我才不在乎呢,只要大夫喜欢就行。要不是听他有一回说起这事,我还不知道这是他最喜欢的颜色呢。我的表亲们可把我们折磨苦了!有时候,当着他们的面,我真想找个地洞钻进去。"

她扯起了其他事情,埃莉诺听了没什么好说的,没过多久,她就觉得还是回到刚才的话题上好。

"我说,达什伍德小姐,"她得意扬扬地说,"不管人们怎么说闲话,说什么费拉尔斯先生声称不要露茜了,可我告诉你吧,根本没这么回事。说这种话的人也真不害臊。你知道的,不管露茜自己怎么想,其他人反正不该把这事当真。"

"我从没听说过这种事,我可以向你保证。"埃莉诺说。

"噢,是吗?可的确有人这么说的,这我知道得清清楚楚,还不止一个人这么说过。戈德比小姐就告诉过斯帕克小姐,说什么谁也不会料想费拉尔斯先生会放弃身价三万的默顿小姐,反而要娶身无分文的露茜·斯蒂尔。我就是听斯帕克小姐亲口对我说的。除了这话,我表弟理查德自己也说,恐怕到时候费拉尔斯先生会撒手开溜。爱德华一连三天都没来看我们，我心里就发毛了。我心里清楚露茜也觉得没指望了。我们是星期三从你哥哥家出来的，后来星期四、星期五、星期六整整三天都没见着他，也不知道他到底怎么样了。有一次，露茜想给他写封信，可后来她一赌气没写成。今天上午，我们刚从教堂回来，他就来了，我们这才知道，他星期三被叫到哈利街，听了他母亲和全家人的教训，他当时说自己除了露茜谁都不爱，除了露茜谁都不要。他讲述了自己对发生的事感到多么难过，说是一离开母亲家就骑马到乡下到处奔跑，整个星期四和星期五都待在一家小客栈里，想清静一下。他说，他把这事想了一遍又一遍，觉得现在没有财产了，要是继续维持婚约就太无情了，因为那会让她遭受损失，他现在除了两千镑以外，什么都没有了，根本没指望得到其他东西，要是谋个职业，最好的情况不过是当个副牧师，靠那点儿收入怎么生活呢？一想到让她受贫穷，他就受不了，所以求她做决定，要是她有丝毫不赞成，就马上解除婚约，让他自己去漂泊。这些话我听得清清楚楚。他完全是替她着想，每一句关于解除婚约关系的话都是为她打算，根本不是为他自己考虑。我敢发誓，他绝对没说一个字表示对她感到厌烦，表示希望娶默顿小姐，或者类似的其他想法。当然啦，露茜绝对不愿听他这种说法。所以她马上对他说——你知道的，她说话的时候带着绵绵情意，哎哟，那种话可不好让人重复的——她马上对他说，她绝对不愿意跟他解除婚约，她说，她就是过穷日子也要跟他守在一处，不管他多穷，她都没有怨言。总之，还说了些诸如此类的话。后来他们觉得非常幸福，又说了些以后该怎么办之类的话。他们决定立刻接受神职，等到有了收入再结婚。后来我不能继续听了，因为我的一个亲戚在楼下叫我，说理查森太太乘马车来，要带我们中的一位去肯辛顿公园。所以我不得不闯进屋子,打断他们的交谈,问露茜是不是愿意去,可她不愿离开爱德华,所以我就上楼穿了一双长筒袜,跟随理查森家的人离开了。"

"我不懂你说的打断他们是什么意思,"埃莉诺说,"你不是跟他们待在一间屋子里的吗?"

"说真的,我们没待在一起!真是的!达什伍德小姐,你怎么会认为有别人在场,他们还会说那么多绵绵情话?啊,那不是丢人吗!你肯定懂得这个的。"她难为情地笑了,"不,不是的。他们俩关着门在客厅里待着,我是在门外听他们说了这一切。"

"怎么!"埃莉诺嚷起来,"原来你讲给我的是从门外偷听来的东西?我后悔原先不知道,要不然,我绝对不会听。这些谈话详情你自己也不该听。你对自家妹妹怎么能做出这么不体面的事?"

"得了吧!这有什么呀。我只不过站在门口,偶然听到罢了。一两年前,露茜也靠同样办法听过我的话,当时玛莎·夏普和我说过很多悄悄话,她总是躲在壁橱里,要不就藏在烟囱护板后面,专门偷听我们的话,一点儿也没觉得有什么不好意思。"

埃莉诺岔开了话题,可斯蒂尔小姐没过两分钟就回到最让她感兴趣的那个话题上来。

"爱德华谈起不久要去牛津,"她说,"不过他现在住在蓓尔美尔街某某号。他妈妈的脾气可真够呛,不是吗?你哥哥嫂嫂两个也不是好人!不过,当着你的面,我就不说他们的坏话了。那天,他们用自家的马车打发我们姊妹俩回家,我原先倒没想过这个。我倒没什么担心的,就怕你嫂嫂讨回两天前送我们的鸳鸯盒,好在没人提起这事,我设法把我的盒子藏了起来。爱德华说,他要上牛津办点儿事,所以要去一段时间,等那事办完了,见到一位主教后,他就要受任命,能担任神职了。我很想知道他能在哪儿担任副牧师职务!天哪!"她一边说一边咯咯笑起来,"我敢拿性命打赌,我的亲戚们得知这事后,会怎么说。他们会对我说,我应该给大夫写封信,要他替爱德华找个新教区的副牧师职务。我知道他们准会这么说,可我绝对不会做这种事的。我会直截了当对他们说:'不!真想不出你们怎么会动这种念头!让我给大夫写信,真是的!'"

"嗯,"埃莉诺说,"做好准备应付突变真是不错。你已经把应答的话都准备好了。"

斯蒂尔小姐正打算就这一话题继续说下去,可这时她那一群人走近了,她只好告辞。

"哎哟!理查森一家来了。我还有好多话要对你说呢,可我不能把他们撇下太久。他们真是些非常高雅的人。他们能挣大笔的金钱,有私家马车。我没时间跟詹宁斯太太说话了,请你告诉她我非常高兴她没生我们的气,这话也请你对米德尔敦夫人说说,要是你和你妹妹有什么事要离开,而且詹宁斯缺少伴侣的话,我们会非常高兴来陪她,多久都行。我猜想,这事发生后,米德尔敦夫人不会邀请我们了。再会,我很遗憾玛丽安小姐没来。替我问候她。哎哟,要是你不穿这件花点细布裙多好!我真害怕你会把它挂破。"

如此表达完临别关怀后,她匆匆向詹宁斯太太道别,然后就被理查森太太叫走了。埃莉诺得到这些消息后,开始思索,不过这些情况并不比她预料的多。爱德华与露茜的婚事已经确定无疑了,但是日期仍旧没有定下来,这跟她预料的一样。一切都不出她所料,一切都要依靠他得到的职位,可目前似乎机会渺茫。

她们一回到马车上,詹宁斯太太便迫不及待地打听情况。但是埃莉诺不愿散布那种来路不正的消息,只是简要地重复了一些具体细节,她能肯定露茜为自己着想愿意让人知道那些事情。她只说了他们维持着自己的婚约,以及他们打算以什么方式结婚。詹宁斯太太听后发了一番议论。

"等他找到职业!我们都知道那是个什么结局:他们要等上十二个月,结果发现一无所获,最后不得不安心干副牧师的工作,一年收入五十镑,再加上那两千镑的利息,除此之外还可能有斯蒂尔先生和普拉特先生给她的那一丁点儿。然后,他们每年都会生一个娃娃!老天可怜他们吧!他们的日子会多么拮据呀!我必须尽我的能力替他们布置房子。我那天还说他们会雇两个女佣和两个男佣,哼!不成,他们只能凑合雇用一个身体强壮的女人包办全部家务。这下子,贝蒂的姐姐可绝对干不了啦。"

第二天早上,埃莉诺收到露茜从本市寄来的一封信。信上的内容是这样的:

我希望达什伍德小姐恕我冒昧写这封信。我信赖你的友谊,相信你愿意听我讲述我和我亲爱的爱德华的情况。近来我们经历了那样的磨难,我就不为此道歉了。我们的遭遇真是可怕极了,不过,谢天谢地,我们现在身体都好,非常幸福,我们肯定永远相亲相爱。我们经受了严酷的考验,残酷的迫害,不过也认识了许多朋友,其中包括你本人,为此我们心里十分感激,我会永远铭记朋友们的好意,永远心怀感激,我对爱德华谈起来,他也跟我有同样的感情。我相信,你和詹宁斯太太都愿意听我讲讲近况。昨天下午,我跟他一起度过了两小时愉快的时光。我觉得有义务这样做,便竭力劝他跟我分手,可他坚决不愿听这话。我要求他,敦促他办事应当慎重,如果他同意,就当场解除婚约,可他说,那绝对不行,他说，只要有我的爱情，就不在乎母亲的愤怒。我们的前景不很光明，这是肯定的，不过我们必须等待，希望将来情况会好转。他不久便要获得神职资格，如果你有能力将他推荐给任何能给他职位的人，我确信你不会忘记我们的。也希望詹宁斯太太帮助我们，我相信，在约翰爵士或者帕尔默先生或者任何能帮助我们的朋友面前，她能替我们说点儿好话。可怜的范妮做的种种事情都该受责备，不过她是为了我们好才那么做的，所以我就什么也不说了。希望詹宁斯太太随便哪一天早上能赏光顺道来看望我们，那对我们将是极大的厚爱，我们的亲戚也会因为结识她感到自豪。一张纸写满了，就此搁笔。请代我向她致以问候，有机会请代向约翰爵士、米德尔敦夫人和她亲爱的孩子们致以问候，并向玛丽安小姐问候。

诚挚的露茜<br>三月于巴特利特宅

埃莉诺看完后，立刻把信交给詹宁斯太太。她断定这肯定是写信人的真实意图。詹宁斯太太大声读信，还附加了许多满意的评论和赞扬。

"真是太好了！她写得多好哇！对呀，要是他想分手，就让他走好了。这才像露茜的本色呢。可怜的孩子！但愿我能帮他找到个职位，我是真心真意……你们听，她用亲爱的詹宁斯太太称呼我。她真是个最好心的姑娘……实在是好心。这句话写得非常漂亮。不错，不错，我是要去看望她，确定无疑。她想到其他人的时候多么周到！我亲爱的，谢谢你拿信给我看。我从来没看过这么好的信，这证明露茜头脑清楚，心地善良。"

# 第三十九章

　　两位达什伍德小姐这时已经在伦敦住了两个多月,玛丽安一天比一天急着要回家。她想念家乡的空气、自由和宁静,认为只有巴顿才能让她感到心情平静。埃莉诺盼望回家的急切心情也绝不亚于妹妹,只是不太想马上就走,玛丽安不愿承认出远门的艰辛,可她对长途旅行的困难却十分清楚。不过她已经开始认真考虑这事,也对她们好心的女主人提起过她们的愿望。詹宁斯太太苦口婆心挽留她们,最后想到一个办法,虽然这样会让她们多耽搁几个礼拜才能回家,不过埃莉诺倒觉得比其他办法更合适。帕尔默一家要在三月底去克利夫兰庄园过复活节假期,詹宁斯太太和她的这两位朋友收到夏洛特非常热情的邀请,要随她们一道去。虽然细致的达什伍德小姐认为这事不太好,但是考虑到这是帕尔默先生真心诚意邀请的,她才愉快地答应下来。自从他得知她妹妹的不幸后,他对她们的态度已经大有转变。

不过，她把自己已经做好的安排告诉玛丽安后，妹妹的反应却很激烈。

"克利夫兰庄园！"她情绪激动地嚷道，"不，我不能去克利夫兰庄园。"

"你忘了，"埃莉诺温和地说，"那个地方的位置并不……就是说，它并不邻近……"

"可它在萨默塞特郡。我不能去萨默塞特郡。我以前倒是盼望去那里来着……不，埃莉诺，你不能指望我去那地方。"

埃莉诺也不想靠争辩让她克服这种感情，她只是设法解释说，只有这样才能确定回家的日期，为了尽快回到母亲身边，见到亲爱的妈妈，这比其他办法更合适，更方便，也用不着多耽搁时间。埃莉诺设法用这种解释打消她的抵制念头。克利夫兰庄园离布里斯托尔不足几里，从那儿到巴顿也超不过一天的路程，虽然要走整整一天，但是妈妈的用人可以很方便地到那儿去接她们回家。她们在克利夫兰庄园最多只待一个礼拜，从现在算起，她们再有三个多礼拜就能回到家了。玛丽安思念母亲的心情急切，听了姐姐这番话，就不难消除想象中让她惊慌的坏处了。

詹宁斯太太丝毫没有对她的客人感到厌倦，还非常真诚地求她们拜访克利夫兰庄园之后陪她返回伦敦。埃莉诺对她的关心表示感激，不过她不愿改变自己的计划，因为母亲已经同意，而且一切与她们回家有关的安排也已经做好了。玛丽安已经算出还有多少个小时就能回到巴顿，心里感到比较安慰。

"啊！上校，我真不知道，没有两位达什伍德小姐，你和我该怎么办了。"计划拟定后，詹宁斯太太第一次接待上校来访时这么说，"她们主意已定，要从克利夫兰庄园直接回家。到时候，我们回来该多么孤单哪!天哪!咱们到时候就像两只老猫一样,相互看着打哈欠。"

也许詹宁斯太太这样描写未来无聊生活的生动画面,为的是刺激上校,希望他开口求婚,好避免产生那样的结果。如果她真动过这样的念头,那么没过多久,就可以认为自己的目的达到了。埃莉诺走到窗前,去仔细看一幅图片的大小,因为她要为一个朋友临摹这幅画,他也跟了过去,脸上带着特殊的意味,在那里跟她交谈了几分钟。虽然詹宁斯太太十分正派,并不会故意听他们说些什么,她甚至还换了个座位,靠近玛丽安正在弹奏的钢琴,但是他们交谈的影响还是没逃过她的眼睛,她注意到埃莉诺的脸色变了,显得十分激动,而且认真注意听他的话,连手头做的事都停了下来。在玛丽安的弹奏间隙中,上校说的几个字眼不可避免地传到她耳朵里,他似乎在为自己的房子不好而表示歉意。这就表明事情肯定无疑了。她当然为他不得不说出那样的话感到奇怪,但是她猜想,那恐怕算是不能不说的客套话。她没听出埃莉诺怎么回答的,不过从她嘴唇的动作,看得出她认为那不是什么大问题。詹宁斯太太心里为她的坦率称赞她。接着,他们继续谈了几分钟,可她一个字也听不见,幸好在玛丽安演奏的又一个停顿中间,传来上校平静的声音:

"至少我恐怕不是马上就能实现。"

听了这种完全不像情人交谈的话,她几乎要喊起来:"天哪!这有什么难办的?"不过她捺住性子,只是心里纳闷。

"这可太奇怪了!他肯定用不着等到更老的时候吧。"

不过,看起来上校方面的耽搁一点儿也没有让他的漂亮朋友感到恼火,因为他们不久便结束了交谈,朝不同方向走开,詹宁斯太太清清楚楚听见埃莉诺说了句话,声音中显出真心诚意。

"我会永远衷心感谢你的。"

詹宁斯太太听她说感激,心里十分喜悦,不过心里奇怪上校听了这话不但非常镇定,而且马上就告辞离去了,走之前一句回答埃莉诺的话都没说!她没想到自己的这位老朋友居然是个如此冷冰冰的求婚者。

其实,他们两人的交谈内容是这样的:

"我听说,"他带着极大的同情说,"你的朋友费拉尔斯先生在他家遭到不公正的对待。假如我得到的消息不错,他因为与一位非常值得他爱的女子坚持婚约,被逐出了家门。我听到的消息是不是正确?真是这样的吗?"

埃莉诺告诉他说,的确如此。

"残酷,无比的残酷,"他动情地说,"拆散,或者说试图拆散一对长期相爱的年轻人那可实在太可怕了。费拉尔斯太太根本不知道自己做的是什么事,也不知道要把她的儿子逼向何方。我在哈利街见过费拉尔斯先生两三次,我觉得他非常令人愉快。他不是那种一见如故的人,可我见过他几次,也认识他,所以为他本人的缘故,我祝他好运,由于他是你的朋友,我更祝愿他幸福。我得知他打算谋求神职,能不能请你告诉他,我今天收到信,得知德拉福德教区现在正有空缺,如果他愿意接受,这个职位就留给他。以他目前的不幸状况看,要拒绝显然是不合理的。我但愿收入能更多些。那是个小教区,我相信,已故牧师的年收入不超过二百镑,虽然有可能增加,可我恐怕达不到让他过上舒适生活的收入水平。尽管如此,能让他得到这个职位,仍然是我极大的荣幸。请你一定要告诉他。"

埃莉诺得到这个委托感到说不出的惊奇,就是上校真的向她求婚，她也不会感到更惊奇了。仅仅在两天前，她还觉得爱德华没指望得到牧师职位，可现在已经有了，他因此可以结婚了。结果，传达这个消息的任务居然落在她自己的头上！她非常激动，这正是詹宁斯太太出于完全不同的解释看到的那种激动。不论这种激动中怎样夹杂着微不足道的其他不愉快感情，她都为布兰登上校的一贯好意和这次特别的友善行为表示敬意，她深受感动，热情表达自己的谢意。她不但向他致谢，还谈起了爱德华的原则性和性情，并且给予恰当的赞扬。她表示说，如果他希望由她承担这一美差去转达他的善意，她十分乐意。与此同时，她又不禁认为还是由他自己去的好。她害怕爱德华通过她得到如此恩惠而感到痛苦，如果她用不着插手，会感到高兴的。但是布兰登上校出于同样微妙的动机表示拒绝，仍然希望通过她转达，她也就不好推托了。她相信爱德华仍然住在城里，幸好她从斯蒂尔小姐那里了解到他的地址。因此她当天就能通知他。这事确定后，布兰登上校便谈起能有这样一位可敬的好邻居对自己有多大的益处，接着，他不无遗憾地提到那房子不大，而且不很好。埃莉诺认为这算不得什么大问题，至少不会认为房子的大小是个什么缺憾，这正是詹宁斯太太听到的那句话。

"房子不大，"她说，"我看这对他们没什么不便，因为这与他们的收入相称。"

上校听了这话有点惊讶，因为他发现，她已经在考虑费拉尔斯先生靠这份职业成家的事情。可他却认为有过他那种生活方式的人，靠德拉福德教区这点收入不可能贸然安个家——他便把自己的想法说了出来。

"这个小教区仅仅能让费拉尔斯先生过上舒适的单身汉生活，不可能维持他婚后的生活。我很抱歉，我只有这么点儿权力，我的兴趣也局限于此。不过,万一将来我有更多的权力,除非我不像现在一样真心愿意帮他的忙,否则我一定会尽力帮他。我现在做的事情似乎微不足道,因为对他的主要目标帮助很小,对他的幸福目标于事无补。他的婚事肯定还很遥远。至少我恐怕不是马上就能实现。"

这正是让詹宁斯太太产生误解的那句话,她是个感情微妙的人,听了当然觉得不舒服。不过,布兰登上校与埃莉诺站在窗前说完这句话后,两人分手前表达的谢意也许听起来还算合乎情理,既有合理的激动,又有得体的措辞,仿佛真的是在求婚。

# 第四十章

那位先生刚走,詹宁斯太太就诡谲地微笑着说:"达什伍德小姐,我也不问上校对你说了些什么。以我的名誉起誓,我可是尽量躲着不听的,可我还是难免听到了几个字眼,这些就足够清楚他要干什么了。我向你保证,我从来没这么高兴过,也衷心祝愿你愉快。"

"谢谢你,夫人,"埃莉诺说,"这事的确让我极为高兴,我深深地感到了上校的好意。像他这样的人实在难得,也很少有人有他那样的同情心!真是太出乎我的意料了。"

"天哪!我亲爱的,你可真谦虚。我一点儿也没觉得意外,因为我近来常常这么考虑,觉得肯定会发生这种事的。"

"你判断的是上校的一贯好心,可你至少没有预见到这么快便有这样的机会吧。"

"机会!"詹宁斯太太重复道,"噢!至于机会嘛,一个男人一旦对这种事情打定了主意,他总会找到机会的。好啦,我亲爱的,我要一遍又一遍祝你愉快,要是世界上真有幸福的伴侣,我看我知道在哪儿能找到他们了。"

"你是说要跟他们一起去德拉福德庄园,对吧。"埃莉诺淡淡微笑着说。

"啊,我亲爱的,我会去的。至于房子不太好,我不懂上校是什么意思,因为那可是我见过的宅子中最上乘的。"

"他是说房子已经失修了。"

"这个嘛,那能怨谁呢?他自己干吗不修?他自己不修能怪谁?"

这时,用人进来宣布说,马车已经备好,停在门外,詹宁斯太太立刻准备起身,她说:

"我亲爱的,虽然话还没说完,可我非走不可了。不过,咱们晚上再详谈吧,到时候就只有咱们俩了。我也不求你陪我去了,因为我敢说,你现在满脑袋的心事,顾不得陪人出去,再说,你一定急着要对妹妹说说吧。"

她们开始交谈以前,玛丽安就离开了屋子。

"当然,夫人,我会告诉玛丽安的。不过现在我还不能向其他人提起这事。"

"噢!好吧,"詹宁斯太太稍感失望,"这么说,你还不想让我告诉露茜,我今天想上霍尔本区跑一趟的。"

"夫人,请你别告诉露茜。耽搁一天没什么大不了的。在我写信给费拉尔斯先生以前,我认为不应该告诉任何人。我马上就给他写信。这么重要的事片刻也不能耽搁,因为他要接受任命还有许多事情要办呢。"

这话起初让詹宁斯太太感到非常迷惑。她没有马上弄懂为什么要急着给费拉尔斯先生写信。不过，思索片刻之后，她忽然产生了一个非常愉快的念头，就嚷道：

"嗬，嗬！我懂你的意思了。费拉尔斯先生，没错。哎呀，这对他太好了。啊，当然是的，他必须马上接受任命。我很高兴你办事这么快。不过，我亲爱的，这是不是有点不太得体？难道不该由上校自己写信吗？他写才比较合适嘛。"

埃莉诺没有完全弄懂詹宁斯太太刚开始说的话，也觉得不值得为这事争执，所以只针对她最后说的那句话做了回答。

"布兰登上校是个感情微妙的人，他自己不愿宣布，倒宁愿让其他人向费拉尔斯先生通报。"

"这么说，是他逼着你这么做的。那可真是一种奇怪的微妙！"她见埃莉诺已经在准备写信，"不过我就不打扰你了。自己关心的事该怎么办，你肯定知道得最清楚。那就再见吧，我亲爱的。自从夏洛特生孩子以来，我还没听见过比这更让人高兴的事呢。"

她走了。但是，片刻之后又返回来。

"我亲爱的，我刚刚想起了贝蒂的姐姐。要能让她服侍这么好的女主人，我会非常高兴的。不过，我还说不上她能不能当好一位夫人的贴身女佣。不过她是个出色的女仆，针线活做得非常好。不过，等你有了空闲再考虑吧。"

"当然啦，夫人，"埃莉诺对这话并没有听进多少，她一心想安静下来，而不是想着做什么女主人。

此刻，她的全部心思都集中在写给爱德华的信如何开头，如何表达自己的意思。这件事对任何人都是桩最轻松不过的事，但是，由于他们之间的特殊关系,这事却让她感到为难。她既怕说得过了头,又怕过于轻描淡写,握着笔对着一页空纸仔细思索着,直到爱德华本人进来打断她的沉思。

他是为送名片告辞而来,在门外遇到正准备上马车的詹宁斯太太。这位夫人向他道歉,说自己不回去了,达什伍德小姐在上面,正打算为一桩非常特别的事要跟他谈谈。

埃莉诺正在为难,也感到庆幸,因为不论写信有多困难,至少比亲自对他说还是容易些。结果她的客人来了,她被迫非干这桩最难的事不可了。他突然出现在面前让她非常惊慌。自从他订婚的事公开以后,她还没见过他。既然他已经知道她了解此事,也意识到她可能有怎样的想法,会怎么对他说,她便有几分钟时间感到特别不舒服。他也非常难堪,两人一起坐下,神情都无比的尴尬。他不记得自己是否为贸然闯进来道过歉,不过他打定主意,为了稳妥起见,一旦能开口了就向她道歉。

"詹宁斯太太告诉我说,"他说,"你想跟我谈谈,我想她是这个意思。否则我也不敢这样来打扰你。不过,我要离开伦敦,不向你和你妹妹告别,我会感到非常不安,尤其是一时见不到你们了。我明天要去牛津。"

"不过,你不会不辞而别吧,"埃莉诺恢复了镇定,打定主意尽快完成这桩可怕的差事,"我们还希望亲自祝你顺利呢。詹宁斯太太的话没错。我有桩重要的事情要通知你,刚才正准备给你写信呢。我接受委托,办一桩非常令人愉快的事,"她说话的时候呼吸变得急促了。"布兰登上校十分钟前还在这儿,他要我告诉你,他知道你想接受任命担任神职,刚好德拉福德教区有了空缺,他很高兴请你担任这一职务,他只是为这一职务的收入不多感到遗憾。请允许我祝贺你有这样一位可敬而贤明的朋友,我也与他有同感,觉得收入的确不多,每年只有二百镑。要是能多些,才能维持你……也许不仅仅是你个人目前的生活……总之,那样才能奠定你幸福的基础。"

爱德华有什么感觉,他自己不愿说,其他人也不能替他说。听了这个没料到也没想到的消息,他只是露出满脸的惊异,嘴上只吐出这么几个字眼:

"布兰登上校!"

"是的,"埃莉诺说。最坏的情况已经过去,她便有了更大的勇气,"布兰登上校这样做是为了对最近发生的事情表示他的关心,因为你家对你的不公正行为,让你的处境恶劣。我相信,玛丽安、我本人和你的所有朋友对你都有同样的关心。他这么做表现出了对你个人品格的敬意,也表现出对你的行为的钦佩。"

"布兰登上校给我个职位!这可能吗?"

"你自己的家人对你不好,让你反而对其他方面的友谊感到吃惊了?"

"不是的,"他突然醒悟过来,回答道,"对你的友谊我没感到吃惊。我欠你的情,这一点我绝不会忘记,这都是你对我的好意……我心里清楚……只是我不会说……不过,你知道的,我不是个演说家。"

"你这可是大错特错了。我向你保证,要说需要感谢,那你完全应该感谢你自己的品性,也感谢布兰登上校对你品性的赏识。根本不该感谢我。在我得知他的安排之前,我甚至不知道那个职位有空缺,也没想到他有权将这个职位授赠给人。他既是我的朋友,也是我家的朋友,我知道他或许很高兴赠送这份礼物,不过,我向你保证,我自己没有求过他,因此你不必谢我。"

事实让她不能不承认,自己对这件事也有一点儿小小的贡献,可她又极不愿显出是爱德华的施主,所以不情愿承认。他也许因此认定近来心里怀疑的事情是确实无疑的。埃莉诺说完后,他一时坐着独自思索,仿佛开口很吃力似的,他说道:

"布兰登上校看起来是个很可敬的好人。我常常听人家这么说他,我知道你哥哥就非常尊敬他。他无疑是个聪明人,举止完全是位绅士。"

"不错,"埃莉诺回答道,"我相信,你跟他相处久了,会发现他正是人们说的那种人。我知道,牧师的宅子距离他那所宅子不远,你们要成为近邻了。所以他是个正人君子对你很重要。"

爱德华没有回答。但是,她扭转头时,他一本正经盯着她看了一眼,神色非常真诚,却十分生气,仿佛在说,他倒真希望牧师的住宅离那所豪宅尽量远些。

"我想,布兰登上校住在圣詹姆士大街吧。"他说完便站起身。

埃莉诺把那所房子的门牌号码告诉他。

"既然你不接受我的谢意,那我就得赶紧去向他道谢。我要告诉他说,他让我变成个无比幸福的人了。"

埃莉诺没留他,两人便分手了。她非常真诚地对他说,无论情况发生什么变化,她都永远祝他幸福。他想做出回答,对她的好意表示感激,可什么话都没说出来。

"以后再见到他,"望着他出去关上门,埃莉诺自忖道,"他就是露茜的丈夫了。"

她心里这样期待着,感到愉快,坐下来回忆起刚才的事情,回忆他说过的话,努力理解爱德华的一切感受,当然回顾自己的举止，让她感到不满意。

虽然詹宁斯太太是去拜访以前从来没见过的人，本来回家后有许多话要说的，可她满脑子想的都是心里那个重要的秘密，所以一见到埃莉诺就急不可耐地转上这个话题。

"哎哟，我亲爱的，"她嚷道，"我把那位年轻人打发上来见你。我做得对吗？我猜想，你们没遇到什么大的困难。你没有觉得他非常不愿意接受你的建议吧？"

"没有，夫人。怎么可能呢？"

"好哇，那他要多久才能准备好？看起来这事完全靠他了。"

"说真的，"埃莉诺说，"我对这种事很不了解，所以很难说需要多长时间，也不知道是不是需要什么准备。不过我猜两三个月大概就能得到对他的任命吧。"

"两三个月！"詹宁斯太太嚷起来，"天哪！我亲爱的，你说得多轻松，上校等得了两三个月吗！上帝保佑我！我敢说，这么长时间，连我都等得不耐烦了。替可怜的费拉尔斯先生帮个忙固然好，可我认为不值得为他等上两三个月。肯定能找到个其他人，也能做得一样好的，找个已经得到委任的人嘛。"

"我亲爱的夫人，"埃莉诺说，"你怎么能这样考虑呢？布兰登上校的唯一目的就是给费拉尔斯先生帮忙的。"

"上帝保佑你，我亲爱的！你肯定不是要我相信，上校跟你结婚就为了给费拉尔斯先生十个畿尼吧！"

在这之后，原先的误会不可能继续下去了。两人立刻解释事情的原委，结果两方都乐不可支，谁也没有觉得损失掉什么喜悦，因为詹宁斯太太失掉一个喜悦，却得到了另一个，而且她对另一桩喜事仍然心怀希望。

"哎哟，哎哟，牧师的住宅是一所小房子，"第一阵惊喜过去后，她说，"很可能年久失修了，当时听到一个男人就此表示道歉，我就觉得十分奇怪，因为他那所宅子里下面一层就有五间起居室，我记得管家告诉我说，能安放十五张床铺呢！而且还是对你道歉，可你一直都住在巴顿别墅的！所以听起来觉得特别滑稽。不过，我亲爱的，我们应该逼一逼上校，让他维修一下牧师的住宅，好让露茜住进去舒服些。"

"可布兰登上校好像觉得那笔收入不够他们结婚时用呢。"

"我亲爱的，上校是个傻瓜，因为他自己每年有两千镑，就觉得别人结婚不能比这个数目少。相信我的话吧，只要我还活着，用不着等到米迦勒节，我就要去拜访德拉福德的牧师住宅，要是露茜不住在里面，我就不去。"

埃莉诺同意她的看法，认为他们不会再继续等了。

# 第四十一章

　　爱德华向布兰登上校道谢后,又兴冲冲地去见露茜,向她报喜讯。他到巴特利特宅子时兴高采烈。第二天詹宁斯太太再次拜访露茜向她道喜时,露茜对她说,一辈子从没见他这么高兴过。

　　她自己至少也感到非常幸福,情绪十分高涨。她与詹宁斯太太一样,都期待着在米迦勒节前就能在德拉福德牧师住宅欢聚。爱德华非常感激埃莉诺,露茜也毫不迟疑地表达了对她的感激,说起她对他们两人的友谊时,口吻中充满了热情与谢意,对她感恩戴德,还声称不论是现在还是将来,达什伍德帮他们的忙她都不会感到惊奇,因为她相信埃莉诺对自己真正看重的人是什么忙都肯帮的。至于布兰登上校,她不仅要把他当成圣人来崇拜,而且渴望得到他世俗的关心,还盼望他能足额缴纳教区什一税,她甚至打定主意,到了德拉福德后要尽可能利用他的用人、他的马车、他的奶牛和他的家禽。

自从约翰·达什伍德前往伯克利街拜访以来，一个多礼拜过去了，埃莉诺姐妹俩除了捎去口信表示对他妻子的问候外，还没有亲自去看望过。埃莉诺开始感到需要去看望一次。不过，这桩义务既不出于她自愿，也得不到同伴们的鼓励和帮助。玛丽安不仅自己绝对不去，还态度坚决地阻止姐姐去。詹宁斯太太虽然愿意让埃莉诺随时使用她的马车，可她对约翰·达什伍德太太厌恶极了，虽然想看看那个事件后她成了什么模样，也渴望当面对她表示轻蔑替爱德华出出气，但她说什么也不愿陪埃莉诺去看望。结果，埃莉诺只得独自去拜访，可她本人是最不愿意去拜访的，她还得冒着单独与这个女人会面的危险，她比其他任何人都有更多讨厌这个女人的理由。

达什伍德太太拒绝会见客人。但是马车还没有在那所宅子前掉过头，她丈夫便碰巧走出宅子。他说见了埃莉诺感到非常喜悦，告诉她说他自己也正打算去伯克利拜访，还向她保证说，范妮非常高兴见到她，邀请她进屋。

他们登上台阶走进客厅。里面一个人也没有。

"我猜范妮在她自己房间里，"他说，"我马上去找她，我肯定她绝对不会不见你的。真的绝对不会。尤其是现在没有……不过，你和玛丽安从来都受欢迎的。玛丽安怎么没来？"

埃莉诺尽量替她找了个借口。

"我能单独见到你也好，"他回答说，"因为我有许多话要对你说。布兰登上校找的那个职业……这是真的吗？他真的给了爱德华？我是昨天偶然听人说的，正要找你专门问问这事。"

"绝对是真的。布兰登上校把德拉福德的一份差事给了爱德华。"

"真的！哎呀，这可真是太让人吃惊了！还不是亲戚！他们之间什么关系也没有!那份职业收入还那么高!这个职位原先的收入是多少?"

"大概一年二百镑。"

"好嘛……假如原先占有这个职务的人年老多病,不久便可能腾出位置……把这个收入的空缺卖给下一任……我敢说,他或许能赚到……一千四百镑。他怎么不在这人死前把这事定下来呢?现在要卖可就太晚了,布兰登上校本来是个非常精明的人嘛!我真奇怪他怎么在这么平常、这么自然的利害事务上如此没有远见!唉,我相信几乎每个人的性格中都有无数不合情理的方面。不过,回想起来,我觉得情况可能是这样的。上校其实已经把那个空缺卖出去了,爱德华只是临时替补一下,等到那个人成年后再接替。对,对,是这么回事,肯定没错。"

埃莉诺断然否定了这种无稽之谈。她讲述了自己如何受托替布兰登上校转达消息,因此知道馈赠这个职位的条件,他这才承认她说的是真话。

"那可真让人惊讶!"他听完她的话后嚷道,"上校到底是什么动机?"

"非常简单——帮助费拉尔斯先生。"

"好吧,好吧。不论布兰登上校有什么动机,反正爱德华十分走运。不过,你不要对范妮提起这事,我倒是对她透露了一点儿情况,她也承受得不错,不过她还是不喜欢人们谈论这事。"

埃莉诺不禁想说,范妮得知自己的弟弟获得了一笔财富,的确能够保持镇定,因为她自己和她的孩子并不会因此遭受任何损失。她忍了又忍才憋住没说出口。

"费拉尔斯太太,"他压低声音,仿佛要谈论一桩重大事件,

"她目前还没有得知此事,我相信最好干脆别让她知道,时间拖得越长越好。等到他们结婚了,我恐怕她肯定能听人说起。"

"但是为什么要这样小心提防呢?毫无疑问,费拉尔斯太太得知儿子有足够的钱活下去肯定不会让她感到满意。但是,根据她最近的表现,难道她还会有什么感觉?她已经把儿子赶出家门,永远不认他这个儿子,还要求自己有能力支配的人也断绝跟他的来往。既然已经这么做了,她不至于还为儿子感到悲苦或喜悦吧,她不该对他的任何事情感兴趣了吧。她总不至于既不顾一个孩子的死活,又心怀母亲的担忧。难道她竟然那么软弱不成!"

"啊!埃莉诺,"约翰说,"你这道理讲得倒很好,不过你还是不懂人的本性。等到爱德华那桩不受欢迎的婚事成为事实后,相信我的话吧,他母亲会感到难过的,就像没跟他断绝关系时一样难过。因此,任何能促成那桩可怕婚姻的事情都必须尽可能不让她知道。爱德华是费拉尔斯太太的儿子,这事她永远都忘不掉。"

"你这话真让我吃惊。我倒认为现在她根本记不得他是谁了呢。"

"你太错怪她了。费拉尔斯太太是世界上最慈爱的母亲。"

埃莉诺默不作声了。

"现在,"达什伍德先生过了一会儿说,"我们在考虑让罗伯特娶默顿小姐。"

听了哥哥用一本正经的坚定声调说出这话,埃莉诺不禁微微一笑,平静地说:

"照我看,那位小姐在婚事上没有其他选择了。"

"选择!你这是什么意思?"

"我的意思不过是说,从你说话的态度上判断,我看对默顿小姐来说嫁给爱德华或者罗伯特没什么两样。"

"当然啦，根本没什么差别，因为现在罗伯特从各种意义上都是长子了，至于其他方面，他们都是非常喜人的年轻人。我看不出一个比另一个强。"

埃莉诺没再说什么，约翰一时也沉默下来。他思索了一会儿后，开口说道：

"我亲爱的妹妹。"他亲热地拉起她的一只手，声音压得低低地说："有一桩事我可以向你保证，而且我一定要做，因为我知道你一定会感到满意的。我有很好的理由认为……其实我是从最可靠的人那儿得知的，否则我决不会说出来，要不然这么说可是大错特错的……这倒不是我听费拉尔斯太太自己说的……而是听她女儿亲口说的，我是从她那儿听到的……总之，不论她们对某种关系……对某种关系表示过怎样的反对……你懂我的意思吧……可那种关系怎么说也不像这次的关系让她讨厌，就是说她的恼火还不及这次的一半。我听了费拉尔斯太太对这事有这样的看法觉得高兴极了……这是我们大家都感到非常高兴的事情。'两件事不能比，'她说，'那是两件坏事中较轻的一件，要是那样，我现在也不会觉得这么倒霉。'不过，这都是过去的事了……不能想，也不能提了……至于任何恋情，你知道……都绝对不可能了……一切都过去了。不过我认为我要把这些话告诉你，因为我知道你听了会多么高兴。倒不是觉得你有什么遗憾的理由，我亲爱的埃莉诺。毫无疑问你做得很好，非常好，考虑到方方面面，也许还更好些。布兰登上校最近常跟你在一起吗？"

这些话已经让埃莉诺听够了。她并没有感到自己的虚荣心有什么满足，也没有让她的自尊心得到满足，反而让她神经紧张，感到非常不安。幸而她用不着做出什么回答,也免却了再听她哥哥废话的苦恼,因为这时罗伯特·费拉尔斯先生走了进来,这让她感到高兴。闲聊过几分钟后,约翰·达什伍德记起还没有把妹妹来的事告诉范妮,就离开房间去找她。埃莉诺就留下来进一步熟识罗伯特。从他漫不经心的放荡态度和自我陶醉的逍遥风度上,她都增强了对他的心智的恶劣看法。他沉迷于酒色,游手好闲,却享受了母亲不公平的溺爱和馈赠,而这一切都是以剥夺他正直的哥哥的利益得来的。

他们两人交谈不足两分钟,他便开始谈起了爱德华。他也听说爱德华得到了那个职位的事,便仔细打听情况。埃莉诺把告诉约翰的事情重复详细地叙述了一番。虽然他的反应完全不同,却像她哥哥一样感到吃惊。他放肆地大笑不止。想到爱德华要当个牧师,要住在狭小的牧师住宅里,他就止不住自己的狂笑。想象出爱德华身穿白色法衣,口念祈祷词,宣布某位约翰·史密斯与一位玛丽·布朗即将结婚,他就觉得没有什么事比这更滑稽的。

埃莉诺沉默不语,板着面孔等待这场闹剧结束。她不禁冷眼瞪着他,目光中显出无比的轻蔑。这番瞪视恰到好处,既泄了心头怒气,又没让他察觉。他渐渐恢复了理智,这倒不是因为她的谴责,而是自觉没趣。

"我们可以把它当作一个笑话,"最后他终于止住了放肆的大笑,结束了过分延长的嬉闹,"不过,说实在的,这可是一桩最严肃不过的事。可怜的爱德华!他彻底完蛋了。我感到说不出的难过,因为我知道他这人心很好,比什么人都厚道。达什伍德小姐,你千万不能凭你跟他的一点点交往去判断他。可怜的爱德华!他的态度的确不讨人喜欢。不过你知道的,我们不是天生都具有同样的

才能和同样的口才。可怜的家伙！想到他要在陌生人的圈子里生活！那可真够可怜的！不过我相信他的心眼儿好，比全国任何人都不差，我还要说，这事公开以后，我从来没那么吃惊过。我原来根本不相信这是真的。是我母亲第一个告诉我的。当时我觉得应该有点儿反应，就立刻开口对她说：'我亲爱的夫人，我不知道你打算怎么处理这事，不过，我不能不说，假如爱德华真的要跟这么个女人结婚，我再也不想见他了。'我当时就是这么说的。我受到的震动的确非同小可！可怜的爱德华！他这人彻底毁了，跟上流社会无缘了！不过，我对这事一点儿也不觉得奇怪，我当时就是这么对我母亲说的。根据他受到的教育，肯定能想到他会这么做的。我可怜的母亲简直要发疯了。"

"你见过那位小姐吗？"

"倒是见过一回，她来过这宅子，我碰巧来待了十分钟，看得够清楚了。是个地地道道的乡下笨姑娘，没有风度，没有优雅，几乎算不得漂亮。我清清楚楚地记得她。我想，她正是那种能让可怜的爱德华动心的姑娘。我母亲把这事告诉我以后，我立刻提出，由我跟他谈谈，劝他放弃婚约。可后来我发现要做任何事情都已经太晚了。可惜事情发生的时候我不在场，直到双方都闹僵了我才得知，你知道，后来我就不能插手了。要是我能早几个钟头知道，我看很有可能找到某种办法。我肯定会非常清楚地对爱德华指出。'我亲爱的伙计，'我会这么对他说，'考虑一下你在做什么事吧。你这是要结一门最丢人的亲事，而且受到你家人的一致反对。'总之，我不禁想到，当时应该能找到一种办法的。现在一切都太晚了。你知道，他肯定要给饿死，这一点毫无疑问，肯定要给饿死的。"

他刚刚镇定自若地做出这么个结论，约翰·达什伍德太太就进了屋，打断了这个话题。虽然她自己在外人面前什么也没说，可埃莉诺看得出她心里受到的影响。她进门的时候面部表情显得慌乱，便尽量装出对埃莉诺热情的样子。听说埃莉诺和妹妹不久要离开伦敦，她甚至希望多跟她们见见面。她丈夫陪她进屋后，一直着迷般地听她说话，似乎听到的全都是最优美动人的话语。

# 第四十二章

在埃莉诺另一次去哈利街的拜访中,她哥哥为她们用不着自己掏腰包就能旅行到巴顿那么远的地方向她道贺,也为布兰登上校一两天后也要跟着去克利夫兰庄园向她贺喜。兄妹在伦敦的交往就这样结束了。范妮冷淡地邀请她们,说如果将来她们顺道路过,欢迎她们去诺兰庄园拜访,其实那是最没指望的事情。约翰口吻比较热情地私下对埃莉诺说,他会去德拉福德庄园看望她,这些也就是她们未来在乡间会面的全部机会了。

她的朋友们似乎都想把她打发到德拉福德庄园去,这让她感到很滑稽,因为那是她最不愿意去的地方,既不愿意去拜访,更不愿意住在那里。然而,不但她哥哥和詹宁斯太太把那儿看作她未来的家,就连露茜与她分手的时候也执意邀请她去那儿拜访。

四月初的一天清晨,两家人分别从汉诺威广场和伯克利街出发,大家约好在途中会合。大家为夏洛特和孩子的舒适考虑,打算让她们在路上多走两天，帕尔默先生与布兰登上校速度较快，等其他人到达克利夫兰庄园后不久便能赶到。

玛丽安在伦敦没有度过什么愉快的时光，早就急着要走，可是她向这所房子道别时难免回忆起这里是她心怀最后希望和信心的地方，心里便感到极度悲伤。想到她心中的希望永远破灭了，想到要离开威洛比仍然居住的这座城市，他仍然在这里忙着应付各种新的约会和新的安排，而她自己却被排除在外，让她不禁潸然泪下。

临走时，埃莉诺倒是比较心满意足。这里没有什么让她恋恋不舍的东西，也没有什么让她不忍分手的人，她很高兴从露茜的友好困扰中脱出身来，也庆幸在威洛比婚后没引起他的注意，自己就将妹妹带走了。她盼望在巴顿平静几个月后，玛丽安的心境能恢复平静，自己也能安定下来。

旅途一路平安。她们第二天就进入萨默塞特郡，玛丽安心中时而想象出这是原来十分向往的地方，时而又认为这是她的禁区。第三天上午，她们的马车就到达了克利夫兰庄园。

克利夫兰庄园是一所宽敞时髦的宅子，它坐落在一片斜坡的草坪上。宅子周围没有花园，不过游戏场地十分宽阔。就像同等水平的宅子一样，它的开阔地上有灌木，林间有幽深的小径，一条卵石铺成的平坦道路蜿蜒绕过一片树林，通向正门，草坪间点缀着树木，房子掩隐在枞树、山岑树和洋槐树之中。这些茂密的树木间还耸立着高大的白杨树，将所有下房都遮盖起来。

玛丽安走进房子时满心激动，因为她知道这里距巴顿只有八十里，距离康比·玛格纳还不到三十里。进门后，大家忙着帮夏洛特抱出她的孩子给管家看。玛丽安没过五分钟就悄悄溜出屋子，穿过即将披上夏日盛装的灌木丛，来到一座希腊式神殿前，目光越过广衮的原野，朝东南方向瞭望。她充满柔情的视线被远处地平线上的山脊挡住了，想象中，她看到了坐落在那些山脊上的康比·玛格纳。

在如此珍贵的时刻，在如此无法衡量痛苦的时刻，她庆幸自己能来到克利夫兰庄园，眼眶里不禁涌出痛苦的泪水。她循另一条路返回宅子的时候，感到了乡间自由的乐趣，体会到独自任意漫游的享受，于是打定主意，在帕尔默家暂住期间，每日每时每刻都要这样在独自漫游中度过。

玛丽安回来的正是时候，大家这时走出房门，要去附近游览。大家在菜园里闲逛，仔细观赏墙头上的花朵，听园丁抱怨病虫害，在温室中穿行，夏洛特得知自己喜爱的花草因没有及时覆盖被冻死，不禁放声大笑。大家还参观了她的禽舍，她的挤奶女工难过地说，有些母鸡有心下蛋无心孵卵，有时候狐狸来偷吃小鸡，还有一窝本来很有希望的小鸡全军覆没了，这些都成了夏洛特欢乐的新源泉。上午的时间就这么消磨掉了。

上午晴朗无雨，玛丽安到外面活动，她根本没料到在克利夫兰庄园逗留的时候还会变天。午饭后开始下起的雨让她大为吃惊，也阻止了她去室外活动。她原计划在暮色中走到那座希腊式神殿，也许还想四处走走，夜晚虽然阴冷潮湿，也并无妨碍。但是下起了持续的大雨，就连她也不能把这想象成干燥愉快适于散步的天气了。

她们的人数不多，时间很快便消逝了。帕尔默太太照顾她的孩子，詹宁斯太太编织毯子，大家谈论起分手后留在伦敦的朋友们，替米德尔敦夫人安排约会，猜想帕尔默先生和布兰登上校的旅程，当天晚上是不是能超过雷丁城。虽然埃莉诺对这些话题丝毫不感兴趣,却加入到她们的谈话中。玛丽安不论到了谁家,都能找到图书室,那种地方就是主人一般都不愿去的,可她不久便拿到一本书。

帕尔默太太的一贯友善和欢乐让她们感到自己很受欢迎。她的态度开朗热心,完全弥补了因办事欠思考和不够文雅显出的礼节不周。她漂亮的面孔总是露出善意,她的愚蠢虽然十分明显却并不令人讨厌,因为她并不自负。埃莉诺能原谅她的一切过错,却不能原谅她的大笑声。

两位先生第二天很晚才到,赶上了一顿拖得很晚的正餐。整整一上午都在下雨,她们的情绪相当低落,但是人多了,谈兴就浓,话题也多,大家都很开心。

埃莉诺在这之前很少与帕尔默先生见面,每次见面他对她们姐妹俩的态度也是忽冷忽热,让她很难预料他在自己家会如何对待她们。结果,她发现他对所有的客人都十分礼貌,举止完全是位绅士,只是偶尔对妻子和岳母有点儿粗暴。他非常善于跟人和睦相处,只是由于觉得比詹宁斯太太和夏洛特高明,便自以为比一般人都优越,因此偶尔露出不十分高雅的举止。埃莉诺看得出,他的性格和习惯都与他这个岁数的男人没什么大的差别。他讲究饮食,作息没有规律,心里喜爱自己的孩子却装出无所谓的样子,上午本来是该办正事的时间,可他却在台球房消磨时光。不过总的来讲,她对他的好感超过了原先的预料。她内心中并没有因为对他的好感不多而觉得遗憾。她见他贪图享乐,自私自利,骄傲自负,不禁对比起爱德华宽厚的性格,简朴的品位和谦虚的感情,这让她觉得十分愉快。

布兰登上校最近去过多塞特郡,她便得知了爱德华的消息,至少是关于他的一些情况。布兰登上校既把她当作费拉尔斯先生无私的朋友，又当作自己的知己，对她详细讲述了德拉福德牧师住宅的情况，说了那地方的种种缺陷，把自己的修缮打算告诉她。他不但在这个问题上，而且在每一件其他事情上对她的态度都十分亲热。分别仅仅十天，他再见到她时便显出坦率和愉快，愿意与她谈论任何事情，他也十分尊重她的看法，这些都让詹宁斯太太有理由相信他对她的恋情。如果埃莉诺不是从一开头便相信玛丽安才是他的恋情所归，她自己大概也会疑心这是真的。但是，除非詹宁斯太太这么说起，否则她从来不会产生这样的念头。她相信自己比詹宁斯太太观察得更仔细。她观察他的眼神，而詹宁斯太太仅仅留意他的举动。玛丽安的脑袋和喉咙稍感不适，似乎有感冒的症状，他的眼神便流露出焦急不安，但是，由于他根本没有用言语表达，那位夫人就完全没有察觉到。而她自己却从中看到了一个爱人的敏感和过分的惊慌。

　　她们到这里后的第三天和第四天，玛丽安在暮色中散步，她感到十分喜悦，脚步并不局限于灌木丛间干燥的卵石路，还迈向很远的地方，到过树木古老原野荒凉的地方，那里高草丛生，阴冷潮湿。回来后，她也十分不谨慎，湿鞋湿袜都没换就坐下。最后玛丽安得了重感冒。起初一两天，她并不在意，不承认自己有病，后来病情加重，引起大家的关心，她才不得不承认生了病。人们纷纷提供药方，照例都被拒绝了。她脑袋昏沉沉的，发烧，四肢酸疼，咳嗽，喉咙疼，不过，她感觉晚上好好睡上一觉，就会彻底痊愈。她上床时，埃莉诺好不容易才劝得她服用了一两种最普通的药。

# 第四十三章

第二天早上玛丽安在习惯的时间起了床。不论谁问候，她都回答说，觉得好多了。为了证实自己的身体的确好了，她便动手做起日常的事情。但是她一整天捧着本书坐在炉前浑身哆嗦，根本看不进去，倚在沙发上也倦怠无力，根本不能说明她的病情有什么好转，最后她早早地上床休息，觉得更不舒服了。上校对她姐姐的镇定感到吃惊。埃莉诺不顾玛丽安反对一整天都在照顾她，服侍她，晚上还逼她服了些对症的药，她也像玛丽安一样，以为好好睡上一觉就没事了，并没有感到惊慌。

但是，两人的期待都落空了，玛丽安发了一夜的烧，辗转反侧无法入睡，便执意要坐起来，结果不得不承认自己疲惫得坐不住，只能躺下睡觉。埃莉诺马上听从了詹宁斯太太的忠告，打发人去请帕尔默家的医生。

医生来检查过病人后，虽然口头上安慰达什伍德小姐说，她妹妹用不了几天就能恢复健康，但是却认为她的病可能有斑疹病的迹象，嘴里还露出个"传染"的字眼。帕尔默太太立刻感到惊慌，怕自己的婴儿给传染上。詹宁斯太太起初就认为玛丽安的病比埃莉诺想象的严重，此时非常重视哈里斯先生的诊断，便对夏洛特说，应该马上带着孩子离开，这更增加了这位母亲的不安。帕尔默先生虽然认为她们这是大惊小怪，却抵挡不住妻子的焦急情绪和强烈要求，于是做出了让她离开的决定。哈里斯到达后没出一个钟头，帕尔默太太便带着孩子和保姆出发，去几里外巴斯的另一个地区，投靠帕尔默先生的一位亲戚。在她的恳求下，她丈夫答应过一两天就去那里陪她们。她也同样恳请母亲去陪她，但詹宁斯太太说，玛丽安一天不好，她就一天不离开克利夫兰庄园，既然把她从母亲身边带出来，就要担负起母亲的职责。埃莉诺深受感动，真心爱上她了。埃莉诺还发现，她在任何时候都是个积极的帮手，热心分担自己的劳累，而且她看护病人有经验，常常大有用处。

可怜的玛丽安由于生了这种病，感到浑身无力，情绪低落，全身都难受，再也不指望第二天就好转了。一想到不生病第二天本来要从事的活动，就更加重了她的病情，因为她们本打算第二天就出发回家的，一路上要詹宁斯太太的一位仆人护送，第二天下午就能回到家，准能给母亲一个惊喜。埃莉诺努力劝她打起精神，说不会耽搁多长时间，她自己当时也真的相信是这样的。玛丽安没说多少话，一开口总是悲叹这次耽搁不可避免。

第二天，病情变化不大，或者说根本没有什么变化。她其实根本就没有好转，病情没有减轻，只是没有加重而已。现在，这里的人更少了，帕尔默先生很不愿意离去，他不愿意显出是受到妻子的威胁才走的，出于真正的同情和善意也不愿走开，但最后布兰登上校劝他履行对妻子的诺言,他这才答应走。他做出发准备时,布兰登上校也开始说自己要走,不过显得十分勉强。这时,詹宁斯太太插了嘴,她的反对意见正中上校下怀。她心想,不能在上校的心上人正为妹妹担心的时候放他走,否则他们两人都会感到非常不安。她马上表示反对,说是为了她自己他也得留在克利夫兰,因为达什伍德小姐在楼上照顾妹妹的时候,他每天晚上得陪她打皮克牌或者搞其他活动。她坚决要他留下。他能留下就满足了自己的最大心愿,布兰登上校也就不多推托,加上帕尔默先生强烈支持詹宁斯太太的恳求,他便答应下来。帕尔默先生觉得,让这样一位得力的助手留下来,在任何紧要关头帮助达什伍德小姐,或者给她出出主意,这对他自己也是个宽慰。

玛丽安当然不知道有这样的安排。她并不知道由于自己的缘故,克利夫兰的主人在回家大约七天后便躲走了。她没看见帕尔默太太并不感到惊讶,她既不关心帕尔默太太,也没提起过她的名字。帕尔默先生离去两天后,她的病情持续不变,还是老样子。哈里斯先生每天来看望她,每次仍然坚持说,很快就会好转,达什伍德小姐也同样满怀希望,但是其他人却并不这样乐观。詹宁斯太太起初就断定玛丽安闯不过这一关。布兰登上校主要是受了詹宁斯太太这些预言的影响,感到心情沉重。他内心中努力劝自己克服恐惧,医生的判断不同,感到恐惧似乎是荒唐的。但是他每天大部分时间都是单独度过的,难免胡思乱想,脑子里再也见不着玛丽安的想法总是挥之不去。

不过,第三天早上,两人的种种阴郁的预感几乎立刻消除了,哈里斯先生到来后宣布说,他的病人已经有了实质性的好转。玛丽安的脉搏有力多了,一切迹象都比上次好得多。埃莉诺非常欢喜,一切愉快的希望都得到了证实,她感到高兴,因为她给母亲写的信中没有提起朋友们的说法,只根据自己的判断,轻描淡写把妹妹耽搁在克利夫兰庄园的病情,几乎把玛丽安能动身回家的日期都说定了。

但是,这天晚上却不像早晨那么幸运。傍晚时,玛丽安又犯了病,病情比先前更重,更烦躁不安,更不舒服。不过她姐姐仍然乐观,认为不过是因为整理床铺时让她坐起来累着了。她小心地服侍妹妹吃下医生开的药,满意地看着她沉沉入睡,期待着她睡醒后会有最好的疗效。她睡了很长时间,却不像埃莉诺希望的那么安稳。埃莉诺急于看到疗效,决定整夜坐在妹妹身边。詹宁斯太太根本不知道病人有什么变化,照例早早上床睡觉了。她的女佣本来该主要担负看护职责的,却跑到管家屋子里去说笑逗乐,只剩下埃莉诺独自陪在玛丽安身边。

玛丽安睡得越来越不安宁了。她姐姐守望着她,丝毫也不敢懈怠,注意她不断翻来覆去,听到她嘴里不时吐出几个含糊的字眼,见她睡得这么难受,几乎想把她从睡梦中唤醒。突然,玛丽安被宅子里偶然发出的吵闹声惊醒,匆匆爬起身,狂乱地嚷道:

"妈妈来了吗?"

"还没来,"姐姐掩饰住自己的恐惧,扶着玛丽安重新躺下,"不过她会来的,我希望用不了多久。你知道,从这儿到巴顿的路很远。"

"她千万别绕道去了伦敦,"玛丽安的口吻还是一样的急切,"要是她去了伦敦,我就再也见不着她了。"

惊慌中,埃莉诺看出她的神志不大正常,一面努力安慰她,一面急忙给她号脉。脉搏比以前微弱急促!玛丽安还是狂乱地谈论妈妈，这让埃莉诺更加惊慌，于是她做出决定，立刻打发人去叫哈里斯先生，还要派人到巴顿去通知她母亲。她做出决定后，立刻想到应该与布兰登上校商量如何通知母亲。她打铃叫女佣来接替自己照顾妹妹，然后匆匆下楼去客厅，她知道，就是时间比现在晚，也能在那儿找到他。

现在不是迟疑的时候，她立刻把自己的恐惧和困难统统讲给他听。他没有勇气，也没有足够的自信心帮她消除恐惧。他只是神情沮丧地默默听她述说，但是她的困难立刻就解决了，他似乎早已做好了应付这种局面的精神准备，提出由自己去接达什伍德太太来。埃莉诺没有推辞，也不好推辞。她衷心地向他匆匆道谢。他催促用人去请哈里斯先生来，并且马上去驿站雇马匹，她抓紧时间给母亲写了封短信。

此刻有布兰登上校这样一位朋友，有这样的同伴陪她母亲前来，她感到多么放心，感到多大的安慰呀！这位同伴会替母亲拿主意，能沿途照顾她，他的友谊对母亲又是多大的安慰啊！如果这次突然的召唤能减轻她感到的震动，那么他的出现，他的态度，他的帮助的确让她感到轻松。

不论当时心里多么难受，他十分果断平静地迅速做好一切需要的准备，还计算出返回的大概时间，没有发生任何耽搁。马匹到了，甚至比预料的时间还早，布兰登上校神情严肃，只是握了握埃莉诺的手，低声说了几个字，声音低得几乎让她听不出，便匆匆上了马车。当时大约十二点钟，她回到妹妹的房间，等医生来，继续熬夜守护在妹妹身旁。这一夜她们俩几乎同样难熬。一个钟头又一个钟头过去了，玛丽安睡不安稳，不断地说着胡话，哈里斯先生到来之前，埃莉诺急得要命。她以前过于乐观，一旦着了急就过度惊慌。她不让人叫詹宁斯太太来,可夜里陪她照顾的那位女佣不时暗示她女主人说过的话,让她心里饱受折磨。

玛丽安仍然不时说胡话,主要是颠三倒四地说起母亲,她一提起母亲,埃莉诺心里就感到一阵痛楚。埃莉诺责怪自己不该这么多天没把妹妹的病当回事,还以为这点儿小恙马上就能恢复过来。她唯恐一切救治终归无效,一切都耽搁得太久,想象出母亲来得太晚,最后没见着这个亲爱的孩子,或者来了她已经神志不清的场景。

她正打算再次喊人去请哈里斯先生,如果他不能来,就请教他有什么嘱咐,正在这时他却来了。这时已经早晨五点钟了。不过,他的意见稍稍弥补了一下他的耽搁,虽然他承认病情变化非常出乎意料,也十分令人不快,但是认为没有什么大危险,他说用一种新的治疗方法肯定能起作用,他的信心让埃莉诺稍感放心。他答应过三四个钟头再来,他走的时候,病人和焦急的看护都比他来的时候安定一些。

詹宁斯太太早上听说昨晚发生的事情后极为关心,一再埋怨她们不叫她来帮忙。此时,她更确信原先的担心有道理,对后果也愈发不怀疑了。她尽量安慰埃莉诺,但是相信她妹妹的病情危急,所以无法用希望的话语安慰埃莉诺。她确实非常伤心。像玛丽安这样年轻可爱的姑娘早早夭折,就是一个不太相关的人也会感到难过。而詹宁斯太太对她还特别同情。这三个月来,这孩子一直陪伴着她,现在仍然在她的监护下,大家都知道玛丽安受过极大的伤害,很长时间都感到不幸。而且特别受她宠爱的那位姐姐也跟着遭受痛苦。至于她们的母亲,詹宁斯太太想到玛丽安对她母亲的感情大概与夏洛特对自己的感情不相上下,她对那位母亲遭受的痛苦就感到真挚的同情。

哈里斯先生第二次来看病很准时,不过他上次的希望却破灭了。他的药没有效果,高烧没有降下来,玛丽安比较安静,只是神志不清了——进入了沉沉昏睡状态。埃莉诺立刻看出他的惊慌及更深的含义,就提出另请医生来看。可他认为没有必要,说是自己还有其他药可试试,是一种新药,而且他对这种药的信心就像上次一样坚定。他结束出诊的时候,说了许多鼓励和保证的话语,声音传到达什伍德小姐的耳朵里,却没有进到她心里去。在她不想母亲的时候,她的心情十分平静,不过她几乎已经绝望了。她在这种心境中苦苦捱到中午,坐在妹妹床前几乎一动也没动,思绪里浮现出一幕幕悲伤的情景,一个个受苦受难的亲人,詹宁斯太太说的话更让她的心情沉重到了极点。这位夫人毫不怀疑地认为,玛丽安目前病危完全是由失恋后几星期的精神压抑引起的。埃莉诺觉得这话完全有理,可回顾过去更让她增添了新的痛苦。

到了中午,她察觉到妹妹的脉搏有了点儿好转。她满怀希望,却十分谨慎,害怕最终更加失望,所以没敢把话说出口,甚至对她的朋友也没说。她等待着,守护着,检查了一遍又一遍,这以前她的一切痛苦都掩盖在她平静的外表下,现在她再也掩饰不住自己的激动,最后终于壮着胆子说出自己的希望。詹宁斯太太勉强检查了她的脉搏,承认说暂时有些好转,却尽力说服她年轻的朋友别抱太大希望。埃莉诺仔细考虑她的每一个告诫,也对自己说不能抱什么希望。然而,这些告诫都过时了。希望已经来临,她已经感到了希望之神急促拍打的翅膀,她俯身细看妹妹,自己也不明白这是要干什么。半个钟头过去了,有利的征兆让她感到鼓舞。其他征兆也出现了,证实的确有了希望。她的呼吸,她的皮肤,她的嘴唇,全都出现了让埃莉诺欣喜的好转迹象。玛丽安的眼睛能清醒地盯着看她了，只是还显得没有神。焦虑和希望同时让她感到难以忍受，让她一刻也不能安心，直到哈里斯先生四点钟来出诊，断言说她妹妹的恢复速度超出自己的预料，并向她道贺，她这才得到信心，宽慰得流出了喜悦的泪水。

玛丽安在各方面都大有好转，他宣布说，她已经完全脱离了危险。詹宁斯太太也许觉得自己的预言在最后一次惊恐中得到了部分证实，也颇感满意，便情愿相信他的诊断没错，她真心感到愉快，口吻坚定欢快地承认，完全康复是可能的。

埃莉诺并不能感到欢快。她的喜悦属于另一种性质，绝不是欢快。玛丽安得救了，恢复健康，回到朋友中间，回到溺爱她的母亲身边，一想到这些，她便异常的欣慰，进而让她产生热烈的感恩。不过她表面上并没有流露出欢乐，没有说一句话，甚至没有微笑一下。埃莉诺胸中只有平静而强烈的满意。

她整个下午都守护在妹妹身边，几乎片刻也没有离开过。她安抚妹妹的各种担忧，回答她每一个虚弱的问题，为她做各种护理，几乎关注着她的每一个表情和每一次呼吸。她担心妹妹的病情有加重的可能，心里每时每刻都感到焦虑。但是她不断地仔细检查，看出每一种迹象都证明好转在继续。六点钟的时候，玛丽安平静地沉沉入睡了，看上去睡得十分舒服，她这才打消了各种疑虑。

布兰登上校预期返回的时间越来越近。她相信应该是在十点钟的时候，无论如何不可能晚多少，她母亲就能放下一颗焦虑的心。现在她正怀着沉重的心向她们奔来。还有上校！也许他心里受的痛苦更值得同情！啊！时间过得多慢啊，他们现在还不知道情况呢！

七点钟的时候，玛丽安仍然睡得很香甜，埃莉诺到客厅陪詹宁斯太太一道吃茶点。由于担惊受怕，她根本没吃早饭，由于转惊为喜,她中午饭也没吃多少,因此吃这顿茶点时她的胃口特别好。詹宁斯太太劝她饭后在母亲到来前睡一会儿,自己替她去照顾玛丽安,可埃莉诺一点儿不觉得疲惫,这一刻她根本睡不着,没必要离开妹妹。詹宁斯太太便陪她上楼,走进这间病房,见一切顺利,感到满意,便留下她照顾病人,让她独自想心事,自己回房间写信,然后上床睡觉。

这一夜风雨大作,十分寒冷。风刮得整个宅子呼呼直响,雨点啪啪打在窗户上。但是埃莉诺心里高兴,对这些并不在意。狂风暴雨都没有惊醒玛丽安。那旅途中的人们——这里正有丰厚的回报等待着他们,等着消除他们目前的一切焦虑。

时钟敲响八点钟。假如钟敲十响,埃莉诺会认为此刻听到了马车驶向宅子的辚辚声。尽管他们不可能此刻就到,但是她的确相信听到了车马声,便起身走到隔壁的更衣间,打开百叶窗向外张望。她马上发现自己的耳朵没有听错,她看到了马车的明亮灯光。摇曳的灯光中,她仿佛看出那是一辆四匹马拉的马车。这一方面说明她可怜的母亲有多么惊恐,另一方面也解释了为什么他们的速度快得出乎预料。

埃莉诺从来没有如此难以保持平静。她知道马车停在门外时,母亲有怎样的心情——疑虑、恐惧,甚至是绝望!她会说些什么呢?想到这一切,她不可能保持平静。她必须赶快下楼,她连忙把詹宁斯太太的女佣叫来陪着妹妹,自己匆匆奔下楼。

她经过一间内厅时听见门厅的嘈杂声,相信他们已经进了宅子。她匆匆奔向客厅,不料进门后见到的却是威洛比。

# 第四十四章

埃莉诺一见到威洛比,惊得倒退几步,第一个冲动便是立即退出屋子。她的手已经抓住了门把手,威洛比连忙走过来制止她,声音不像是哀求,倒像在下命令:

"达什伍德小姐,我请你留下……只需半个钟头……不,十分钟。"

"不行,先生,"她口气坚决地回答道,"我不能。你的事情与我无关。我看用人忘记告诉你帕尔默先生不在家。"

"就是他们告诉我说,"他情绪冲动地说,"帕尔默先生和他全家都见了鬼,也不能让我转身离去。我就是来找你的,只是来找你的。"

"找我!"她惊呆了。"那么……先生……快说吧……你不要冲动。"

"坐下,我会平静地尽快说完。"

她踌躇着,不知道该怎么办。她脑子里闪过一个念头,布兰登上校可能回来看见她跟他坐在这里。但是既然她已经答应要听他说,而且心中的好奇也不亚于荣誉感。思索片刻后,她认定尽快结束这事最明智,便默默走到桌子旁坐下。他坐在对面的椅子上,两人沉默了半晌。

"请你快点儿说吧,先生,"埃莉诺不耐烦地说,"我没空。"

他坐在那里沉思,好像没听见她说的话。

"你妹妹,"片刻之后,他突然开口说,"已经脱离危险了。我是从用人那里听到的。感谢上帝!不过,这是真的吗?确实如此吗?"

埃莉诺不愿回答。他口吻急切地再次问道。

"看在上帝分儿上,告诉我,她脱离危险了没有?"

"我们希望如此。"

他站起身,在屋子里来回踱步。

"要是我半个钟头前得知这事该多好——不过既然我来了,那还有什么关系?"他回到座位上,强装出愉快神色,"达什伍德小姐,这一次——也许是最后一次,咱们一起高兴一下吧。我现在心情很好。告诉我实话,"他涨得满脸通红,"你认为我是个恶棍还是个傻瓜?"

埃莉诺更加诧异地望着他,心里开始觉得他准是喝多了。这次拜访莫名其妙,他的态度也太奇怪了,除了因为酗酒不可能是其他原因,于是她立刻站起身,说道:

"威洛比先生,我劝你马上回康比去,我没有闲工夫多陪你。不管你找我有什么事,明天都可能解释得更清楚些。"

"我清楚你的意思,"他煞有介事地笑了笑,声音非常平静地回答道,"不过,我的确喝了不少。在马尔波拉喝了一品脱黑啤酒,外加冷牛肉,足能把我放倒。"

"在马尔波拉!"埃莉诺嚷道。她越发不明白他想要干什么了。

"不错,我今天早上八点钟离开伦敦,一路马不停蹄,只是在马尔波拉歇了歇脚,吃了点儿东西。"

他的态度镇定,说话的时候眼睛十分清醒,埃莉诺便认为,不论他来克利夫兰庄园来想做什么,反正不是来撒酒疯的。她思索片刻后说:

"威洛比先生,发生过去那样的事情后,我当然有这样的感觉,而你也肯定应该感到,你这样来访,而且逼我听你的话,肯定应该有特殊的理由。你这到底是什么意思?"

"我的意思,"他一本正经地说,"是希望你们别像现在这样恨我。我希望做些解释,对过去的事情道歉,向你敞开我的心扉,让你相信,虽然我一向是个大傻瓜,可我并非一贯是个恶棍,我想得到玛……得到你妹妹的一点儿宽恕。"

"这真是你的目的?"

"我发誓的确是这样的,"他回答道。他的热诚勾起她对过去的回忆,尽管她心里并不愿意承认,可她不得不认为他是真诚的。

"如果是这样,那你已经应该感到满意了。因为玛丽安原谅了你,而且她早已原谅了你。"

"是吗?"他的声音非常恳切,"这么说,她已经提前宽恕了我。可她还会宽恕我一次,这次更加有理由。请你听我说,好吗?"

埃莉诺点头表示同意。

他停顿下来,一面等待她的认可,一面整理一下思路:"我不知道你如何看待我对你妹妹的行为,也不知道你认为我的行为有何种邪恶动机。也许你根本不会把我看得稍稍好一点了。不过，我还是值得试一试，让我把整个事情讲给你听吧。我最初跟你家人熟识以后，并没有其他意图，只是为了愉快地度过在德文郡的剩余时光，希望比过去过得愉快些。你妹妹非常可爱，她的举止讨人喜欢，不可能不让我愉快。她对我的举止从一开时就是一种……我回想起那种情况，分析她的态度，可我竟然并无察觉，真是令人吃惊！不过，我不能不承认，她的确助长了我的虚荣心。我没有考虑到她的幸福，只考虑自己作乐，我一向过于感情用事，便尽量讨她喜欢，并不故意回报她的爱情。"

达什伍德小姐听到这里，眼睛闪出轻蔑的怒火，瞪着他的眼睛打断他：

"威洛比先生，你用不着继续说，我也没兴趣再听。这样的开端不会引起什么有意义的内容。别再说这种话惹我难过了。"

"我一定要你听完整个情况，"他回答道，"我的家产本来不大，而我花起钱来总是非常随便，也总是跟比我富有的人一起混。我成年后，照我想，从那以前开始，我的债务就越来越多。等我的亲戚史密斯太太去世后，我就能偿还所有债务，可这种事不知道要等到什么时候，也许还远得很呢。所以我就打算娶个有钱女人成家立业。因此我从来就没想过要娶你妹妹。我只是引得她对我产生爱情，却根本没想过要回报她，这种卑鄙自私残忍的行为，不论激起她怎样的愤怒和鄙视，即使达什伍德小姐你也这样对待我，都绝不过分。不过，我可以为自己辩解一句，尽管那种自私虚荣情况非常可怕，但是我没想到会造成什么可怕的伤害，因为那时我并不懂爱情。我难道有过爱情吗？假如我真的有过爱情，难道我能为虚荣和贪婪牺牲自己的感情吗？再说啦，我难道能牺牲她的感情吗？可我的确这样做了。为了不至于比别人贫穷,我增加了自己的财富,却失去了她的爱情。然而她的爱情本来能让贫穷变得并不可怕,反而会使它变成幸福。"

"这么说,"埃莉诺的口吻稍稍缓和下来,"你相信自己曾爱过她?"

"世界上哪个男人能拒绝那样的魅力,又有谁能不顾那样的柔情呢?不错,当时我不由自主地真心爱她。当我有荣誉感,而且我的感情纯洁的时候,我跟她在一起度过的是我一生最愉快的时光。不过,即使在当时,我已经打定主意要向她求婚的时候,也不合时宜地一天天推迟开口,因为我的情况极为尴尬,为了荣誉不能跟她订婚。我并不想为此辩解,也不愿停下来听你指责我的愚蠢,那的确是比愚蠢还糟糕。结果证明,我是个自欺欺人的傻瓜,机关算尽,却得到一个让人永远唾弃我的机会。不过,后来我终于打定了主意,决定一找到跟她单独在一起的机会,就向她说明我对她是真心真意的,并且向她承认我一再向她表现过的爱情。然而,就在这个时候,就在我几个钟头后就能向她坦陈心事的时候,发生了一桩事,一桩非常不幸的事情,它动摇了我的决心,也毁了我的幸福。一桩事情被发现了,"说到这里,他迟疑着,垂下了眼皮。

"不知道史密斯太太怎么得知一桩男女关系,我猜可能是一位远房亲戚告诉她的,那人为了自己的利益,想要让她打消对我的好感……不过我想,我用不着多解释那桩事情了,"他的脸涨得更红,试探性地瞅了她一眼,"你们的关系特别密切,可能很久以前就听说那事了。"

"是听说过,"埃莉诺也红了脸,决心不同情他,"我全都听说了。那桩可怕的事情,你就是怎么解释也推卸不了自己的罪责,我也不可能同情你。"

"别忘了，"威洛比嚷道，"你是听什么人说这桩事情的。难道能不带偏见？我承认，我该尊重她的处境和她的人格。我并不是替自己辩解，但是我也不能让你认为我不该为自己辩护，难道因为她受了伤害，就无可指责，难道因为我是个浪荡公子，她就肯定是个圣人？假如她炽热的激情和她懦弱的意志……不过，我也不是要为自己辩护。我一想起那回事，心里就充满了自责。她对我的爱和柔情的确该得到更好的回报。我但愿……我诚心诚意地但愿没发生过那桩事情。不过我伤害的不仅仅是她本人，而且还伤害了另一个人，这个人对我的热爱……不知道我能不能这样说……丝毫也不少于她，而且情操……啊！要高尚多少啊！"

"尽管我并不愿讨论这种不愉快的话题，然而我不得不说，你对那位不幸的姑娘表现出的冷漠，并不是你抛弃她的借口。不要以为你借口她天性懦弱，就可以恣意残酷地对待她。你肯定明白，自己在德文郡追求新欢，放荡作乐时，她却在遭受极大的痛苦。"

"我敢发誓，我真的不清楚，"他口吻热切地回答道，"我没想到忘记把自己的地址告诉她了，再说，凭一般常识，她也能打听到的。"

"那么，先生，史密斯太太是怎么说的？"

"她当下指控我犯了罪。可以想象出我当时有多慌。她的生活单纯，观念正统，不谙世事——这一切都对我不利。那桩事情的本身我无法否认，设法缓和的一切努力也终归徒然。我相信，她原本就对我的道德品性感到怀疑，那次看望我陪她的时间很少，她更加不满意。总之，她最后彻底跟我决裂了。我只有一个办法能让自己得救。她真是个极端重视道德观念的女人！她提出，如果我跟伊莱扎结婚，她便既往不咎。可那是办不到的——于是我被正式赶出了她的家门，失去了她的遗产。这事发生后的那天晚上——我第二天早上就得走——我苦苦思索了一个晚上，考虑以后该做何打算。我的思想斗争十分激烈，这事结束得太快了。我绝对相信玛丽安对我的爱情，我也爱她，可这些都不能压倒我对贫穷的恐惧，也没能克服我对生活必须富有的错误观念。我本来就有这样的想法，浮华的社交生活更加深了这种观念。我有理由认为，我只要提出求婚，就能得到现在的妻子，便认为按照常理谨慎考虑，只有这条路好走了。可是，我离开德文郡之前却有一个难堪的场面，那天本来定好要跟你们一道吃饭的，因此我有必要找个借口不赴约。但是，我该写个短简表示谢绝呢，还是亲自口头去表达，却成了个让我举棋不定的事情。我不敢去见玛丽安，我甚至怀疑见到她能不能坚持原来的决定。不过，后来证明，我低估了自己的胆量，我不但去了，见了她，眼看着她痛苦，把她丢下不顾——离开的时候心里还打算永远不再见到她。"

"威洛比先生，你为什么要去？"埃莉诺责备道，"一封短简本来能解决问题。你为什么一定要亲自去？"

"为了面子，我觉得非去不可。要是我那样走了，让你们和其他邻居怀疑史密斯太太和我之间发生的事情，我可受不了。所以我决定在去霍尼顿途中顺道拜访你们的别墅。看到你亲爱的妹妹，可真是太可怕了，更糟的是，我发现她是独自一人在家。你们其他人都不知道去了什么地方。就在这之前的那天晚上，我离开她的时候还横下一条心，要改邪归正！因为再过几个钟头，我就会跟她订婚。我记得当时离开别墅走向艾伦汉姆的路上，心里多么幸福，心情多么愉快，我对自己感到满意，见了什么人都觉得喜悦！但是，这次会面却成了友谊的终结，我走到她跟前时心怀内疚，几乎掩盖不住真情。我告诉她我不得不马上离开德文郡时，她的悲哀、失望、深深的遗憾，让我永远也忘不掉——而且她对我还那么信赖，那么信任！噢，上帝呀！我真是个铁石心肠的恶棍！"

两人都沉默了。后来埃莉诺打破了沉默。

"你告诉她你很快就会回来吗？"

"我也不记得对她说了些什么，"他不耐烦地回答道，"肯定没说多少过去的事情，可能对将来的事说了不少空话。我不愿去想了，不堪回想啊。后来，你母亲回来了，她对我无比慈爱信任，这对我的心是更大的折磨。谢天谢地，我真被折磨苦了，真惨哪。达什伍德，现在回想起过去受的那些苦难，对我真是一种慰藉。我这是罪有应得，因为我愚蠢，我的心眼儿就像个恶棍一样坏。我觉得，过去遭受的苦难现在想起来倒很兴奋，很得意。就这样，我走了，离开我热爱的人，跟一帮我漠不关心的人混在一起。我坐着自己的马车去伦敦，一路上十分乏味，连个说话的人都没有——可我心里到很高兴——觉得眼前一片光明！回头望望巴顿，那幅景象非常平静！啊，那是一次幸福的旅程！"

他打住了。

"先生，"埃莉诺虽然可怜他，却急着想打发他走，"就这些了吧？"

"啊！不，你忘记在伦敦的事情了？那封无耻的信，她丢给你看了没有？"

"不错，我看过你们每一封来往信件。"

"她的第一封信我立刻就收到了，因为我一直在城里。我当时的感情，拿一个普通说法，就是无法形容。要是用一个更简单的字眼，我当时的感情是非常非常痛苦的。要是用个陈词滥调形容，信的每一行，每一个字眼都像一把匕首，刺到我心里——要是她在这里，肯定不准我用这种说法。当我得知玛丽安来到伦敦后，再套用同样的陈词滥调形容我的感情，那就像一道晴天霹雳。晴天霹雳和匕首！她会怎样指责我！我对她的情趣和看法比对自己还熟悉，而且觉得更宝贵。"

在这次奇怪的交谈中，埃莉诺的心情一直上下起伏着，这时又软化了。可她觉得必须打消最后产生的这种同情。

"威洛比先生，这样不对。别忘了你已经是结过婚的人。你只要把良心上过意不去的地方说出来就行了。"

"玛丽安的短简让我看出，虽然过了许多个礼拜，可她仍然像以前那样爱我，也仍然相信我还没有变心。这些唤醒了我的悔恨。我用唤醒这个字眼，是因为时间已经过了那么久，而且我身处伦敦，忙于事物和享乐，已经在很大程度上淡忘了她。我已经变成了个铁石心肠的恶棍，对她已经淡漠，就以为她对我的感情也是一样。我把自己过去的恋情仅仅当成一种消遣，不过是一种微不足道的小事而已，耸耸肩膀权当真是这么回事，我不时自忖道：'要是听说她攀高结贵，我会真心为她高兴的。'以此平息自己内心的责备，消除种种顾虑。可是那封短简让我清醒过来。我觉得她比世界上任何女人都值得我爱，我玩弄她实在是不道德的。但是，当时格雷小姐和我之间的事情已经确定下来了，要想反悔已经不可能了。我没别的办法，只能躲着不见你们俩。我没有给玛丽安回信，想避开她。有一段时间，我甚至打定主意不去伯克利街拜访。不过我最后认为装作一般的敷衍关系是上策。一天早上，我看着你们都出了门，就去留了张名片。"

"看着我们出了门!"

"真是这样的。你一定感到惊奇,因为我常常守望着你们,而且常常几乎与你们狭路相逢。你们的马车驶过来时,我多次躲进店铺,为的是避开你们的视线。因为我住在邦德大街,几乎没有哪天瞅不见你们中的一位。要不是我经常留神,绝不可能长时间不碰到你们的。我尽量避开米德尔敦一家,以及我们都认识的每一个人。不过,我没料到约翰爵士已经到了伦敦,我想,是在他到城里后的第一天,我就跟他撞了个正着,那是我去詹宁斯太太家送名片后的第二天。他邀请我去参加个晚会,是当天晚上在他家举办的舞会。其实,就是他自己不告诉我说你们姊妹俩要去,我也猜得出,所以我不敢放心大胆地到他那儿去。第二天上午我又收到玛丽安的一封短简,口吻中仍然充满了爱,那么开朗、纯真,那么相信人——相比之下,我的行为可恶之极。我无法做出答复。我倒是想写个回信,可一个句子都想不出来。我当天想了她一整天。达什伍德小姐,要是你能可怜我的话,就可怜可怜我当时的处境吧。我的脑子里一直想着你妹妹,心里也装着你妹妹,可我却不得不与另一个女人做快活情人的游戏!那三四个星期真是再倒霉不过了。唉,最后,我也用不着对你说,我还是跟你们迎头遇上了。我扮演的是个什么角色呀!多么痛苦的一个夜晚!玛丽安站在一边,像个天使一样,用那么可爱的声音叫我威洛比!啊,上帝呀!她向我伸出手来,要我做出解释,一双会说话的眼睛盯着我的脸,让人着迷!索菲亚站在另一边,望着这一切,忌妒得像个魔鬼。唉,现在没什么要紧了,都过去了。那样的夜晚!我尽快离开你们,可我还是看见玛丽安可爱的面孔变得惨白。那是我最后一次看见她,是她在我面前的最后模样。样子真可怕!可是,当我想到她今天真的要死了,当时的景象也算是一种安慰，因为我想象着她临终时让人看到的模样，也无非那副模样。我赶着来这里时，她的那副面孔一直出现在我眼前，同样的神情，一样的苍白。"

接着，两人都陷入了沉思。威洛比首先清醒过来，打破了沉默：

"嗯，我赶紧说完就走。你妹妹肯定好些了，肯定脱离危险了？"

"这是肯定的。"

"你可怜的母亲！她多么宠爱玛丽安啊。"

"但是，威洛比先生，关于你自己写的那封信，你有什么话要说吗？"

"不错，不错，我是要特别说说那封信的。你知道，就在第二天早上，你妹妹再次给我写来信。她写的话你都看见了。当时我正在埃利森家吃早饭，人们把她的信和其他几封信都从我家送了过来。索菲亚比我先看到那封信，信封的大小，信封的精致纸张，还有那笔迹，这些立刻引起了她的疑心。她先前就隐隐约约听到有人说，我在德文郡爱上过一位年轻女子，前一天晚上在晚会上她已经注意到这位年轻女子是谁，心里的忌妒别提有多强烈了。她装作开玩笑的模样，拆开信封读信。假如那是一个我爱的女人，她那模样倒真是可爱的。她的冒失得到了足够的惩罚，读了信后她感到无比的痛苦。她的痛苦我倒觉得没什么，可她的怒火必须平息下去才行。总而言之，你觉得我妻子写的信风格怎么样？细致，微妙，真正出自女性之手，对不对？"

"出自你妻子之手！可信是你的笔迹。"

"不错，我只是遵命抄写，到最后我觉得简直没脸签上自己的名字了。原稿完全是她一手写的，是她幸灾乐祸的念头和文雅的词语。可我该怎么办呢！我们已经订了婚，正在做各种准备，结婚的日子都差不多定好了。瞧我说这话的模样，十足的大傻瓜。准备！结婚日期！说真心话，我需要的是她的钱，处在当时的情景，说什么也不能闹翻。再说，不论我用什么语言回信，玛丽安和她的亲朋好友对我的看法还会有什么不同？只有一种结局。我干的事只能说明我是个无赖，至于我是卑躬屈膝还是傲慢自负都没什么两样。我当时自忖：'我在她们眼里已经完蛋了，她们永远不会再跟我交往了。她们已经认为我是个无耻之徒，看了这封信只会认为我是个流氓。'我抄写妻子的信，并且送还玛丽安最后几样纪念物时，就是这样的心情。她的三封信正好在我的皮夹子里，否则我会矢口否认，并永远珍藏起来。结果我被迫交了出来，甚至不能亲吻它们一下。那一绺头发我一直带在身上，装在同一个皮夹子里，结果被满脸堆笑的太太恶狠狠地搜了出来，连同其他纪念物一道抄走了。"

"威洛比先生，你这是大错特错，该受责备，"埃莉诺说，可她的声音里还是不由自主地流露出同情，"你不该这样谈论，既不该这样说威洛比太太，也不该这样谈论我妹妹。你已经做出了选择，并不是有人逼你。你妻子至少有权受到你以礼相待，有权得到你的尊重。她肯定爱你，要不然就不会嫁给你了。你不善待她，说起她时口吻轻蔑，这些并不能弥补你对玛丽安的罪过，照我看，对你自己的良心也算不得宽慰。"

"别对我提起我的妻子了，"他长叹一声说，"她不值得你同情。我们结婚的时候她就清楚，我不爱她。反正我们已经结了婚，无非是去康比·玛格纳快活，然后返回伦敦去作乐。达什伍德小姐，你现在同情我吗？还是我这些话全都白说了？照你看来，我的罪过在你心里比原先稍稍轻了一点我没有？我并非从来居心不良。

我的解释是不是让我的罪过轻了一点儿?"

"不错,你肯定减轻了某些东西——只有一丁点儿。总的来讲,你证明自己的过错比我原来想的少些。你证明了自己的心灵并不那么邪恶。不过我几乎不敢想象你让别人遭受了多大的痛苦,我几乎不知道还有什么痛苦比这更惨痛。"

"等你妹妹的病好了,请你把我的话告诉她,好吗?让我在她心里像在你心里一样罪孽稍稍轻一点儿吧。你说她已经原谅了我。我希望她了解我的心和目前的感情后,能自愿地、自然地、温和地原谅我,而不是宽恕我。请把我的痛苦和我的悔罪心情告诉她,告诉她我对她从来没变过心,也希望你告诉她,我现在比以往任何时候都更喜欢她了。"

"凡是对你比较公平的话,我都会告诉她的。不过你还没对我解释,你为什么选了这么个时候来。你是怎么得知她的病情的?"

"昨天晚上,我在特鲁里街剧场的门厅里遇见约翰·米德尔敦爵士,他认出是我,跟我说了话。这两个月来,他是第一次跟我说话。自从我结婚后,他就不理我。我既不吃惊也不嫉恨。不过,他天性厚道,诚实,愚鲁,对我满心的愤恨,对你妹妹满怀关心。可这一次他却不禁把这事告诉我,他认为我听了肯定会感到伤心,不过他也许觉得我并不会伤心。这让我十分恼火。他直截了当告诉我说,玛丽安·达什伍德在克利夫兰庄园害了斑疹伤寒,就要死了。那天上午他收到詹宁斯太太的一封信,说她病情非常危急,还说帕尔默一家吓得全都逃走了,等等。我一时惊慌失措,连迟钝的约翰爵士都看出来了。他见我难过的样子,心软了,对我的恶意也消除了,我们分手的时候他还跟我握了手,还提起送小猎狗的那回事。听说你妹妹病危——而且还说是要死了,我心里的感觉真是无法形容,她临死都会相信我是世界上最坏的恶棍,诅咒我,痛恨我——我还有什么可怕的罪责不敢承当呢?我敢肯定,有一个人准会说,我什么坏事都干得出来——我的感觉真是太可怕了!我立刻打定了主意,今天早上八点钟就坐着马车来了。现在你什么都知道了。"

埃莉诺没有回答。她默默思索着,这个人的心灵、性格和幸福都受到的无法挽回的伤害,都是由于他过早地独立生活,让他养成懒散、放荡和追求奢侈生活的习惯。他本来是个在各种方面都颇有天赋的人,而且性格开朗诚实,天生多情。可是世俗让他变得追求虚荣,挥霍无度——这些进而让他变得冷酷自私。出于虚荣,他玩弄女子的心,不惜以别人的痛苦为代价,结果却卷入了一次真正的爱情。为了满足自己挥霍无度的习惯,至少是出于需要,却不得不牺牲自己的爱情。每一种错误倾向都把他引向邪恶,也都让他受到惩罚。他不顾自己的社会荣誉,违背自己的感情,抛弃一切高尚的社会关系,表面上摆脱了那桩爱情关系,可他的心灵却被它牢牢控制住了,现在爱情已经不可挽回了。他为了这桩婚事毫无顾忌地抛弃了她的妹妹,让她遭受痛苦,但是,这对他却可能是永远不幸的根源。她思索了几分钟后,威洛比显然也从同样痛苦的思索中醒悟过来,起身告辞。

"我待在这儿也没用,得走了。"

"你要回伦敦吗?"

"不,我回康比·玛格纳。要去那儿办点儿事,一两天后回伦敦。再见。"

他伸出手。她不能拒绝,也向他伸出手。他热情地握了握她的手。

"你对我的看法真的比原来好了一点儿吗?"他说着放开了手,身子靠在壁炉上，好像忘了本打算要走。

埃莉诺说的确是这样，她原谅他，同情他，祝他好，甚至愿他幸福，还给了他些过好日子的忠告。他的回答并不十分令人鼓舞。

"至于那事，"他说，"我得尽量混下去。家庭幸福是不可能的。不过，假如允许我认为你和你家人还关心我的命运和我的行动，也许我会留心自己，至少让我觉得还值得活下去。当然我已经永远失去玛丽安了。万一我有幸重获自由……"

埃莉诺以责备打断他的话。

"好吧，"他回答道，"再次道别。我要走了，可有一桩事我还是感到担心。"

"你指什么？"

"你妹妹的婚事。"

"你这又是大错特错了。你现在已经永远失去她了。"

"不过，其他人会得到她的。假如得到她的正是我最反对的那个人……不过，我得走了，我不该显得不能原谅让我伤害最深的人，失去你对我的同情和好意。再见。愿上帝保佑你们！"

说完这话，他几乎跑出了屋子。

# 第四十五章

他走了,他的马车辚辚声消失后也过了挺长时间,可埃莉诺脑子里还是不断翻腾着许多完全不同的念头,让她感到压抑和悲哀,她甚至忘了该去看妹妹了。

半小时前还让她深恶痛绝的这个威洛比,尽管他有那么多罪孽,但她不由地因为他遭受的苦难,对他产生了些许同情。一想到他从此再也不会跟她家交往,她心里一软,不免感到有点儿遗憾,可她很快便意识到,这种情感正是他希望的,以他的品性而论,她不该有这种情感。她感到,他对她的影响由于他当时所处的情况而加强了,不过,若理智分析,那些情况其实无足轻重。他让她产生好感还因为他的非凡魅力,他的开朗性情,他活泼可爱的风度,然而这些并不等于美德。他还爱着玛丽安,但是沉湎于这种感情,不能算是天真无知了。可她当时却认为他是天真无知的,过了很长时间,她才感到他留下的印象渐渐淡化了。

她终于回到玛丽安身边时,妹妹刚刚醒来,长时间睡得很香甜,醒来后精神大有恢复,这与埃莉诺原先的希望一样。玛丽安对刚才发生的事情一点儿也没有察觉。埃莉诺感到心情沉重。昔日的往事,目前的境遇,未来的前景,威洛比来访,玛丽安脱离危险,母亲即将到达,这一切让她情绪激动,毫无倦意,她害怕无意间将心事透露给妹妹。好在她担心的时间没有多久。威洛比离开宅子没出半个钟头,埃莉诺便听到另一阵马车声,她连忙下楼去迎。她急于避免让母亲毫无必要地增加片刻的担心,急忙跑进门厅,赶到正门口时,母亲正好进门,她扶着母亲走进来。

驶近宅子时,达什伍德太太就开始感到恐惧,几乎认定玛丽安已经不在人世了。她进门后一时说不出话来,既不能询问女儿的病情,也没有问候埃莉诺。但是埃莉诺没等母亲的询问和问候,立刻说出了情况,让大家放了心,也让大家欢喜。她母亲本来容易冲动,听了这消息高兴得说不出话来,激动得就像刚才吓得不敢说话一样。她女儿和朋友一边一个,扶着她走进客厅。她泪流满面还是说不出话来,抱住埃莉诺不放,还不时转过身握住布兰登上校的手,眼神里流露出感激,也让人看出,她相信他在与她们分享这幸福的时刻。布兰登上校的确有同感,他虽然没开口说话,但心中的幸福甚至比她还深沉。

达什伍德太太镇定下来后,立刻要去看玛丽安,两分钟后便与她亲爱的孩子团聚在一起。长时间分别,又经历了不幸和危险,女儿比任何时候都更亲。埃莉诺见她们母女俩相见,心中十分喜悦,只是担心玛丽安激动得睡不成觉。孩子处在危险期,达什伍德太太还是能平静下来的,甚至十分谨慎。玛丽安知道母亲就在身边,感到满意,她意识到自己身体虚弱,不适于交谈,见大家都保持着沉默,便欣然接受大家的照顾,保持着平静。达什伍德太太坚持要照顾女儿一晚上,埃莉诺听从母亲的劝告上床去睡觉。尽管埃莉诺一整夜没有合眼,又经历了许多个钟头的焦虑和疲惫,本来急需睡眠,可她心情十分烦躁,难以入睡。威洛比——她心中不由地称他为"可怜的威洛比"——不断出现在她的思绪中。她但愿没听他的那番辩白,此刻,她时而为自己过去对他太苛刻而自责,时而又觉得他罪不可赦。但是,她答应把他的话讲给妹妹听,这事却总是让她感到难过。她怕做这事,害怕对玛丽安产生影响,怀疑玛丽安听到以后,是不是能与另一个人享受幸福生活,她甚至一时盼望威洛比成为鳏夫。后来她记起了布兰登上校,又责备自己,觉得布兰登上校遭受的痛苦和他的坚定是他的情敌绝对不能相比的,因此应该得到妹妹的报答。于是她又绝对不希望威洛比太太去世。

布兰登上校去巴顿接达什伍德太太并没有带给她太大的震惊,因为在这之前,她已经相当惊慌了。玛丽安的病让她极为不安,就在那天,她已经打算好,不再等新的消息,要动身去克利夫兰庄园。没等他到来,她已经安顿好一切,就等凯利来接走玛格丽特了,因为她不愿带女儿去,怕孩子传染上病。

玛丽安的身体一天天好起来。达什伍德太太的表情和情绪都无比喜悦,真像她自己说的,她属于世界上最幸福的女人。埃莉诺听了母亲的说法,见了她的表情,心中有时难免疑惑,不知道她还能不能记起爱德华。但是,达什伍德太太相信了埃莉诺信中委婉提到的失望,此时并不多想,她满心的喜悦,一心希望能增加自己的喜悦心情。玛丽安脱离危险,回到她身边,她这才感到,女儿的病与自己的错误判断有些关系,因为是她鼓励女儿不幸爱上威洛比的。女儿恢复健康过程中,她又有了另一个欢乐的理由,这一点埃莉诺可没想到。等到母女俩有机会单独交谈时,母亲便把心事吐露给女儿。

"现在终于只剩下咱们俩了,我的埃莉诺,你还不知道我心里有多幸福呢。布兰登上校爱玛丽安,是他自己对我说的。"

她女儿又高兴又难过,既惊讶,又平静,只是默默地听她说。

"亲爱的埃莉诺,你从来不像我,要不然我准会为你的沉着感到奇怪。要是我能坐下来静静考虑怎么才能改善我们的家境,准会认为布兰登上校娶你们俩中的一个最中意。我相信,你们两个姐妹中,玛丽安嫁给他最幸福。"

埃莉诺有点儿想开口问她为什么会这样想,因为不论是他们的年龄、性格还是情感,从哪一方面讲他们都不很合适。但是她母亲对自己打定主意的目标总是一厢情愿,她也就没开口询问,只是不在意地微微一笑。

"昨天在旅途中,他把心里话都对我说了。那些话都是在不知不觉中吐露出来的,完全是无意的。你肯定想象得出,我当时除了自己的孩子以外,什么都说不出来。可他掩盖不住自己的难过心情,我看得出,他的难受跟我不相上下。照一般情况看,如果仅仅是一般的友谊,大概他的同情不至于那么热心吧——至少我觉得不至于让他那么情不自禁。他把对玛丽安的真挚深情和不变的爱情都告诉了我。我的埃莉诺,你知道吗,他自从第一眼见到她就爱上她了。"

听了这话,埃莉诺意识到,这并不是布兰登上校说的原话,而是根据母亲一贯的想象添枝加叶。凡是让母亲高兴的事,她总不免采取这种方式。

"他对她的爱慕情真意切,那可是威洛比绝对比不上的,不论威洛比是真心还是假意。布兰登上校热情得多，真诚得多，他的忠实——不论我们怎么说——在亲爱的玛丽安与那个不足取的年轻人不幸相爱的整个过程中，他的忠实都丝毫没有减少。他也丝毫不自私，就是在毫无希望的情况下也是这样！他见她跟别人在一起感到幸福，也感到满足——多么高尚的心灵！多么坦诚，多么真诚！什么人都能信任他。"

"布兰登上校的性格足能证明他是个非常好的人，"埃莉诺说，"这是大家公认的。"

"这我知道，"她母亲一本正经地说，"否则我不会在经受这样一次大的教训后还赞成他们的爱情，甚至还为此感到高兴。不过他能来接我，那么积极主动，那么及时友好，这就足够证明他是个最有价值的人了。"

"不过，他的品格并不局限于仅仅一次善意，"埃莉诺回答道，"即使不谈他的一贯好心，仅仅是他对玛丽安的爱情就足够让她这样做了。詹宁斯太太和米德尔敦一家与他已经有长期的交往，而且关系密切，他们也同样喜爱他，尊敬他。虽然我认识他的时间还不久，可是我也对他有深刻的了解，我非常重视他，尊敬他。如果玛丽安跟他在一起感到幸福，我也像你一样，认为他们的结合是咱们家最大的福分。你是怎么回答他的？你让他感到了希望吗？"

"啊！我亲爱的，当时我不能对他说什么希望，连我自己也不觉得有希望呢。玛丽安当时很可能就要死了。他也没要求给他希望或鼓励。他只是情不自禁地对一位朋友吐露真情罢了，并不是对一位母亲提出请求。起初我什么都说不出来，不过，后来我的确说过，假如她活着，我最大的乐事就是促成他们的婚事，而且我相信她会活下来的。我们到达后得知她安全，都感到喜悦，我更加充分地对他重复了那些话,还尽量给了他各种鼓励。我还对他说,至于时间嘛,用不了多久就能解决一切。玛丽安的心思不会永远用在威洛比那种人身上。以布兰登上校的品德,他肯定能很快赢得她的芳心。"

"不过,从上校目前的情绪来看,你并没有让他产生同样的乐观。"

"不错。他认为玛丽安在爱情中陷得太深,不花很长时间不可能发生什么转变,他甚至认为,即使她的心最后能摆脱出来,由于两人的年龄和性情相差甚远,他也很难相信能得到她的爱。不过,这一点他却错了。他年纪比她大得多,这倒是桩好事,因为他的性格和原则都已经定型了。我完全相信,他正好具有能让你妹妹幸福的那种性情。再说,他的外表和举止都十分有利。我虽然喜欢他,可并没有因此受到蒙蔽,他当然不及威洛比漂亮,但是他的外表有些地方更讨人喜欢。不知道你是不是记得,威洛比的眼神有时候总有点儿让我不喜欢的东西。"

埃莉诺并不记得有那种东西,不过她母亲不等她开口就接着说下去:

"而他的风度,我是说上校的风度不但比威洛比更喜人,而且我很清楚,它更让玛丽安倾心。他举止文雅,真心诚意关心别人,加上他那种男子汉的真诚和质朴,与他的真实性情表里如一,而不像另一位那样轻浮,那位常常装模作样,不合时宜。我非常肯定,假如威洛比真的非常可亲可爱,没有露出马脚,玛丽安嫁给他也不及嫁给布兰登上校更幸福。"

她停顿了一下。她女儿并不很赞同她的意见,不过她的想法并没有说出口,因此也没有受到反对。

"到了德拉福德庄园，"达什伍德太太补充说，"即使我仍然住在巴顿，离她也不远。我听说那是个大村子，很有可能附近有个小宅子或别墅适合我们目前的家境。"

可怜的埃莉诺！又冒出一个新计划，要把她弄到德拉福德去！可她的心情却是坚定的。

"再说他还有家产！你知道，到了我这把岁数，那种事是让人关心的。尽管我从来不知道，也不刻意去了解他的家产有多大，可我肯定准不是小数。"

这时，第三个人走进屋子，打断了她们的交谈。埃莉诺便退出去，独自把整个事情思考一遍，她祝愿她的朋友成功，同时也不免替威洛比感到难过。

# 第四十六章

玛丽安害的是一种消磨人体力的病,好在她得病时间不长,恢复得还不算慢。由于她年轻,体质好,加上母亲在身旁照顾,她康复得很顺利。母亲到达后第四天,她就能下地走动,来到帕尔默太太家的更衣间。她特别要求请布兰登上校来看她,因为她急着要向他道谢,感谢他把母亲接来。

他进屋见她容貌变了样,握住她立刻向他伸来的苍白的手,情绪非常激动。埃莉诺猜想,他的激动肯定不仅仅是因为对玛丽安的爱,也不是因为他意识到有人知道他心中的爱情。从他望着妹妹时阴郁的眼神和变化的脸色判断,很可能因为玛丽安与伊莱扎长得相似,让他心中再现了昔日的悲惨景象。现在妹妹凹陷的眼睛、病态的肤色、柔弱的姿态和热情致谢的模样,都加强了他的联想。

达什伍德太太像女儿一样,同样注意到了事情的经过,不过心中的想法完全不同,观察到的结果也非常不同。她从上校的举止中

只看到单纯明显的感情,从两人的交往言行中,她相信玛丽安的表现超越了感激。

又过了一两天,玛丽安显得日渐强壮,达什伍德太太像两个女儿一样,也想回家,开始谈起回巴顿的事。她的两位朋友的去留全靠她的决定了。只要达什伍德一家待在克利夫兰庄园,詹宁斯太太就不能走。在大家的一致请求下,布兰登上校也认为,自己留在这里虽然不是必不可少,至少也是义不容辞的。他和詹宁斯太太也转而一致要求达什伍德太太,要她回家途中坐他们的马车,这样才能让她生病的孩子旅途舒适。上校接受了达什伍德太太和詹宁斯太太的一致邀请,在几个礼拜之内会前往别墅拜访,取回自己的马车。詹宁斯太太殷勤好客,别人受到她的感染,邀请她时也十分热情。

离别的日子到了。玛丽安特别与詹宁斯太太长时间辞行,她充满热情与感激,话语中满是敬意和良好的祝愿,似乎心中暗自打定主意,要弥补以前对她的冷漠。她与布兰登上校道别时像对朋友一样诚恳。上校小心翼翼地扶她上车,似乎渴望让她知道,她至少享有这马车的一半权利。达什伍德太太和埃莉诺随后上了车。其他人留在了身后,只能靠谈论这些旅行而去的人们打发无聊的光阴了。后来,詹宁斯太太登上自己的马车走了,两个年轻的女伴离开后,她只能跟女佣说闲话聊以自慰。她走后,布兰登上校很快独自上路,去了德拉福德庄园。

达什伍德一家三口在路上行驶了两天,玛丽安经受住了每一天的旅行,并没觉得太疲惫。每一位伴侣都悉心照料她,一路上无比爱怜地为她做各种事情,处处让她舒适。她的身体舒适,精神平静,她们都觉得是最大的报偿。埃莉诺看着她尤其觉得庆幸。一个礼拜又一个礼拜她眼看着妹妹受苦,自己心疼难忍,却既不敢说出口，又无法掩饰。现在，她心中的喜悦是任何人都无法分享的。妹妹的心显然已经平静下来，她相信这是妹妹认真考虑的结果，最后必将感到满足和欢乐。

她们驶近巴顿时，那里的每一片田地和每一棵树都能勾起痛苦的回忆，玛丽安沉思起来，把面孔转过去背着她们，出神地盯着窗外。埃莉诺既不感到惊讶，也不责备她。她扶着玛丽安下车时，见她流过眼泪，觉得这是再自然不过的感情了，她同情妹妹，认为妹妹的举止没有引起别人注意实在值得赞扬。从她后来的态度中，埃莉诺看出她已经清醒，举止也理智了。她们刚走进起居室，玛丽安就环顾四周，目光中显出坚定，仿佛已经打定了主意，要使自己习惯于这些能联想起威洛比的东西。她说话不多，但是每说一句话都是为了欢乐，虽然偶尔也不经意地叹息一声，可每次叹息过后都不好意思地微笑一下，算作弥补。晚饭后，她想试着弹一弹钢琴。她走到钢琴旁边，可是她第一眼看到的却是一个歌剧的曲谱，那是威洛比为她弄来的，里面还有他们喜欢的二重唱，封面上还有他亲手写下的她的名字。这不成。她摇了摇头，把乐谱撇在一旁，手指在琴键上来回弹奏了片刻后，推说手指没劲，就把琴盖合上。不过她口吻坚决地说，以后要多练琴。

第二天早上，这些愉快的迹象丝毫也没减少。玛丽安睡了一夜，显得有了精神，说话也有力了。她期待着玛格丽特回家时的欢乐，谈起全家再次亲热团聚，说起大家共同的追求和欢乐相处，她认为那才是唯一值得盼望的幸福。

"等到天气好转，我也恢复了体力，"她说，"我们每天都要一道走很远的路。我们要走到山丘下面的农场去，看那里的孩子们怎么生活，还要步行到约翰爵士在巴顿十字路口新添置的种植园，还要去修道院的地段。我们要常常去小修道院的遗址，探索它的地基，一直探索到我们听说过的它那边缘地带。我知道我们会高兴的。我知道这个夏天我们会过得十分愉快。我打算早上起床决不超过六点钟，从那时起直到吃晚饭，我要把每时每刻都安排好，不是弹琴就是读书。我已经订好了计划，决心认真学习一门课程。我们自己的图书我都太熟悉了，再读只能算是消遣。但是庄园有许多值得一读的作品，许多现代的书我可以向布兰登上校借阅。只要一天读书六个钟头，一年下来，我就能获得许多现在缺乏的知识。"

埃莉诺赞赏她制订出如此宏伟的计划。不过，同样热烈的幻想曾让她走向终归没精打采的极端，最后只能以懒散和埋怨告终，现在又把本来合理的工作和良好的控制活动制订得超出了能力范围，她听了不禁感到好笑。不过，埃莉诺的微笑又变成了叹息，因为她记起，自己向威洛比保证过的事情还没有完成，可她害怕说出来又搅得玛丽安心神不定，至少会短时间破坏这忙碌而平静的美好生活前景。她因此想要推迟那个邪恶的时辰，决定等到妹妹的健康允许时再说。但是她的决定刚刚做出就被打乱了。

玛丽安在家里待了两三天，天气就转晴了，她身体尚未痊愈，就想冒险到外面去了。终于有了一个晴朗和煦的早晨，这么好的天气让女儿们情绪饱满，也让母亲感到放心，玛丽安得到妈妈的准许，可以倚着埃莉诺的臂弯在屋外的小道上散步，但不能累着。

姐妹俩缓缓走出去，玛丽安生病后还没有走动过，她身体虚弱，步履缓慢。她们离开房子没走多远，就看见了整个山丘，就是那座具有重要意义的山丘。玛丽安停下脚步，眼睛朝山丘望去，平静地说：

"那儿，就是那儿，"她伸出一只手指着说，"就是在那个凸出的地方，我就是在那儿跌倒的，我第一次见到威洛比就是在那儿。"

她说起那个名字时，声音低下去，但是很快声音又恢复过来，补充道：

"我很高兴现在看着那地方心里没感到多少痛苦！埃莉诺，咱们干脆谈谈这事好吗？"她有些迟疑地说，"是不是有什么不对？我现在能谈那事了，我希望。我本来就该这样的。"

埃莉诺温情地请她尽管说。

"至于说悔恨，"玛丽安说，"关于他的事情已经过去了。我不是要对你说我对他的感情，而是要说说我此时此刻的感受。现在，要是我能对一桩事情感到满意该多好，要是能让我相信他并不是一直在做戏，并不是一直在欺骗我，那该多好。但是，最重要的是，要能肯定他从来没有对我产生那种邪恶的想法就好了，自从听说那个不幸姑娘的事，我有时想到他心里就害怕。"

她打住了。埃莉诺对她的话十分珍视，回答的时候心里十分高兴：

"如果你能肯定这一点，心里会觉得舒服些。"

"是啊。我的心境为这事搅得加倍的不平静。怀疑像他那样对我好的人有这种图谋，这本来就是一桩可怕的事情，那会让我如何面对自己呢？在我当时的处境下，那种最不体面而毫无戒备的恋情会让我遭到怎样的……"

"那么，"她姐姐问道，"你怎样解释他的行为呢？"

"我倒认为他……啊，我多想认为他仅仅是轻浮，非常非常轻浮。"

埃莉诺没有再说什么。她心里矛盾，不知道是该直接把那天的事讲给她听,还是推迟到玛丽安身体好些再说。姐妹俩默默步行了几分钟。

"我并不想过多地祝愿他,"玛丽安最后叹息一声开口说,"只愿他私下回想起过去的事情,不至于比我更难过。他想起那些事情够他难受的。"

"你是不是把自己的行为与他的做过比较?"

"不。我是跟正当的行为比较,我把我的行为与你的做比较。"

"可我们的处境没什么相同的地方。"

"我们的行为不同,可处境相同的地方却很多。我最亲爱的埃莉诺,不要让你的善意替我辩护,我知道,你的判断肯定在指责我。生病让我能思索了,因为我得到闲暇和平静,可以认真回顾过去。我的身体还没有恢复到能交谈的那个时候,我就完全能回顾过去了。我思索往事,明白了自从去年秋天开始与他结识后,我的举止不过是一系列冒失行为,对自己不负责任,对别人缺乏好意。我看出,我遭受的苦难是我自己的感情导致的,我在痛苦中缺乏坚强,险些让我送了命。我知道得很清楚,我生病完全是因为我对自己的健康毫无顾忌,当时我就感到错了。假如我没活下来,那也是我自取灭亡。直到已经脱离了危险,我才意识到曾处在危险之中,但是回想往事产生的这种感情让我奇怪,我恢复健康后还感到奇怪,我希望得到时间去报答上帝,报答你们大家,我求生的愿望反而没有要了我的命。要是我死了,会让你受到多么大的痛苦啊,你是我的护士,我的朋友,我的姐姐!你看到我在临死的日子里表现出种种烦躁的自私,也知道我的满腹牢骚!我在你的记忆中是怎样的人哪!还有我们的母亲!你怎么去安慰她呢!我简直不知道该怎么憎恨自己。我一回顾过去,就看出没有承担某些责任,要不就是任性乖张,好像每一个人都受过我的伤害。詹宁斯太太那么好心,可以说她有无穷无尽的善意,可我对她不是知恩图报,而是报以轻蔑。对米德尔敦一家,对帕尔默一家,对斯蒂尔家姐妹,甚至对每一个熟人,我的态度都傲慢不公,用一副铁石心肠对待他们的美德,以坏脾气回答人家的照顾。对约翰、对范妮,不错,他们不配得到关心,但即使是对他们,我的态度也有些过火。更可恶的是,我还冤枉过你,比对妈妈还不公道。我知道,也只有我才知道你心中的悲哀,可这对我有过什么影响呢?我从未有过对你我都有益的同情。你为我树立了榜样,可对我有用过吗?我体谅过你、关心过你的舒适吗?我效仿过你的忍耐吗?替你减轻过压力、帮你承担过任何事情吗?没有。总是由你独自彬彬有礼地向人家致谢。不论我知道你舒服还是难过,我都逃避应酬或责任。我只想着自己的悲哀,只为那颗抛弃我虐待我的心而悔恨,却让你这个让我无限热爱的人为我而痛苦。"

说到这里,她才止住滔滔不绝的自责。埃莉诺十分诚实,不愿奉承她,却急于安慰妹妹,立刻对她的坦率和悔悟给予恰如其分的赞扬。玛丽安紧紧握住她的手,回答道:

"你真好。未来肯定能为我作证。我已经订下计划,要坚持执行,我要控制自己的感情,改好我的脾气。不会让别人苦恼,也不让自己受折磨了。现在,我要一心一意为我的家人活着。你、母亲、玛格丽特就是我的一切。我只爱你们。我再也不想离开你们,再也不想离开我的家了。如果我与其他人交往,也只是为了表现出我的态度谦和,心情改好了,能礼貌待人了,即使是生活中的小事,我也要温和对待、富有耐心。至于威洛比,要说我很快就能忘掉他,或者说我会永远忘掉他,那是假话。不论环境发生什么变化，也不论我的看法发生什么变化，都不会让我忘掉他。不过我能控制自己，我的信仰，我的理智和日常的工作能让我控制住对他的记忆。"

她停顿下来，然后压低声音补充道："要是我能了解他的心，一切就变得轻松了。"

埃莉诺一直在考虑，不知道冒险马上把话讲出来是不是合适，她还是拿不定主意，可是，听了这话，她意识到再考虑下去也没用处，应当果断行事。不久，她便把话题引到这件事情上。

如她所希望的那样，她巧妙地做了叙述，让心情急切的妹妹有所准备。然后她扼要地如实讲述了威洛比辩解的要点，不偏不倚地复述了他的忏悔，只是把他现在还声称爱妹妹的话变得口吻缓和一些。玛丽安一句话也没说。她浑身颤抖，眼睛盯在地上，嘴唇比生病的时候还苍白。玛丽安的心里足足跳出一千个问题，但她一个也没敢提出来。她气喘吁吁地捕捉着每一个字眼，手不知不觉地紧紧抓住姐姐的手，脸上淌满了泪水。

埃莉诺怕她疲惫，带她朝回家的方向走。埃莉诺猜得出她心里一定想提各种问题，不过她什么也没问。埃莉诺除了威洛比什么别的话都不说，只说他们的那次交谈，她对谈话的每一个细节和每一个表情都谨慎地详细讲述，到了别墅门外才结束。她们一走进屋子，玛丽安便感激地亲吻她，哭泣间歇中只吐出几个字："告诉妈妈。"然后就离开姐姐，慢慢上楼去了。她现在想寻求安静是很合理的。埃莉诺也不去打扰她，自己焦急地预测这次谈话的结果。她打定了主意，如果玛丽安以后不提起，她就要再次跟妹妹说起这事。她转身走进客厅，去完成妹妹分手时嘱托的事。

# 第四十七章

达什伍德太太听埃莉诺复述这番自我辩解的话并非无动于衷，因为那毕竟是一个她以前喜欢的人。以前归咎于他的部分罪过得到了澄清，这让她感到高兴，她为他感到遗憾，也祝愿他幸福。但是，过去的感情已经一去不复返了。在玛丽安的心目中，他再也不是个忠实的人，也不是个品德毫无瑕疵的人。他给她造成的痛苦记忆无论如何无法磨灭，他对伊莱扎犯下的罪行绝对无法消弭。因此，什么也不可能恢复她对他的尊重，也不可能损害布兰登上校的利益。

假如达什伍德太太能像她女儿一样听威洛比亲自讲述他的故事，假如她目睹他那副痛苦模样，受到他表情和态度的影响，很可能对他的同情会多一点儿。埃莉诺自己当时就产生过对他的同情，但是她既不情愿激起母亲的这种情感，也不愿详细叙述。经过思考，她已经能够平静地做出判断，对威洛比的功过有了清醒的看法。因此她只愿意讲述简单的事实，摆出他的本来面目，并不根据自己的感情添枝加叶，免得引起不必要的想象和误解。

晚上母女三人聚在一起，玛丽安再次主动谈起他。起先，她不安地坐在那里沉思，举止显得很不平静，开口说话时她的脸颊绯红，声音颤抖，显然说出这些话并非易事。

"我想告诉你们，"她说，"我一切都明白了，你们一定希望我能想得通。"

达什伍德太太本想立刻打断她的话，好好安抚她，可埃莉诺连忙示意母亲别说话，好让她说出自己的真正想法。玛丽安接着慢慢说：

"埃莉诺今天早上告诉我的话，对我是个极大的安慰。我现在已经听到了我特别渴望听的东西。"她的声音一时变得喑哑，恢复平静后，她十分镇定地补充说，"我现在非常知足，不希望有什么变化。我早晚会弄清楚，跟他在一起绝对不会幸福，我不会信赖他，也不会尊重他。这些在我的感情中已经是根深蒂固了。"

"我知道会这样，我知道会这样的，"她母亲大声说道。"跟一个放荡不羁的人在一起哪会得到幸福！他伤害了我们最亲密朋友，破坏了天下最好的男人的平静生活，跟这么个人在一起哪会幸福！不可能……我的玛丽安跟这样一个人在一起，心里绝对不会幸福！她的良心，她敏感的良心不可能感觉不到她丈夫良心应该感觉到的愧疚。"

玛丽安叹息一声，再次说："我不希望有什么变化了。"

"你对这件事的考虑很对，"埃莉诺说，"凡是头脑清楚明白事理的人都会这样看待这事。我敢说，你像我一样不但看清了这事，而且也明白了许多其他情况，我们有充足的理由相信，如果你跟他结婚,必然陷入许多麻烦和失望,到那时,他不会给你多少支持,因为他的爱情是非常靠不住的。假如你真的嫁给他,肯定会一直忍受贫穷。连他自己也承认,他从来挥霍成性,他的所有行为都表明,他根本不懂什么是克制。靠一笔小收入过日子,而且是非常小的收入,他的高额需求加上你缺乏经验,到头来肯定有数不清的烦恼,那种烦恼绝对不会因为你从来不了解或没想到过而稍有减少。我知道,等你意识到你们的处境后,你的正直和荣誉感会让你设法采取各种可能的节俭措施,如果仅仅是牺牲你自己的舒适,也许你还能忍耐下去,但是,那种经济崩溃在你结婚之前就已经开始,你那一点微薄的力量哪能制止住?另外,如果你设法以理相劝,让他收敛享乐,可他一贯自私,难道你不怕他反对?要是那样的话,你在他心目中的影响就会降低,他可能后悔与你结婚,因为这桩婚事连累他受穷了。"

玛丽安的嘴唇在颤抖,重复说出那个字眼:"自私?"那口吻显然在说:"你真的认为他自私?"

"他的整个行为,"埃莉诺回答道,"在这件事上从始至终都是以自私为基础的。他最初玩弄你的爱恋感情就是自私,后来他订了婚还迟迟不承认,也是自私,正是由于已经订婚,他才离开了巴顿。他做每一件事情的行为准则就是他个人的享乐和自己的舒适。"

"对极了。他从来不把我的幸福放在心上。"

"现在,"埃莉诺接着说,"他对自己做的事感到后悔了。可他为什么感到后悔呢?因为他发现不中自己的意,没有让自己获得幸福。他已经脱离了窘迫处境,不再有经济方面的问题了,结果就觉得娶的女人不如你可爱。但是,这难道能说明,他娶了你就会感到幸福？要是换一种情形，他的麻烦将是另外一种类型。他将承受金钱上的折磨，可是现在，由于没有这种问题，就觉得无所谓了。如果他娶了一位脾气无可挑剔的妻子，结果总是手头拮据，总是贫穷，他很快就会觉得，固定家产带来的高收入和无数的舒适更重要，甚至比和睦的家庭和贤德的妻子还重要。"

"这一点我丝毫也不怀疑，"玛丽安说，"我没什么好后悔的，只为我的愚蠢感到后悔。"

"还是该怪你母亲不谨慎，我的孩子，"达什伍德太太说，"该负责任的是我。"

玛丽安不让她说下去。埃莉诺见她们俩都明白自己错了，感到满意，便不再追究过去，免得让妹妹情绪低落，因此她回到开始的话题，接着说：

"我认为，从整个事情看，也许能得出一个结论——威洛比的种种困难都是他最初缺德造成的，是他对伊莱扎·威廉姆斯的行为造成的。那桩罪行是各种次要罪过的起源，也是目前不满意的根源。"

玛丽安诚心诚意赞同这个评论。她母亲则借题发挥，列举布兰登上校受到的种种伤害，赞扬他的种种美德，出于友谊也出于心中的意图，她讲得十分热情。不过，看上去她女儿并没有听进去多少。

在以后两三天中，埃莉诺发现玛丽安的身体并没有像她预料的那样继续好转，不过妹妹的决心并没有发生动摇，仍然尽量显出轻松愉快的样子，她相信过一段时间她的身体肯定会好转的。

玛格丽特回家了，全家再次团聚，在别墅中过起了平静的生活。虽然她们从事日常学习的劲头不及初到巴顿时，但至少计划未来要精神勃勃地学习。

埃莉诺越来越想知道爱德华的消息。自从离开伦敦后，她就没听到他的消息了，既不了解他的新计划，甚至连他目前的确切住址也不知道。她和她哥哥为玛丽安的病情曾通过几次信，在约翰的第一封信里有这样的句子："我们对不幸的爱德华一无所知，再说，我们也不好打听这种违禁的事，不过估计他还在牛津。"爱德华的消息在信中只透露出这么一点点，后来的几封信里，连他的名字都没有提到过。不过，命中注定她不会长期得不到有关他的消息。

一天早上，她们的男佣曾去埃克塞特办事，后来他伺候她们吃饭的时候，向女主人叙述自己办事的结果，然后主动介绍了这样的情况：

"夫人，我想你已经得知费拉尔斯先生结婚的事了。"

玛丽安大吃一惊，两眼盯住埃莉诺，见姐姐脸色变得苍白，自己往椅背上一靠，晕厥过去。达什伍德太太回答用人的话时，眼睛不由朝埃莉诺方向瞥来，见埃莉诺面露痛苦神色，她呆住了，片刻之后，又见玛丽安这般模样，更是心痛，不知道该主要照顾哪个孩子是好。

用人只看见玛丽安小姐犯了病，马上叫来一位女佣，帮着达什伍德太太扶她回房间去了。这时玛丽安已经觉得好些了，她母亲让玛格丽特和女佣照顾她，自己返回埃莉诺身旁，虽然埃莉诺仍然非常心烦意乱，不过已经恢复了理智，能说话了，向托马斯打听这消息的来源。达什伍德太太立刻亲自向用人提问，埃莉诺于是不用费力气就能了解到这条消息。

"谁告诉你说费拉尔斯结了婚，托马斯？"

"夫人，我今天上午在埃克塞特看见费拉尔斯了，还有他的夫人,就是以前的斯蒂尔小姐。他们坐着马车在新伦敦客栈停下车。我当时去那儿替庄园的萨莉送一封信给她哥哥,她哥哥在那儿当邮差。我从马车跟前走过,偶然抬起头望了一眼,正好看见是年纪小的那位斯蒂尔小姐,我就脱下帽子向她致敬,她认识我,叫了我的名字,她问候您,夫人,还问候了家里的小姐们,特别问起玛丽安小姐,要我代她和费拉尔斯先生向你们致以问候和敬意,还说他们急着赶路不能亲自来看望,觉得十分抱歉,他们还有挺长的路要走,不过,他们回来后会来看望你们的。"

"托马斯,她告诉你说他们结婚了?"

"是的,夫人。她微笑着说,自从来到这个地方,她就改姓丈夫的姓氏了。她从来是一位和蔼健谈的年轻女士,举止非常有礼貌。所以,我就祝她快乐。"

"费拉尔斯先生也跟她一道坐在马车里?"

"是的,夫人,我只看见他靠在马车座里,可他没有抬起头往上看。他从来不是一位健谈的先生。"

埃莉诺心里很清楚他为什么不愿探出身子,达什伍德太太心里的解释大概也是一样。

"马车里没有其他人?"

"没有的,夫人。只有他们俩。"

"你知道他们打哪儿来吗?"

"他们是直接从伦敦来的,露茜小姐……噢,是费拉尔斯太太这么告诉我的。"

"他们还要往西面去?"

"是的,夫人,不过不会久住。他们不久就要回来,然后他们肯定会来拜访。"

达什伍德太太这时眼睛转过来望着女儿。可埃莉诺知道他们不会来拜访的。这消息让她看清楚露茜的全部心思了,也非常肯定爱德华永远不会再到她们这里来了。她压低声音对母亲说,他们也许是要去普拉特先生那里,是在普利茅斯附近。

托马斯的消息似乎已经讲完了。可埃莉诺显然还想多了解些情况。

"你走开的时候,见他们走了吗?"

"没有,夫人。马匹刚刚牵出来,可我不敢多耽搁,怕时候不早了。"

"费拉尔斯太太看上去好吗?"

"是的,夫人,她说自己身体好得很。在我看来,她一向是个非常漂亮的女士,看上去心满意足。"

达什伍德太太想不出其他问题来问。托马斯和餐桌的台布这时都不再需要了,没过多一会儿就让他收拾下去。玛丽安已经打发人来说,她什么也不想吃了。达什伍德太太和埃莉诺也都没胃口,玛格丽特大概觉得自己很幸运,她的两位姐姐近来总是遇到烦心事,常常有许多理由不操心自己的一日三餐,可她却从来不愿放过吃饭的机会。

上过甜食和葡萄酒后,只剩下达什伍德太太和埃莉诺两个人了,两人都同样陷入默默的沉思之中。达什伍德太太害怕出语冒失,不敢开口说安慰话。她现在才发现以前没听埃莉诺自己说的话是个错误,当时还信以为一切已经定了下来,让她一心只为玛丽安的难过操心。她发现自己一向被女儿对她的体贴蒙蔽了,她一直认为自己了解她们,以为她们的爱情没什么问题,至少比现在的结果要好一些。在目前的情况下,她恐怕自己对埃莉诺一向不公正,不关心体贴，简直可以说是不仁慈。因为玛丽安的爱情问题更明显，更直接地摆在她面前，所以受到她全神贯注的关心，结果她没想到埃莉诺可能遭受着同样的痛苦，只是并不自寻烦恼，态度也更加坚强些而已。

# 第四十八章

埃莉诺这才发现,对一桩不愉快的事情做出的预料,与它实际发生后,心里有多么不同的感受。她现在不禁感到,爱德华尚未结婚的时候,她心里从来都怀着一种希望,但愿发生某种事情,阻碍他与露茜结婚,也但愿他自己下定某种决心,或许亲戚朋友会从中干预,或者那位女士遇到某种合适的机会另嫁他人,这些情况最终促成皆大欢喜的局面。可现在他已经结婚了。她于是痛恨自己不该心怀奢望,听了这个消息反而加剧心中的痛苦。

她原以为他还没有受任神职,不可能这么快就结婚,因此,他还没有取得谋生手段就结婚,让她起初稍感意外。不过,她没花多少工夫就明白了,准是露茜为自己打算,匆匆把他弄到手,免得拖延下去夜长梦多。他们结婚了,而且是在伦敦结了婚,现在要赶往她舅舅家。爱德华到了距离巴顿仅仅四里的地方,还见到她母亲的用人,听到露茜要捎回来的口信,他心里会有什么样的感觉啊!

她猜想,他们很快就要在德拉福德安顿下来。德拉福德——那是个让她暗自着迷的地方,那是个她盼望熟悉又渴望躲避的地方。想象中,她马上看到他们已经住在牧师住宅里,看见露茜动作勤快,治家精明,既能设法显得排场,又极尽节俭之能事,还生怕让人猜到她一半的节俭手段——她的每一个念头都是为自己考虑,奉承布兰登上校,讨好詹宁斯太太和每一个富有的朋友。至于爱德华,她想象不出他是什么模样,也不愿去想象,不论他幸福还是不幸福,无论他怎样都不会让她感到高兴。她把思路转开,不去想他的任何模样。

埃莉诺盼望伦敦的某一位亲戚朋友会写信把这件事通知给她们,让她们多了解点儿详细情况。但是一天天过去了,一封信都没收到,也没有任何消息。既然不能确定该埋怨什么人,她便责备起远方的所有朋友。他们全都不关心别人,要不就全是些懒虫。

"妈妈,你什么时候给布兰登上校写的信?"她心里不耐烦,想找点儿事情,就冒出这么个问题。

"我亲爱的,我是上个礼拜给他写的,现在我不是在等他的回信,而是等他自己来访。我真心求他来看我们。要是他今明两天,或者随便哪一天走进门,我一点儿也不会觉得奇怪。"

这总算是个盼头。布兰登上校肯定会带来某种消息的。

她心里刚刚有了这么点儿想法,就有一个马背上的男人身影把她的目光吸引到窗户外面。那人在院门外停下。那是一位先生,正是布兰登上校。现在她能听到更多的消息了。她激动地等待着,浑身都颤抖起来。但是——那并不是布兰登上校——既没有他的风度,也没有他的身材。如果不是因为不可能,她准会说那肯定是爱德华。她再次朝他望去。他刚刚下马——她不可能看错——那人正是爱德华。她离开窗口,坐下来。"他专程从普拉特先生家来看我了。我要保持镇静。我一定要控制自己。"

埃莉诺马上就意识到,其他人也都发现看错了人。她看见妈妈和玛丽安的脸色变了,看见她们都望着自己,压低声音说了几句话。她真希望自己能说出话来,让她们相信,不该冷淡他,怠慢他,可她什么都说不出来,只好随她们自己怎么做了。

没有人大声说出一个字。她们全都默默等待着客人出现。他的脚步声已经响起在卵石路上,片刻之后,他已经来到走廊里,接着便出现在她们面前。

他走进屋子的时候,脸上显得并不太高兴,即使是见了埃莉诺也没显得高兴。他的面色由于激动看上去有些苍白,那模样仿佛意识到自己不配受到热情接待,也害怕见面。不过,达什伍德太太勉强堆出笑容,向他伸出手去,与他寒暄。她相信这符合女儿的愿望。

他红着脸,结结巴巴做了些不连贯的回答。埃莉诺的嘴唇也随着母亲的嘴唇动了动。这阵动作过后,她心想,要是刚才跟他握一握手该多好。可这时已经太迟了,她强装出开朗的模样,坐下来谈论天气。

玛丽安尽量退到人们的视线以外,好掩藏起自己的沮丧心情。玛格丽特对这种情况稍稍知道一点儿,却不明白事情的原委,觉得自己有必要保持尊严,就找了个离他最远的座位坐下来,缄口不语。

埃莉诺赞扬过这个季节的晴朗天气后,住了口,接下来是一阵非常尴尬的沉默。达什伍德太太打破了沉默,她觉得有义务问候被他留在家里的费拉尔斯太太。他匆忙回答说她很好。

接着又是一阵沉默。

埃莉诺都有点儿害怕听到自己的声音了,可她还是振作起来说:

"费拉尔斯太太在朗斯台普吗?"

"朗斯台普!"他感到十分诧异,"不,我母亲在伦敦。"

"我问候的是爱德华·费拉尔斯太太。"埃莉诺从桌子上抓起一个什么针线活,说道。

她不敢抬头看,但是她母亲和玛丽安都把目光转向他。他红了脸,仿佛感到迷惑,露出诧异的神色,迟疑了一阵才说:

"也许你说的是……我弟弟……你是说……罗伯特·费拉尔斯……太太吧。"

"罗伯特·费拉尔斯太太!"玛丽安和她母亲异口同声重复道,声音显得惊讶极了。埃莉诺说不出话来,不过,就连她的目光也急不可待地投向他。他离开座位站起身,走到窗前,显然有点儿不知所措,就抓起搁在那里的一把剪刀,无意识地把剪刀的皮套剪成乱糟糟的碎片,一边匆匆说道:

"也许你们还不知道……也许你们还没听说,我弟弟最近结婚了……娶的是……最年轻的……露茜·斯蒂尔小姐。"

大家都惊愕了,不由自主地重复着他的话,只有埃莉诺默默俯身在针线活上,她心情激动得几乎不知道自己是在什么地方了。

"是的,"他说,"他们上个礼拜结了婚,此刻正在道里什。"

埃莉诺再也坐不住了。她几乎是奔跑着离开屋子的,门一关上,喜悦的眼泪就喷涌而出,起初,她以为永远也止不住自己的泪水了。爱德华这时仍然望着其他地方,见她匆匆跑出去,也许还看见——或者说是听见了她激动的表露。过后，他陷入沉思之中，无论达什伍德太太说什么，问什么，怎么关怀备至地跟他说话，都没有打动他。最后，他一句话也没说，离开屋子，朝村子里走去，留在屋子里的人全都对他这个美妙而突然的变化惊讶不已，迷惑不已。这个谜团，她们除了猜想根本无法解开。

# 第四十九章

虽然全家都觉得爱德华能解脱出来真是不可思议,但是他确实已经获得了自由。大家都能预料到,他打算如何利用自己的自由。他没有得到母亲的允许便轻率地订了一桩婚约,结果经历了四年多的磨难,这事以失败而告终,他只能马上订另一桩婚约。

他到巴顿来办的事其实很简单:向埃莉诺求婚。考虑到他在这种事情上并非毫无经验,所以他这一次心神不定,既不得不借助人们的鼓励,也特别需要呼吸一下新鲜空气,就显得异乎寻常。

不过,至于他散步走了多久才拿定了主意,又过了多久才找到求婚的机会,以及他的求婚如何是被接受的,这些就不需要细说了。只有一点需要说明,那就是大家在下午四点钟坐下来一道吃茶点时,也就是在他抵达大约三个钟头后,他已经得到了夫人,获得了她母亲的同意,成为一个最幸福的人了,这不仅是一位恋人在狂喜中的表白,而且是千真万确的事实。他的情况的确不仅仅是一般的欢乐。他心中的欢乐和情绪高涨远不止一般意义上的求婚被接受。他不幸的根源是与一个早已不爱他的女人长期纠缠在一起,现在得到了解脱,而且并未受到任何指责,更让他高兴的是,他同时立刻与另一位女子订下终生大事,他以前对这个前景心生渴望时,心中肯定感到毫无希望。他不是从疑虑或担心一步跨到幸福,而是摆脱痛苦后便立即投身于幸福之中。他公开谈论这种变化,表现出坦率的真诚和满足的欢乐,他的朋友们还从来没见过他这种模样呢。

现在他的心完全向埃莉诺敞开了,他承认自己的所有弱点,坦白自己的种种错误,他虽然只有二十四岁,不过谈起与露茜的初恋却显得通情达理,也保持了自己的尊严。

"我当时没有头脑、游手好闲,"他说,"不通世事,也无所事事。假如我十八岁结束受普拉特先生的监护后,母亲给我找个职业,让我一直忙碌,我认为……不,我能肯定,就不会发生那种事。虽然我当年离开朗斯台普时对他外甥女有无法压抑的喜爱,但是,假如我当时忙于某种职业,能占住我的时间,让我离开她几个月,随着我成长起来,用不了多长时间,那种虚幻的感情很快就会消失,尤其是与世界更多地接触后,肯定会抛弃那种感情。但是,我当时不但没有任何事情好做,不但没有为我选择任何职业,或者允许我自己去挑选职业,我回家后反而完全无事可做。起初一年时间里,就连在大学挂个名的学习也没有,直到十九岁,我才进了牛津大学。所以,我在世界上没有任何事情可做,只剩下幻想自己在恋爱。我母亲并没有把我的家安排得处处都舒适,加上我没有朋友,跟弟弟又合不来,也不喜欢结交新朋友,我就自然常常去朗斯台普,在那儿才觉得舒服,也总是受到欢迎。结果,我十八岁到十九岁的大部分时间都在那儿度过,露茜处处显得又可爱又温存。她还长得漂亮——至少我当时是这样想的,因为我没见过几个其他女人,不可能做对比,也看不出她的缺点。因此,考虑到种种情况,虽然我们订婚是愚蠢的,虽然后来从任何方面都证明那是不明智的,不过我希望,在当时的情况下,倒算不得一桩不自然或不可原谅的蠢事。"

仅仅几个钟头内发生的变化如此巨大,达什伍德一家全都为之万分激动,幸福得肯定让她们晚上睡不着觉。达什伍德太太兴奋得坐立不安,不知道该怎么喜欢爱德华,怎么夸奖埃莉诺才能满意,也不知道怎样表达为他体面的解脱感到的欣慰,她既想让他们无拘无束地在一起交谈,又想一直陪着他们共享欢乐。

玛丽安只会用眼泪表达自己的幸福心情。她心中自然会产生对比和遗憾,虽然她真诚地爱姐姐,可她的喜悦既不能让她情绪高涨,又不能让她用言语表达。

但是,埃莉诺的感情又该怎样描述呢?从她得知露茜另嫁他人,爱德华重获自由的那一刻,到他马上如愿以偿的这一刻为止,她的心情根本没有片刻的平静。这第二个时刻已经过去,一切疑虑、担忧都已不复存在。她对比自己目前与不久前的处境——得知他体面地摆脱了原先的婚约,见他获得自由后马上向她求婚,像以前一样温情忠诚地表达自己的爱情,她感到压抑,她被自己的幸福压得喘不过气来了。人的思想很容易适应好的变化,但是她却需要几个钟头才能让自己的情绪镇静下来,让自己的心恢复平静。

爱德华至少要在别墅住上一个礼拜,尽管有许多其他事情等着他去做,但是愉快陪伴埃莉诺的时间不可能少于一个礼拜。过去、现在和未来的事情还没有谈到一半呢。如果是两个有理智的人尽情详谈，用不了几个钟头就能把这些事情说完，但是两位恋人就完全不同了。在他们两人之间，没有能说完的话，同样的话说上二十遍仍然意犹未尽。

两位情人首先谈论的话题当然是露茜结婚，这是个让他们感到无比惊异的奇迹。埃莉诺对双方都有深刻的了解，所以她觉得不论从哪一方面看，这都是一件无法解释的事情，简直是闻所未闻。露茜与罗伯特如何到了一起，罗伯特如何被那位姑娘迷住并且娶了她，这是埃莉诺完全无法理解也猜不透的事情。她曾听罗伯特用毫无赞赏的口吻说起露茜的容貌，而且还是个与他哥哥订了婚的女子，正是她的缘故，他哥哥才被逐出家门。对埃莉诺而言，这是一桩喜事，在她的想象中，这甚至是一桩滑稽事，但是，以她的理性判断，这却是一桩不解之谜。

爱德华也只能凭猜测去解释这件事，他猜想，两人见面后，一方的虚荣心在另一方的奉承下得到满足，然后引起了其他结果。埃莉诺记得，罗伯特在哈利街对她说起过对哥哥婚事的看法，说如果自己能干预他的婚事，结果会怎样。她把那番话讲给爱德华听。

"这话恰恰反映出罗伯特的为人，"他马上评论道，后来他又补充说，"他们最初相识后，也许他脑子里已经有了这种想法了。露茜起初也许只想利用他为我帮点忙。其他计划或许都是后来才产生的。"

不过，这事在他们之间酝酿了多久，他也像埃莉诺一样完全猜不透。他离开伦敦后就一直选择住在牛津，除非露茜写信，否则他根本就没有她的消息。而她写的信直到最后也不比最初少，信上的口吻像以往一样亲热。因此他丝毫也没有产生过怀疑，对后来发生的事情一点儿心理准备都没有。等到露茜在一封信里突然摊牌时，他对这样一道释放令既惊恐,又欢乐,简直呆住了。他把这封信递到埃莉诺手上。

亲爱的先生:
　　我非常确信早已失去了你的爱情,便自认为有权爱上别人。我毫不怀疑跟他在一起会获得幸福,就像我以前跟你在一起自以为会享受幸福一样。你既然已经心有他属,我当然不屑于和你再有什么瓜葛。诚挚地祝愿你从自己的选择中得到幸福。现在我们成了近亲,如果我们不能永远成为好朋友,那算不得我的错。我向你保证,我对你没有恶感,也坚决相信你是个慷慨大度的人,不会在我们之间作梗。你弟弟已经得到我的全部爱情,我们两人彼此谁也离不开谁。我们刚刚在教堂举行过婚礼,现在要去道里什住几个礼拜,你亲爱的弟弟渴望去那里看看。不过我觉得还是先写这封信给你的好。
诚挚祝愿你的朋友和弟媳<br>露茜·费拉尔斯
　　我已经将你写来的信全都烧掉了,一找到机会便会退还你的肖像。请你毁掉我写去的潦草书信——不过装着我头发的那枚戒指,欢迎你保存。

埃莉诺读完信还给他,未加任何评论。
　　"我不要求你对这封信的文字做什么评论,"爱德华说,"要是在以前,我绝对不会让你看到她写来的信。这么糟糕的信,就是个弟媳写的也够丢人现眼的,别说是出自未婚妻之手了!一看到她的信,我就觉得脸红!自从我们那桩蠢事开始半年以后到现在,我相信这封信在文法方面是最好的,算是弥补了她长期以来的各种风格缺陷。"

"不论这事是怎么发生的,"埃莉诺沉默一阵后说,"他们都肯定结了婚。你母亲得到了最好的报应。她憎恨你,结果让罗伯特获得独立,让他自己选择伴侣,结果却用每年一千镑的代价收买一个儿子,让他去干另一个儿子不惜被剥夺继承权本打算做的事情。照我看,罗伯特娶了露茜,这事让她感到的伤心并不亚于你娶露茜带给她的痛苦。"

"她更加难受,因为罗伯特向来是她最宠爱的儿子。她会感到更加痛苦,不过因为宠爱他,她很快就会原谅他的。"

他们之间的事在家里引起的反应如何,爱德华还不知道,因为他还没有尝试与家人联系过。他收到露茜的信以后,没出二十四小时就启程了,心中的目标只有一个,那就是抄最近的路来巴顿,无暇考虑与这个行动没什么直接关系的任何行动计划。不确定他与达什伍德小姐的命运,他什么事情也不能做。虽然以前他想起布兰登上校心中曾产生过忌妒,虽然他对自己的行为有谦卑的评价,谈论起自己的疑虑也很中肯,但是他急于捕捉住两人的命运,并不认为会受到难堪的接待。不过,他还是该说,他心里真的害怕受到冷遇。至于一年后他会怎样谈论这个话题,那就只有留给丈夫们和妻子们去想象了。

埃莉诺完全明白,露茜要托马斯传口信,的确是想耍恶毒的花招害爱德华。爱德华自己对她的品性完全了解,绝对相信她能干出最卑鄙邪恶的事情。即使是在他认识埃莉诺之前,他就已经看出露茜的无知,了解到她在某些看法上心胸狭隘。在他看来,这是由于她缺乏教育的缘故。在收到她的最后一封信之前,他一直相信她是个天性好心肠好的姑娘,一心一意爱着自己。正是由于这种信念,他才不愿解除他们的婚约。其实,远在被母亲发觉并且触怒母亲之前,这桩婚约就已经成为一直烦扰他,让他感到悔恨的根源了。

"母亲宣布与我断绝关系,而且显然没有一个家人支持我的时候,"他说道,"至于婚约是维持还是解除,不论我有怎样的感情,我都认为有责任由露茜做出选择。我的那种处境似乎不会引诱起任何人的贪欲或虚荣。她却真诚热情地坚持与我共命运,如果那算不得最无私的爱情,那又是什么呢?即使到了现在,我也无法理解她的动机是什么,也不明白在她的想象中这有什么益处,因为她这是要跟一个她一点儿也不爱的人结合,而这个人的全部财产加在一起只有两千镑。她也不可能预见到布兰登上校会给我一份职业。"

"是不可能。不过她或许能假定将来会发生对你有利的变化,你自己的家人将来有可能反悔。总之,她与你保持婚约并不会有任何损失,因为她已经证实了这既不束缚她的愿望,也不束缚她的行动。这种结合肯定会受到人们的尊重,也许还会让她得到朋友的尊敬。即使不发生任何有利的事情,嫁给你也比她单身一人好得多。"

爱德华当然立刻相信露茜的行为是最自然不过的,她的动机也是十分明显的。

埃莉诺严厉责备了他在诺兰庄园与自己和家人的长期交往,认为他应该对自己的行为有不忠的意识。女士们从来会责怪这种不谨慎的青睐。

"你的行为毫无疑问是非常错误的,"她说,"我自己怎么想姑且不说,可我的家人全都因此想象会发生什么事情,结果却什么都没有发生。"

他只能找托词,说自己心里全然没有想过这种事,误以为既然订了婚就不会再发生其他问题。

"我的想法太简单了,以为我已经与另一个人订了誓约,所以与你在一起就不会有任何危险,我对婚约的意识会约束我的感情,让它像我的荣誉一样神圣。我对你感到崇拜,但是我心里认为这仅仅是友谊关系。直到我开始拿你跟露茜做对比之后,我并不知道自己已经走得太远了。我猜想,在那以后我不该在索赛克斯待那么长时间,我聊以自慰的是,这些仅仅对我自己有危险,除了对我自己有害之外,并不会伤害任何人。"

埃莉诺微笑着摇了摇头。

得知布兰登上校要到别墅来,爱德华感到高兴,因为他真心希望不仅要拉近与他的关系,还希望有机会让他相信,自己不再讨厌接受德拉福德的那份职业。他说:"在当时的情况下,我表示感激的口吻显得十分不礼貌,他肯定认为我还没有原谅他。"

这时候,爱德华才忽然惊讶,他还没有去过那个地方呢。由于他当时对这事极不感兴趣,所以,关于那所房子、花园、土地、教区范围、土地状况、什一税率等情况,只限于埃莉诺告诉他的那些。埃莉诺是从布兰登上校那里听来的,当时她听得十分仔细,就像自己是家庭主妇一样专心。

现在两人只剩下一件事情尚未确定,也只有这一个困难尚待克服了。他们是爱情的结合,得到朋友们的热情赞扬,他们亲密熟识对方,生活肯定是幸福的,只是还缺乏生活的基础。爱德华有两千镑,埃莉诺有一千镑,加上德拉福德那份职业的收入,这些就是他们的全部财产。达什伍德太太不可能再给他们什么了。他们虽然处在热恋时期,头脑却并不发昏,不会认为一年三百五十镑的收入能让他们过上舒适的生活。

爱德华对母亲可能改变态度并非丝毫不抱希望,要是那样的话,他们的收入就能多一点儿。但是埃莉诺并不抱幻想,因为爱德华放弃露茜·斯蒂尔而与自己结合只能算罪减一等,可他娶的仍然不是默顿小姐。她恐怕由于罗伯特冒犯家人,只会让范妮受益。

爱德华来别墅后的第四天,布兰登上校来了。这让达什伍德太太心满意足。自从她住到巴顿以来,家里还从未有幸住过客人,结果现在客人多得家里都住不下了。爱德华先来,自然享有继续住在别墅里的特权,布兰登上校就只得每天晚上去庄园,投宿在他住惯的房间里。通常他一大早就回来,总是打断两位情人早饭前的绵绵情话。

布兰登上校在德拉福德庄园住了三个礼拜,每天黄昏时刻没什么事好做,至少到了这个时候,他就会盘算三十六岁与十七岁如何不成比例。他来到巴顿时心情沮丧,只有玛丽安对他的脸色比以前好转,热情欢迎他。她母亲的话语充满鼓励,他才能变得欢乐起来。但是,在这些朋友中间,受到这样的鼓励,他的确振奋起来了。他并没有听说露茜的婚事,对发生的事情一无所知,所以刚来后的几个小时中,他只是听别人介绍情况,无比惊讶。达什伍德太太把发生的事情全都讲给他听,他因此更加高兴,因为他为费拉尔斯先生做的事最终让埃莉诺获益了。

不必说,两位先生相识越深,彼此的好感就越多,这是非常自然的。两个人在原则和理性方面十分相似,脾气和想法也很相投,用不着其他方面的吸引,仅仅这些也许就足够让他们建立起友谊了,加上两人爱上了两位相亲相爱的姊妹,这必然更让他们两人相互敬重,而且马上就建立起了友谊,如果没有这层关系,恐怕还需花费时日才能增进了解。

伦敦来信了。如果这些信早几天到,埃莉诺读了准会激动得浑身发抖,可现在读只不过当成一段笑话。詹宁斯太太在信中讲述了这桩了不起的故事,对那个随意抛弃情人的姑娘感到愤怒,真心发泄了一通,也对可怜的爱德华先生倾注了同情。她认为他错爱了这么个毫无价值的轻佻粗野女子,可人人都说,他现在在牛津难过得心都要碎了。她接着写道:"我没想到还有比这更狡猾的勾当。因为仅仅在两天前,露茜还来拜访我,跟我坐了两个钟头。谁也没对这种事起过疑心,就连南希都没想到,啊,那个可怜的人!第二天南希来我这儿哭诉,说她对费拉尔斯太太怕得要命,还说不知道该怎么回普利茅斯了,因为露茜为了结婚好像把她的钱全都借走了。我们猜想,她是想摆摆阔气,但是仅仅给可怜的南希剩下区区七个先令。我很高兴地给了她五个畿尼,好让她回埃克塞特去,她想去那儿跟伯吉斯太太住上三四个礼拜。我对她说,希望她再次遇上那位大夫。我不能不说,露茜耍坏脾气,不带她一道坐马车走,真是太坏了。可怜的爱德华先生!我脑子里一直想着他,你们一定要派人请他上巴顿去,一定要让玛丽安尽力安慰他。"

约翰·达什伍德先生的口吻要严肃得多,说费拉尔斯太太成了个最不幸的女人,可怜的范妮伤心得要命,他认为她们两个人受到如此打击居然能活下来,简直是个奇迹。罗伯特的冒犯行为是不可原谅的,露茜的行为简直恶劣到了极点。他们的名字再也不能当着费拉尔斯太太的面提起。即使以后能劝她原谅自己的儿子,可露茜绝对不会得到承认,也决不允许被带来见她。他们的事办得太诡秘,这就更是罪上加罪,假如有人对这桩事产生疑心,本来可以采取适当的手段加以防范,阻止他们结合。他要求埃莉诺附和他的想

法,对露茜没有嫁给爱德华表示遗憾,要不然他们家也不会遭受这么大的灾难。他就这个话题继续写道:

"费拉尔斯太太仍然没有提起过爱德华的名字,这并没有让我们吃惊,不过让我们吃惊的是,发生了这么大的事,他却连封短信都没写来过。不过,他也许害怕冒犯母亲,所以我要写封短简寄往牛津,给他个暗示,他姐姐和我都认为,如果他写一封恰当的认罪书,寄给范妮,她拿给母亲看了,也许会得到母亲的宽恕。因为我们都知道费拉尔斯太太有一颗慈爱的心,她最愿意跟孩子们和好。"

这段文字对爱德华的前景和行为十分重要。他决定尝试和解这条途径,不过并不打算按照姐姐和姐夫指定的方式去做。

"一封恰当的认罪书!"他重复道,"罗伯特忘恩负义还破坏了我的名誉,难道却要我代他请求母亲宽恕?我没什么罪好认,我做的事情既不卑鄙也不后悔。我过得很幸福,不过这都无关紧要。我根本不知道什么是恰当的认罪。"

"你当然可以请求宽恕,"埃莉诺说,"因为你惹她生气了,我认为你现在可以对那次订婚惹得母亲生气表示一下关心。"

他答应可以这样做。

"等她原谅了你,也许你还可以态度稍稍谦卑一些,承认第二桩婚约,因为在她看来,这与第一次婚约同样轻率。"

他对此并无异议,不过仍然拒绝写什么恰当的认罪书。为了方便,他说更愿意采取折中办法,口头讲出来,而不用书面形式。他决定不给范妮写信,要亲自去伦敦,求她帮忙。"如果他们真的关心,还愿意帮忙调解的话,"玛丽安采取了公正的新姿态,"我倒认为约翰和范妮也并非一无是处。"

布兰登上校来巴顿拜访仅仅三四天后，两位先生便一齐告辞了。他们直接去了德拉福德庄园，以便让爱德华亲自了解他未来的家，也帮他做做决定，看房舍环境需要做哪些改善。在那儿待两个晚上后，爱德华再启程去伦敦。

# 第五十章

费拉尔斯太太向来怕招人非议,仿佛怕人说她过于慈悲,于是态度坚决,口吻激烈,表示不能同意。不过,在适当的反对过后,她还是允许爱德华与她见面,最终公开承认爱德华仍然是她的儿子。

她的家庭近来发生的变故非同小可。多年来她一直有两个儿子,但是由于爱德华几个星期前犯下的罪过,从家庭的户籍簿上被除了名,让她失去了一个儿子;罗伯特同样被除名后,两个星期以来,她一个儿子没剩。现在,爱德华意外复活,她于是又得到一个儿子。

不过,虽然爱德华恢复了儿子身份,可他并不觉得自己的生活有了保障,这要等他说出目前这次婚约才行。他害怕一旦公开宣布出来,或许会像上次那样命运突变,立刻被逐出家门。他说得格外小心谨慎,不料母亲却听得十分平静。费拉尔斯太太起初以理相劝,要他打消娶达什伍德小姐的念头,她把能想到的理由全都摆了出来,告诉他说,默顿小姐不但是个有地位的女子,还有大笔财产。她还特别强调指出,默顿小姐是一位贵族的女儿,自己有三万镑财产,而达什伍德小姐不过是个普通绅士的女儿,财产最多不过三千。但是,她发现尽管他完全承认自己说的都是事实,却根本不准备听从她的安排,根据先前的教训,她便觉得不坚持己见最为明智。因此,她态度冷漠地耽搁了一阵,既保持了自己的尊严,又防止有人怀疑她心怀善意,最后终于颁布谕旨,同意爱德华与埃莉诺结婚。

紧接着需要考虑的问题,就是她准备采用什么办法增加他们的收入。现在,爱德华虽然是她唯一的儿子,可他绝对不再是她的长子,因为她在不得已的情况下让罗伯特每年受赠一千镑,但是她却丝毫不反对爱德华为了一年最多两百五十镑去受任神职。她除了分给他和范妮一万镑以外,对他们的现在和将来都不做任何承诺。

爱德华和埃莉诺所希望的不过如此,而且这还超出了他们的预期。费拉尔斯太太却找种种借口推诿,仿佛只有她自己对没有给予更多而感到意外。

得到一笔能满足需求的足够收入后,等到爱德华接受神职后就什么都不缺了,只要房子准备好就用不着等待了。布兰登上校渴望让爱德华住着舒适,就对房子做了较大的改善,等待完工让他们消耗了不少时间,工人们照例毫无道理地拖延工期,让他们经历了种种失望和耽搁。埃莉诺也改变了原来房子不建好就不结婚的明确决定,婚礼在秋天刚刚来临时便在巴顿教堂举行了。

他们婚后第一个月是在庄园的宅子里与他们的朋友一起度过的。在那里,他们可以监督牧师住宅的改建工程,亲自在现场指导一切——选择壁纸,规划灌木丛,设计一条曲径。詹宁斯太太的预言虽然属于乱点鸳鸯谱,却基本上实现了。她总算能在米迦勒节之前来牧师住宅拜访爱德华和他的妻子了,而且她真的相信埃莉诺和她的丈夫是世界上最幸福的一对。他们也别无所求,只盼望布兰登上校与玛丽安结婚,也希望能为自己的牛群找到比较好的牧场。

他们刚刚安好家,差不多所有的亲戚和朋友就都来拜访了。费拉尔斯来巡视过他们的幸福生活,她几乎为自己竟然恩准这桩婚事感到羞愧。甚至达什伍德夫妇也不惜花费从索赛克斯来向他们道喜。

"我亲爱的妹妹,我也不说我觉得失望,"一天早上达什伍德兄妹散步经过德拉福德庄园门外时,约翰这么说,"因为那样说就太过分了,因为以你现在的情况而论,你当然是世界上最幸福的年轻女子。不过,我承认,假如布兰登上校是我的妹夫,我一定会感到极大的喜悦。他在这儿的产业、地位、宅子,一切都令人肃然起敬,一切都这么漂亮!看看他的树木!我在多塞特郡从来没见过像德拉福德坡地上这么好的树木呢!也许玛丽安看起来并不是个能打动他的人——不过我认为你最好常常让他们跟你待在一起,因为布兰登上校似乎总是待在家里,如果人们多待在一起,很少见到其他人的话,谁也说不准会发生什么事情,你从来有能力帮她点儿什么忙的……总之,你最好给她个机会……你懂我的意思吧……"

尽管费拉尔斯太太的确亲自来看望过爱德华夫妇,而且对待他们总是显出很有分寸的慈爱,不过,他们从来没有得到她真正的善意和喜爱。那要归结于罗伯特干的蠢事和他妻子的狡诈。没过几个月,罗伯特夫妇们便赢得了她的宠爱。起初让罗伯特陷入困境的是露茜的自私和聪明,后来这却成了解救他的主要手段。她有一套恭顺谦卑、刻意殷勤和不断奉承的伎俩,一找到哪怕最微小的机会,便要努力施展一番，因此不久她便让费拉尔斯太太认可了他的选择，又让他完全恢复了宠儿的地位。

露茜在这个过程中的全部言行，及其最后的效果，完全可以当成一个最鼓舞人的实例，说明只要诚心诚意不懈地为自己的私利而奋斗，不论表面上看来路途上有多少障碍，最终肯定能获取种种财运，牺牲的代价不过是时间和良心而已。罗伯特最初去巴特利特宅子私下拜访她，目的仅仅是帮哥哥的忙，试图说服她答应解除婚约。他预料这事并不难，无非是扑灭双方的感情而已，只消一两次就能解决问题。不过，他正是在这一点上搞错了。露茜很快就让他心生希望，他认为自己有雄辩的口才，很快就能说服她，但是，他总是觉得需要再去一趟，再谈一次才有把握。他们每次分手，他心中都留有某种疑虑，只有再谈半个钟头才能把它消除掉。就这样，他频繁地拜访她，以后的事情就顺理成章了。他们渐渐不再谈爱德华，把话题完全转向罗伯特，他对此比任何其他话题都会夸夸其谈，她对这个话题很快便显得饶有兴致，甚至像他一样兴致勃勃了。总之，两人很快便明白，他已经完全取代了爱德华。他为自己的征服成就感到自豪，也为捉弄了哥哥而得意。更让他骄傲的是没有征得母亲的同意便私下结了婚。接下来发生的事情大家都已经了解。他们在道里什度过几个月极其幸福的时光，她要躲避许多亲戚和老朋友，而他画出许多幅宏伟别墅的图纸。他们从那儿返回伦敦，他在露茜的教唆下向费拉尔斯太太简单请求几句，便得到她的宽恕，当然开始仅仅宽恕了罗伯特，这是合情合理的。露茜对他母亲没有义务，因此算不得什么触犯，却一连好几个星期没有得到宽恕。不过，她从来言谈举止谦卑，一再捎口信过去，称罗伯特触怒母亲完全是自己的过错，还为自己受到冷遇表示感激，坚持不懈的结果是她得到了傲慢的理睬,她对如此高贵的亲切满心感激,婆婆的态度飞快地变化,终于得到了宠爱。露茜成了费拉尔斯太太身边不可或缺的伴侣,跟罗伯特或范妮没什么两样了。爱德华曾打算娶她却绝对没有得到过真心地对待,埃莉诺虽然在财产和出身方面均比她优越,可说起来总是个不速之客。露茜被当成受宠的孩子,而且在公开场合也总是这样。他们定居在城里,受到费拉尔斯太太慷慨资助,与达什伍德家保持着最友好的关系。如果除去范妮与露茜相互的忌妒与厌恶,不算她们丈夫间的猜忌和敌意,也不考虑罗伯特与露茜自家的不和,他们全都相处得极为和谐。

爱德华究竟犯下什么罪丧失掉了长子的权利,这事让许多人迷惑不解。至于罗伯特创下了什么业绩结果继承这种权利,就更让人摸不着头脑了。假如这种安排的原因不正当,其结果倒很合理,因为不论罗伯特的生活方式还是他的言谈,都没有让人疑心他对自己的收入问心有愧,既不觉得留给哥哥的太少,也没感到自己得到了太多。从爱德华那方看,他处处恪尽职守,对妻子对家庭的爱恋与日俱增,情绪总是保持愉快,并不比弟弟逊色,显然他对自己的命运同样感到满意,也不愿意与对方交换位置。

埃莉诺的婚后生活安排得十分周到,既尽量不与家人分离,又不让巴顿别墅完全闲置,因为她母亲和妹妹们多半时间跟她在一起过。达什伍德太太频繁客居德拉福德庄园,这对她来说既是乐趣,又出于她的策略。她撮合玛丽安和布兰登上校的愿望十分强烈,并不亚于约翰的愿望,不过她要光明磊落得多。现在,这成了她的一桩美好心事。虽然女儿留在身边弥足珍贵,但她宁愿将这种永恒的快乐让给她珍视的朋友,能看到玛丽安在宅子里成家立业是母亲的心愿,也是爱德华和埃莉诺的愿望。上校的种种不幸遭遇让他们感同身受，让他们觉得自己有义务为他分忧，大家一致同意，应该由玛丽安来报答他的这一切。

玛丽安深知他的善良品性，深信他对自己的温情爱恋，从大家看出他的爱情到现在，已经有了些年月，现在大家结成了联盟对付她，突然向她发动攻势，她如何抵挡得住呢？

玛丽安·达什伍德的命运生来便与众不同。她命中注定要发现自己的种种观点都是错误的，而且自己的行动总是与自己最爱的座右铭发生抵触。她注定要打破自己十七岁时形成的恋爱观，自愿跟一个主要受自己敬重的亲密朋友结合。对方在初恋中吃过的苦头并不亚于她自己。两年以前，她还认为这个人年纪老得不适于结婚，甚至需要穿法兰绒背心才能保护衰弱的身体！

但是结果却是如此。她并没有陷入曾让她痴迷的那种状态，为不可抗拒的激情所摆布，她甚至不再能永远待在母亲身边，也未能执行后来比较清醒平静时订的计划，一辈子以读书学习为乐。到了十九岁，她有了新的恋情，担负起新的职责，住在一所新宅子里，成了一家的主妇，一个村子的庇护人的夫人。

现在，布兰登上校沉浸在幸福之中，他的所有知心朋友也为此幸福，相信他理应得到这样的福分。有了玛丽安的安慰，过去的一切痛苦都得到了弥补，有她的关心和陪伴，他的心灵恢复了生机，他的情绪变得欢乐。每一位朋友都相信玛丽安会使丈夫幸福，自己也感到幸福。玛丽安的爱情从来不是半心半意的，她的心整个献给了自己的丈夫，就像以前曾经全心全意爱威洛比时一样忠诚。

威洛比得知她结婚的消息不禁感到痛苦。不久之后，史密斯太太宣布说，由于他娶了个品性端正的妻子，她自愿宽恕了他，这等于让他受到了最大的惩罚，因为他或许有理由相信，假如原来体面地娶了玛丽安,本来既能获得幸福又能变得富有。他行为不端才自食恶果,因此心里悔恨不已。他忌妒布兰登上校,一想到玛丽安就懊悔,这是毋庸置疑的。不过,千万不能认为他永远因为感到伤心而离群索居,或者因此罹患精神忧郁的顽疾,甚至心碎致死——他哪样麻烦也没有。他努力生活,不断地享乐。他妻子的脾气也并非永远不佳,他的家也并非总是不舒适。他驯马养犬,参加各种体育活动,在家庭生活中得到的幸福也不可估量。

不过,尽管他以粗野的方式抛弃了玛丽安,可他仍然保持着对她的关心,凡是有关她的事情总是让他感兴趣,他心里把她当成完美女子的典范,后来见了许多年轻的后起之秀都让他瞧不起,认为无法与布兰登太太相提并论。

达什伍德太太为慎重起见仍然住在别墅中,并没有打算迁居德拉福德。约翰爵士和詹宁斯太太也感到幸运,因为虽然玛丽安已经离开了他们,但是玛格丽特已经到了非常适合跳舞的年龄,而且找个情人也并不是非常不合适。

在巴顿别墅与德拉福德庄园之间,由于强烈的家庭情感,自然有频繁的来往。埃莉诺与玛丽安都有许多美德也享受着种种幸福,她们是亲姊妹,两家相距很近,差不多可以遥遥相望,她们相处得亲密无间,两人的丈夫也从来没有冷淡疏远,这并非无足轻重的小事。